C'était pas censé se passer comme ça

ÈVE BORELLI

C'était pas censé se passer comme ça

roman

HARPERCOLLINS FRANCE

83-85, boulevard Vincent-Auriol, 75646 PARIS CEDEX 13.
Service Lectrices — Tél. : 01 45 82 47 47

www.harlequin.fr

ISBN 978-2-2804-2060-0

Aux réunions familiales pleines de rires et de tendresse

Les personnages

Famille Stradavine

Violette Stradavine : grand-mère, chef de famille
Henri Stradavine : aîné des petits-enfants
Camille Stradavine : benjamin des petits-enfants
Alice Stradavine : cadette des petits-enfants

Les invitées

Léonore De La Borée : colocataire et amie d'Alice Stradavine
Renata Sierra : compagne d'Henri Stradavine

Chapitre 1

Léo

« Quand le monde entier te persécute… tu te dois de persécuter le monde. »

Timon, dans *Le Roi Lion*

Vestiaire du personnel de The Child King, aire de jeux spécialisée dans l'organisation d'anniversaire pour enfants à thème Disney, au centre-ville de Perpignan

Avec des gestes brusques, grommellements et soupirs à l'appui, j'enfile le costume qui me transformera en Timon, personnage ô combien célèbre du dessin animé *Le Roi Lion*, afin d'animer l'anniversaire du dénommé Clément, sept ans et toutes ses dents. Je compulse mentalement le dossier 10, dont j'ai pris connaissance ce matin, à mon arrivée au travail.

— Fan de dessins animés, de chocolat, de foot…, marmonné-je de mauvaise grâce. Allergique aux arachides, aux cacahuètes, aux pulls en laine rêche, aux lacets jaunes... Mouais, à la vie, quoi !

— J'en connais une qui s'est levée du pied gauche ce matin et qui ne s'est pas déridée depuis ! pérore Sandra.

Elle me gratifie d'une moue désapprobatrice, puis hausse les épaules. Aurais-je la chance que mon insupportable collègue se la ferme et n'insiste pas ? Victoire ! Elle se détourne, ouvre son casier et fouille dedans pour en extraire son masque de Iago, l'insupportable compagnon à plumes de Jafar. Elle fait alors volte-face et l'ajuste sur son visage avant d'esquisser une joyeuse pirouette.

— Tu devrais prendre exemple sur moi ! Visualisation positive... Bienveillance, résilience... Accueil des bonnes ondes...

« Accueil des bonnes ondes » ? Sans déconner ? J'inspire-expire profondément pour contenir mon agacement, alors que la voix de Zazou résonne dans mon esprit : « Allez, du calme, mon jeune maître, un jour vous deviendrez roi et vous pourrez chasser cette bande de bécasses baveuses, bouchées et stupides tout votre bon temps. » Il n'y a pas à tortiller : *Le Roi Lion* est une mine de sagesse. Appliquant les préceptes de mon calao à bec rouge préféré, je me contente d'un « hum », espérant ainsi mettre fin à l'échange grâce à ma retenue exemplaire. Peine perdue. La voilà qui revient à l'assaut, sautant avec agilité au-dessus du banc qui nous sépare pour se planter devant moi et marteler ma poitrine de son index horripilant.

— Tu as été d'une humeur massacrante toute la journée ! scande-t-elle en rythme. C'est vraiment désagréable pour les gens comme moi qui tentent de voir le verre à moitié plein, les choses du bon côté, la vie en r...

OK. Je dois l'arrêter sinon je risque de l'atomiser, de la réduire en miettes dans la minute. *Hulk, sors de ce corps.*

Optant pour une technique pacifique qui m'évitera la taule à perpétuité, je me bouche les oreilles et lance des « lalalala » effrénés pour ne plus l'entendre. Elle s'immobilise et plisse les paupières avec une mimique dédaigneuse. Rien à cirer. Je continue mes arpèges, tout en lisant distinctement sur les lèvres de mon interlocutrice les mots suivants : « Ce que tu peux être immature ! » J'acquiesce avec vigueur et poursuis mon manège jusqu'à ce que, vaincue, elle sorte du vestiaire à grands pas. Je laisse donc tomber les vocalises et finis de m'habiller, assaillie par une vague de questions existentielles : Sandra a-t-elle toujours été aussi zélée, moralisatrice et horripilante ? Lui arrive-t-il d'être de mauvais poil ? Je le jure, elle sourit TOUT le temps. Ce n'est pas humain. Si ça se trouve, cette fille est un alien mal programmé, qui a buggé sur le mode guilleret. Mais alors… Si elle est un extraterrestre, suis-je Sigourney Weaver ? Ai-je pour mission de l'éliminer ? J'en serais bien capable, aujourd'hui, vu mon humeur de dogue. De dogue sauvage, à trois têtes, affamé de chair fraîche et d'hémoglobine.

Tout ça à cause de trois SMS auxquels je ne devrais prêter aucune attention ! me dis-je en quittant à mon tour les vestiaires, pompeusement nommés « loges » par M. Limoques, le patron. Les loges ? Sérieusement ? Cette pièce aux murs recouverts d'une tapisserie si antique qu'on n'en distingue pas les motifs ? (Concombres ? Ailes ? Concombres ailés ?) Ce cloaque uniquement meublé de deux bancs en fer extrêmement rudes pour les fessiers sensibles et de deux rangées de casiers ? Ce bouge orné d'un miroir au verre dépoli surplombant un évier qui fuit (et vous envoie occasionnellement de violents jets d'eau dans le visage) ? Définitivement, nos vestiaires sont pitoyables. Rien à voir avec l'aire de jeux pimpante et proprette que je traverse désormais pour atteindre la porte d'entrée de la salle d'anniversaire à thème Savane africaine, devant laquelle je me poste pour attendre mon heure de gloire… pour une fois sans le moindre enthousiasme.

Je devrais oublier ces textos. Les coller tout au fond de ma poubelle mentale et ne surtout pas aller les repêcher fébrilement. Je pourrais aussi les brûler vifs dans le brasier imaginaire de mon esprit, à la Jeanne d'Arc, et les zapper pour toujours et à jamais. De toute évidence, ce serait censé, en plus d'être carrément bénéfique pour mon cœur, qui ne cesse de battre la chamade depuis que je les ai reçus, ce matin. La chamade… Si on était dans une romance, le lecteur se dirait : « Ben voyons ! Cette nana est amoureuse. Il s'agit du texto d'un mec marié, ou pris, ou super beau gosse super inaccessible. Notre héroïne frétille dans un océan de "mon ventre se contracte quand je pense à lui… Mon pouls s'accélère… Mon Dieu, je dois lui résister !" » Le lecteur se planterait complètement et se rendrait vite compte que niveau *love story*, de mon côté, c'est le vide intergalactique, le désert de Gobi, le rayon raclette de mon supermarché en plein mois de juillet depuis CBDC (Connard briseur de cœur). À peine puis-je me targuer de quelques aventures sexuelles coquinettes, ces derniers temps…

Pourtant, si je m'autoscanne objectivement, je ne suis pas repoussante : grâce à la course à pied, qui compense mon amour pour le fromage, j'entre dans la catégorie menue (même si j'ai hérité bien malgré moi de l'option planche à pain/cul plat…) ; mes cheveux ont de chouettes reflets auburn (même si, question coiffure, ce n'est pas encore ça : j'en suis au stade de la repousse anarchique suite à une tentative malheureuse de coupe à la Cristina Córdula). Mes yeux sont très bruns et en amande, on m'a déjà dit qu'ils étaient merveilleusement pétillants (d'accord, le mec était soûl au dernier degré, et il était 5 heures du mat, en boîte de night, mais je choisis de croire que son compliment était sincère). Quant à mon nez… Un long soupir m'échappe alors que j'y porte les doigts et le tâte.

À nouveau, mon pouls joue au sprinteur.

Mon nez…

Non. Il ne vaut mieux pas en parler. Pas aujourd'hui. Je me contenterai donc d'affirmer que je suis une fille charmante et que ma vie amoureuse pourrait être plus palpitante. Mais il faut bien avouer que mon job chez The Child King occupe toute mon attention. Deux ans que je me produis dans la salle Savane africaine, sur le thème du *Roi Lion* (heureusement que je n'ai pas été affectée dans la team *Reine des neiges*, je hais ce Disney). Deux ans que je ne vis que pour le feu de la rampe, même si je n'ai pas le premier rôle dont je rêve. Forcément ! Amarine est là depuis des plombes. Elle a plus d'expérience et un talent pour les aigus qui ferait rougir cette pauvre Ariana Grande, ou Beyoncé, voire la Castafiore. Évidemment, le rôle de Simba lui revient. Mais un jour, je prendrai peut-être sa place ? Elle pourrait se casser la nuque dans un infâme accident de roller ? Ou devenir définitivement muette suite à une extinction de voix carabinée ? Ou…

Merde ! Suis-je vraiment en train de lui vouloir du mal ? Amarine est tout de même vachement sympa, contrairement à l'infâme Sandra. Un vague remords me saisit. Changement de plan : peut-être – souhaitons-le-lui avec ferveur – que son remarquable talent pour le chant sera repéré et qu'elle sera engagée pour tenir le rôle principal dans une immense et merveilleuse comédie musicale qui bouleversera la France, le monde, l'univers tout entier… et qu'alors je pourrai *enfin* incarner Simba à sa place.

Plongée dans mes rêves de paillettes glam-shine, je sursaute quand la voix hilare de Félix résonne à mes oreilles.

— Ta queue est coincée dans ton legging !

Gigotant pour la replacer, je fais volte-face et éclate de rire.

— Hors de son contexte, cette phrase serait admirable !

— Tu l'as dit, approuve Félix en ajustant son groin en plastique, alors que je pouffe.

Voilà le don que possède cet homme : me faire retrouver instantanément ma joie de vivre. Je l'ai rencontré il y a deux ans, alors que nous patientions dans la salle d'accueil avant notre entretien d'embauche. Nous avons tenté d'extraire deux cafés d'une antique machine qui nous avait piqué 3 euros, traité cette dernière de tous les noms, lancé un concours d'insultes (qu'il a remporté haut la main), et c'en était fait de nous : moi et ce grand black sexy, dégingandé et insolent, étions amis pour la vie.

— Voilà. Elle est libérée, délivrée, et virevolte au vent ! conclus-je.

Les prunelles émeraude de Félix pétillent, lorsqu'il m'adresse une œillade complice.

— Je devrais coller ça sur mon profil Grindr ! s'exclame-t-il avec emphase. « Ma queue est libérée, délivrée, et virevolte au vent ! »

— Tu ferais carton plein !

— Tu crois ? demande-t-il en se figeant, soudain songeur.

— Attends, je suis certaine à 100 % que pas mal de mecs sont prêts à tuer pour une queue libérée, délivrée, qui virevolte au vent !

Félix ricane et s'évente.

— Ne parlons plus de vent : je meurs de chaud dans ce déguisement !

— J'imagine ! Ce truc est rembourré comme pas

possible ! Mais console-toi en te disant que tu souffres pour l'art ! C'est beau, non ?

— Mon cul, ouais ! Je souffre pour empocher un misérable chèque à la fin du mois ! Je devrais lâcher ce job et me consacrer à ce qui est vraiment important pour moi dans la vie…

— Les mecs sur Grindr ?

D'un geste rapide, il me donne une pichenette bien sentie sur la joue.

— Ma thèse sur le déploiement de la rhétorique dans les textes hybrides du…

J'imite un formidable ronflement et fais mine de dormir, avant d'encaisser une deuxième maltraitance. Cette fois, il m'a pincé l'oreille.

— La violence sur les femmes est un délit et…

— Bientôt, je me barre, Léonore ! C'est sérieux ! m'interrompt-il, visiblement déterminé.

— Tu dis ça tout le temps, mais je n'ai jamais vu l'ombre d'un confetti d'une lettre de démission ! répliqué-je d'un ton léger. Heureusement pour moi ! Que serait Timon sans son Pumba, hein ? Tu as juste besoin de vacances, et ça tombe merveilleusement bien… Nous commençons les nôtres ce soir !

Félix ouvre la bouche pour répondre, mais il est interrompu par un chant allègre provenant de la salle Savane africaine.

« Joyeux anniversaire ! Joyeux anniversaire ! Joyeux anniversaire, Clément ! Joyeux anniversaire ! ! ! »

— Le gâteau a été servi : à nous de jouer !

Coup d'œil entendu à mon partenaire, qui soudain grimace avec appréhension.

— Tu crois qu'on réussira sans Amarine ? murmure-t-il

d'une voix incertaine. Sans Simba, notre petit numéro ne vaut pas plus qu'une pizza à l'ananas !

— Première chose : n'insulte jamais l'Hawaïenne. Tu sais que c'est ma préférée. Deuxièmement : tu ne dois pas douter de notre talent ! affirmé-je avec force. Après tout, *Hakuna Matata*, c'est la chanson de Timon et Pumba. Pas celle de Simba !

« Joyeux anniversaiiiiiire ! »

Applaudissements. C'est le signal. Tout sourires, j'ouvre la porte, esquisse quelques pas. Me voilà sous le feu des projecteurs. Enfin... De la petite boule à facettes de la salle Savane africaine, réservée aux anniversaires des enfants de moins de huit ans. Non, je n'ai pas de scène ni de micro. Je ne porte pas une robe glamour et suis à dix mille lieues du sexy de Katy Perry dans mon déguisement de Timon... Mais tout de même ! Ce frisson de plaisir ! Ai-je déjà dit que j'aime ce métier ? Que j'adore pousser la chansonnette sous les yeux émerveillés des enfants ? L'exaltation me gagne. Je suis une Dorothée des temps modernes... Je suis l'idole des jeunes !

N'y tenant plus, je balance mon cri de suricate, tout en effectuant un tour de table complet, puis me plante en ouvrant grands les bras devant cette assemblée de dix garçonnets, attendant les exclamations enthousiastes, la foule en délire, l'évanouissement de quelques fans...

OK, soyons raisonnables...

De simples applaudissements ?

Hein ?

Un applaudissement ?

Merde !

Un regard, au moins ?

Il y a un hic. Clément et ses potes ne me prêtent aucune attention. AUCUNE. Ces drôles de mômes se contentent de boulotter leur gâteau triple ganache glacée au chocolat blanc en forme de tête de lion… pendant que la mère de Clément prend tout ce petit monde en photo. Même elle ne m'a pas lancé un seul regard ! Si on était dans ce film terrible, là… avec la gamine aux couettes super flippante… – oui, voilà ! *Le Sixième Sens* –, je réaliserais avec stupeur que je suis un fantôme et que personne ne peut me voir ou m'entendre. Mais, je suis vivante, moi ! Hors de question de compter pour du beurre ! Ils vont voir de quel bois je me chauffe !

— « Hakuna Matata » ! lancé-je d'une voix supra forte aux accents enthousiastes.

Victoire ! Clément lève les yeux de son assiette…

Échec absolu… C'est seulement pour m'adresser un regard méchamment condescendant.

— Ouais, c'est ça ! Hakuna Matata ! rétorque-t-il en haussant les épaules.

Blasé à cet âge-là ? Non, je ne peux y croire ! Le vent du défi souffle soudain en moi : en avant ! Je vais lui en mettre plein la vue, à ce sceptique en culotte courte !

— « Hakuna Matata ! Mais quelle phrase magnifique ! », déclaré-je avec grâce et ardeur.

C'est le signal : comme à chaque fois, à cet instant, Félix fait son entrée sous son déguisement de Pumba, le grand copain phacochère de Timon. Notre numéro est parfaitement huilé. On ne lui résiste pas !

— « Hakuna Matata, quel chant fantastique ! », renchérit-il d'une voix de baryton.

C'est bon, nous y sommes ! Les enfants lèvent le nez ! Grandiose ! Même la mère de Clément lâche son téléphone pour nous contempler. Je le savais : le talent finit toujours par être remarqué.

— « Ces mots signifient… que tu vivras ta vie… Sans aucun souci, philosophie ! »

Nous voilà, Félix et moi, entonnant avec énergie notre chansonnette, chorégraphie top-classe incluse, jusqu'à mon passage favori :

— « Disgrâce infââââme… Inonde mon ââââme… Je déclenche une tempête… À chaque fois que je… »

— « Non, Pumba, pas devant les enfants ! »

— « Oh ! pard… »

Mais Félix ne peut terminer sa phrase, une part de gâteau lui atterrit dans l'œil droit pour dégouliner lamentablement sur sa joue. Avant que je puisse réaliser ce qui est en train de se produire, la voix de Clément résonne, exigeante, implacable :

— Je veux que tu pètes pour de vrai ! Action !

Silence de mort… vite interrompu par les gloussements frénétiques des garçons. La mère de Clément observe son fils, nous observe, observe son fils, nous observe, observe son fils… et hausse les épaules avec un sourire amusé. Quant à Félix… Le pauvre ! Il tente désespérément d'essuyer son œil, ce qui a pour effet de lui coller du chocolat blanc partout et de rendre sa prunelle plus rouge qu'un coup de soleil carabiné.

— C'est quoi ce petit couillon ? souffle-t-il avec colère.

— Un petit couillon. Abrégeons ! murmuré-je en retour.

Nous terminons notre chansonnette à la va-vite alors qu'à la table, ça s'agite et ça trépigne, Clément toujours en boucle sur son « je veux que tu pètes pour de vrai ».

— « Hakuna Matataaaaaa ! », concluons-nous enfin.

Nous saluons. Félix, dont l'œil droit est devenu boursouflé, s'appuie sur moi, et nous nous dirigeons rapidement vers la porte, quand soudain on nous barre le passage.

— Et Simba ? Où est Simba ? J'ai payé pour Simba !

On touche le fond. La mère s'y met. Ce n'est pas Patrick Sébastien qui disait que « la vie est une fête » ? J'ai toujours détesté ce type.

— Malheureusement, Simba a la grippe. Il est donc absent…, expliqué-je, alors que la nervosité me gagne.

C'est-à-dire que la mère, qui fait deux têtes de plus que nous et possède le regard du Russe dans *Rocky II*, serre les poings à s'en faire péter les phalanges. Une veine énorme bat la mesure sur son front. Et c'est à moi de gérer cette situation : Félix ne me sera d'aucune aide ! Il en est au stade de l'aveuglement total et, paniqué, il se contente de presser convulsivement ma main.

— Si vous le souhaitez, madame, je peux chanter le couplet de Simba, proposé-je d'une voix mi-suave, mi-terrifiée. Et en prime…

— NON ! C'est le VRAI Simba qu'on veut, nous ! hurle Clément, juste derrière moi. BANDE DE NAZES !

Je fais volte-face. Clément et ses copains nous cernent. Félix et moi échangeons un regard affolé, avant que ce dernier se penche vers moi pour me chuchoter à l'oreille :

— On est coincés ! Comme Simba et Nala avec les hyènes !

— Qu'est-ce que vous marmonnez, hein ? Vous comptez nous entuber ? éructe soudain la mère.

Tétanisé, Félix la contemple en ouvrant et fermant la bouche bêtement, comme un poisson rouge en quête de paillettes à la carotte. Je prends donc sur moi pour la raisonner.

— Allons, madame, pas du tout. Comme je vous l'ai dit, notre collègue qui joue Simba a la grippe et…

Impossible d'aller plus loin dans mes explications : un coup violent atteint mon oreille. Puis une sensation désagréable, c'est froid, c'est dégoulinant… Cela dit, ça sent bon. Crème glacée, sans aucun doute. Je me retourne et me trouve face à un Clément victorieux. Sa main gauche est recouverte de chocolat. C'est lui le coupable ! Dieu que j'ai envie de lui enfoncer le nez dans son gâteau à la con afin qu'il s'étouffe et qu'il…

— Je t'ai eu, Timon-débile ! vocifère-t-il en effectuant un dab parfait.

C'en est trop. Furieuse, j'esquisse un pas dans sa direction… mais je suis stoppée net dans mon élan par une poigne de fer sur le bras. Et ensuite…

Ensuite…

J'ignore comment tout bascule. Tout est flou, précipité…

La grimace de psychopathe de la mère qui me hurle : « Tu ne touches pas à mon fils, Timon-de-mes-deux ! » Le cri désespéré de Félix : « Je vais chercher de l'aide ! » La totalité des gamins qui bondissent sur moi et collent leurs doigts poisseux sur mon visage… Ma stupeur lorsque Clément me surplombe, l'air maléfique, tenant en main deux de ses bougies… Ma terreur au moment où il les rapproche de mon visage… Ma douleur quand il les enfonce simultanément dans mes deux narines.

Oui. Mes DEUX narines.

Simultanément.

— Et voilà comment je me suis retrouvée avec deux bougies dans les narines, conclus-je.

Pitoyable, je saisis le mouchoir propre que Félix me tend pour le fourrer dans mon nez, histoire d'arrêter l'hémorragie. Puis j'affronte le regard de M. Limoques qui, les fesses confortablement installées sur son fauteuil en cuir, m'observe avec une indifférence teintée de mécontentement. Il lève les yeux au ciel, soupire, ouvre le tiroir de son bureau, attrape une de ses balles antistress (il en a au moins quarante-cinq) et l'écrase dans son poing à un rythme endiablé.

— J'espère juste que la mère ne va pas nous coller un procès.

— Moi, je souhaite juste que ma capacité visuelle ne soit pas détériorée et que Léo n'ait pas les narines déformées à cause de ce monstre de gosse ! s'indigne Félix.

— Les narines déformées, ça n'existe pas. Le tribunal, si, rétorque M. Limoques sans une once de compassion.

— Mais enfin ! s'affole Félix. C'est grave, ce qui s'est passé ! Et si les bougies étaient montées jusqu'à son cerveau ! Si ses facultés mentales avaient été irrémédiablement atteintes et…

— Le plus atteint des deux, pour le moment, c'est vous, Félix. Vous êtes hystérique. Je vous prierais donc de vous taire. Voilà ce que nous allons faire : vous vous calmez et vous partez en vacances pour tâcher de revenir un peu plus détendu. Quant à vous, Léo, si vous tentez encore une fois d'agresser un mineur…

— Vous déformez la réalité ! protesté-je d'une voix nasillarde, alors qu'un goût de sang envahit ma bouche.

M. Limoques effectue son inimitable clappement de langue désapprobateur avant de poursuivre :

— Si une situation similaire se reproduit, je vous préviens, je vous colle dans la salle Petite Sirène. Et croyez-moi, vous n'incarnerez pas la gentille et jolie Ariel. Non. Vous serez Ursula. À jamais.

Hoquet horrifié.

Cette terrible perspective me coupe la chique et, alors que je m'imagine en monstrueuse créature mi-femme, mi-pieuvre, qui éructe plus qu'elle ne chante, mon corps est secoué d'un long frisson. M. Limoques, visiblement satisfait de son petit effet (même Félix a poussé une exclamation choquée), nous chasse d'un geste de la main. Penauds, nous nous levons et nous exécutons.

Sandra et son sourire horripilant… L'agression à la bougie… Sans oublier ces infâmes textos…

Pas de doute : cette journée n'est pas, mais alors PAS DU TOUT hakuna-matatesque.

Chapitre 2

Renata

« Être enceinte, c'est pire qu'une soirée sans mojitos. C'est neuf mois sans mojitos. »

Mon Freud intérieur

Cabinet du Dr Renata Sierra, psychologue, centre-ville de Montpellier

— Pourquoi vous ne parlez jamais pendant nos rendez-vous, Renata ? demande Jean-Joseph Durand, la mine boudeuse.

— Parce que je suis votre psychologue et que mon travail est de vous écouter, réponds-je avec patience en jetant un œil discret à ma montre.

Cela fait maintenant deux ans que je suis Jean-Joseph Durand en consultation. Deux ans qu'il colle avec frénésie les crottes de nez extraites de sa narine droite sur mon canapé en cuir. Qu'il se plaint de sa mère avec qui il vit encore, pourtant. Qu'il rabâche les mêmes généralités sexistes sur les femmes. Qu'il fait un transfert sur moi et fixe mes jambes lors de nos séances. À tel point qu'un jour j'ai stoppé le rasage de mollets pendant une semaine afin de l'accueillir en jupette, poils noirs. Malheureusement, il faut croire que cela lui a beaucoup plu, car depuis il ne cesse de lancer des œillades gourmandes à mes mollets (à nouveau lisses, évidemment).

Deux ans que nos rendez-vous se soldent par le même échange, au mot près.

— Je vous jure… Les femmes ! soupire-t-il d'un ton geignard. Depuis le temps que vous me connaissez !

Et, comme d'habitude, son air contrarié fait place à une expression aguicheuse. Enfin, quand je dis aguicheuse… Si Jean-Joseph Durand arrêtait de tenter de masquer sa calvitie en plaquant ses quelques cheveux sur le haut de son crâne luisant, si sa volonté affirmée d'ignorer l'existence du déodorant disparaissait, s'il évitait de manger de l'ail juste avant de venir et surtout, s'il ne se montrait pas aussi macho, ce serait déjà plus concluant.

Je soupire avant de jouer ma partition d'un ton ferme mais bienveillant :

— Je traite tous mes patients de la même manière mais, si vous souhaitez un dialogue plus soutenu avec votre praticien, je peux vous conseiller de consulter un autre psychologue, utilisant des méthodes différentes des miennes.

Comme chaque fois que j'évoque cette perspective, Jean-Joseph Durand ouvre de grands yeux horrifiés avant de secouer la tête vigoureusement (ce qui fait virevolter quelques pellicules au-dessus de ses épaules). Je me lève et, d'un geste, l'encourage à m'imiter.

— Notre séance est terminée. Nous nous revoyons

la semaine prochaine, dis-je, avant qu'il se redresse lui aussi… pour ensuite fouiller dans sa poche.

Je m'abstiens de grogner.

Tu pourrais suivre tes envies primitives, me souffle mon Freud intérieur. *Lui mettre un coup de pied aux fesses qui le catapulterait par la fenêtre. Bien sûr, tu serais radiée de l'ordre des psys… mais, au moins, tu ne refoulerais plus tes pulsions !*

HORS DE QUESTION.

Mais tout de même… Qu'est-ce que ce sera, cette fois ?

Il tend la paume, l'ouvre… et… Waouh, merveilleux, de plus en plus inventif. Une coquille de cigale qu'il m'offre, la mine énamourée.

— C'est pour vous. Voyez, cette exuvie ! La cigale s'en est débarrassée pour renaître ! Comme moi, grâce à vous ! Je suis cette cigale et à vos côtés je virevolte, m'épanouis dans les arbres et…

Avant qu'il se mette à me chanter la sérénade, Geneviève déboule dans la pièce. Le timing est parfait. Elle sait que Jean-Joseph Durand dérape à chaque fin de rendez-vous et qu'elle seule est capable de calmer ses ardeurs. Je lui suis tellement reconnaissante de guetter l'heure pour intervenir et ainsi devenir mon bouclier vivant ! Mais Jean-Joseph Durand est bien téméraire aujourd'hui, puisqu'il s'avance vers moi et esquisse un geste pour attraper ma main. Je recule vivement.

— Enfin, vous savez bien que je n'accepte pas les cadeaux des patients !

Il tente le regard de chien battu, mais pile à ce moment Geneviève se racle la gorge, ce qui casse net ses ardeurs. Il faut dire que Geneviève est impressionnante. Quelle femme ! Triple championne de lancer de poids, adepte de la lutte… Plus costaud, il n'y a pas. La moindre parcelle de son immense corps est en béton armé. Avec ses cheveux poivre et sel coupés court, elle darde de ses prunelles azur un regard assassin sur Jean-Joseph Durand… Le pauvre ne fait pas le poids.

— Je vous raccompagne, monsieur Durand, annonce-t-elle d'une voix implacable, avant de m'adresser un sourire discret.

Puis, sans plus de cérémonie, elle se dirige vers lui, l'attrape par le bras et le traîne hors de la pièce.

Je jette un œil à ma montre. C'est parfait. Je dispose de trente minutes avant mon prochain rendez-vous : le temps nécessaire pour continuer mes recherches… Après m'être débarrassée de l'odeur de Jean-Joseph Durand, qui a envahi mon bureau si cosy (parquet clair, canapés en cuir, plan de travail en verre monté sur tréteaux, immense aquarium et reproductions de tableaux de Klimt aux murs), j'ouvre les fenêtres, observe un instant la vue sur la cour fleurie de l'immeuble dans lequel j'exerce au centre de Montpellier. Puis je me précipite à mon bureau pour poursuivre mon exploration. D'une main tremblante, je soulève le clapet de mon ordinateur portable, et la Page – avec un grand P – s'affiche. Sans crier gare, l'angoisse m'envahit. Tentant de la maîtriser et de la neutraliser, je détourne le regard et concentre mon attention sur Bloody Mary, mon poisson rouge, qui s'ébat sereinement dans son immense aquarium. OK. Détendue. Zen. Mer d'huile. Prairie de fleurs en fleur… C'est bon. Je fixe l'écran et frémis à nouveau.

Dans la vie, doit-on vraiment s'infliger autant de souffrance ? s'interroge mon Freud intérieur. *Souhaites-tu vraiment te pencher sur tout… ça ? Mon conseil ? Largue les amarres, fuis à Ouagadougou. Mieux ! Honolulu ! Quoique, la Norvège, ce soit sympa aussi et…*

NON.

Je ferme les yeux un bref instant.

Je dois affronter mes peurs. Il le faut.

Un sursaut de détermination me saisit, j'ouvre les paupières, m'empare de la souris et clique sur l'onglet « Janvienénettes ». Je tombe alors sur un forum débordant d'activité. Il y a des dizaines de discussions récentes, créées entre hier et aujourd'hui. Les réponses s'accumulent.

— Lisons un peu ce qui se dit par ici…, murmuré-je d'un ton léger, pour me donner du courage.

Sujet 4 540 - BB2 en cours — 21 SA. Constipation résistante. Vais-je mourir comme Elvis ?

Par : Petite Goutte

Ça commence bien… Cinquante-trois réponses, tout de même !

J'hésite à cliquer pour en savoir plus. Peut-être que cette pauvre Petite Goutte est déjà dans l'au-delà à cette heure-ci… Sentant ma nervosité augmenter, je décide de ne pas m'appesantir et passe au sujet suivant :

Post 4 539 — J'ai cru que l'accouchement était pire que tout… Mais depuis, j'ai découvert le colostrum, ce liquide fluo qui sort des tétons !

Par : Licornedu34

Alerte hyperventilation ! HYPERVENTILATION !

Je t'avais dit de renoncer ! jubile mon Freud intérieur.

Portant la main à mon poignet, constatant que mon pouls bat tous les records, je me renfonce dans mon siège, essuyant la goutte de sueur qui perle sur mon front. *Liquide jaune fluo ? Qui sort du… téton ? Est-ce une plaisanterie ? Peut-être que non*, songé-je avec un effarement mêlé de terreur. *Dois-je parcourir la discussion pour en savoir plus ?* Je tends un doigt tremblant vers la souris… puis renonce. Impossible. Trop violent. Trop brusque. Trop délirant. Trop… tout.

Poursuivons…

Post 4 538 — Je me suis fait pipi dessus en riant.

Par : Miraclemonventregrossit

— Ce n'était pas censé être une légende, les femmes enceintes qui se font dessus ? dis-je à voix haute, soulagée de trouver enfin un sujet un peu moins angoissant que les autres.

Légèrement plus à l'aise, j'examine les titres des posts suivants :

Échographie de grossesse : mon bébé ressemble à un poulet rôti/Hémorroïde, quand tu nous tiens ! /J'ai tout le temps faim.

Et ainsi de suite, du même acabit, jusqu'à ce que mon sang ne fasse qu'un tour quand je tombe sur :

Sujet 4 505 - Gygy m'a crochetée !

Par : Darkness

Je relis trois fois cette phrase avant d'éclater de rire. Hilarant ! Un sujet SM s'est glissé ici par erreur ! Oui, c'est ça ! « Gygy », ce doit être… Gyslhain… Et « m'a crochetée » quelque chose de vraiment osé. L'image soudaine d'une femme en cuir noir attachée à un crochet de boucher me vient à l'esprit et, mue par la curiosité, je clique sur l'onglet afin de découvrir la teneur du message :

Salut, les janvienénettes ! Voilà, je suis allée à mon dernier rendez-vous préaccouchement (BB a deux

jours de retard). J'ai eu le malheur de confier à Gygy que j'en avais assez et que j'avais hâte de ne plus me trimballer cet énorme ventre… Gygy a alors hoché la tête d'un air entendu, m'a fait m'allonger, a introduit son index en moi et a tiré comme un gros malade, exactement comme si mon vagin était un tiroir et qu'il cherchait à déloger un truc dedans. J'ai eu suuuuuuuuuper, méééééééééga mal. Il a conclu en me disant que si j'étais impatiente que le bébé sorte, il fallait donner du sien, qu'un petit crochetage, ce n'était pas bien méchant et…

Dieu tout-puissant ! Je ferme brusquement le clapet de mon PC et avale péniblement ma salive, à deux doigts de rendre mon déjeuner quand je songe à la barbarie de la grossesse et de l'accouchement.

Je dois me raisonner. Poursuivre. Est-ce qu'un alpiniste rebrousse chemin lorsqu'il a monté la moitié du mont Blanc ?

Oui, s'il a des engelures aux doigts, rétorque mon Freud intérieur. *Et qu'il ne sent pas qu'il…*

CHUT !

À nouveau concentrée sur mon écran, je poursuis mes découvertes :

Ce ne sont pas des jumeaux, mais des quadruplés ! / Enceinte et sexualité en berne ! /Peut-on perdre ses organes dans la foulée de l'accouchement ?

Cette fois, c'en est trop ! ASSEZ ! Refoulant mes larmes, je me lève et, d'une démarche saccadée, je gagne l'aquarium dans lequel Bloody Mary nage toujours joyeusement.

— Je crois que je n'en serai pas capable, Blood, soupiré-je avec un sanglot dans la voix.

Indifférente à mes atermoiements, Bloody cabriole au-dessus de son rocher pirate. Et moi… Moi, je songe au visage d'Henri. Henri que j'adore, qui partage ma vie depuis trois ans, qui me fait rire aux éclats, qui me fait jouir aux éclats, qui m'aime, me comprend et me soutient. Henri qui a eu le malheur de tomber amoureux d'une phobique de la famille, d'une névrosée de l'engagement, à tendance hypocondriaque. Henri qui, il y a une semaine, m'a rejointe dans notre lit, a caressé mon oreille – il sait que ce geste m'arrache des frissons de plaisir – et a chuchoté, avec une tendresse infinie : « Et si on faisait un bébé ? »

Je songe à ma réaction de recul et de panique immédiate. À ma réponse mi-figue, mi-raisin, en tout cas peu enthousiaste. À sa gentillesse quand il a dit qu'il comprenait et serait patient. À ma lâcheté parce que je suis persuadée, je sens que jamais, jamais ça ne se produira.

C'est trop pour moi. Je n'y arriverai pas.

Chapitre 3

Léo

« Et mon devoir, après tout, c'est d'envoyer voler jusqu'en enfer ce traîne-misère avec ses chimères, loin de ma colère, loin de mes frontières, au fin fond du désert Youpiiii ! Adieu, bye-bye, ex-prince Ali ! »

Jafar, dans *Aladdin*

Appartement de Léo, septième étage (sans ascenseur), 19, rue du Chardonnay, dans le centre-ville de Perpignan

Lorsque je pousse la porte de mon appartement, un morceau de musique métal, à mi-chemin entre le grincement d'une scie et le crissement d'une craie sur un tableau noir, m'accueille. Soulagement ! Je ne suis pas seule. Après cette journée cauchemardesque, c'est une bénédiction, même si mes oreilles crient au secours. Sans déconner, je pensais – naïve que je suis – qu'après une intense période Marilyn Manson/Korn dans les années 1990, la population avait définitivement tiré un trait sur ces aberrations musicales !

Il faut croire que ma maison est un bastion de résistance. Je jette mes clés sur le guéridon branlant qui trône dans l'entrée, me débarrasse de mes Converse à la va-vite et parcours le corridor menant au minuscule salon sous les toits qui fait tout le charme de cet appartement situé au centre de Perpignan. Trois ans que j'y habite : juste après avoir achevé mon master d'études d'histoire théâtrale à vingt et un ans, j'ai décidé de quitter la royale demeure familiale. Confort d'une immense chambre, plaisir d'un frigo toujours rempli, luxe d'un dressing king size débordant de vêtements soigneusement lavés et pliés, joie des brasses matinales dans une piscine aux dimensions colossales… Aux oubliettes, la vie de château, à la faveur de ce modeste trois-pièces dont j'ai dû payer la caution toute seule. Mes deux boulets suprêmes de parents ont refusé de me donner un coup de pouce financier, espérant ainsi que j'abandonnerais mes velléités d'indépendance et que je resterais chez eux, en mode Tanguy, jusqu'à ce que je me dégote un richissime époux. Très médiéval, n'est-ce pas ? En plus d'être d'un sexisme sans bornes… *Welcome* dans la famille De La Borée !

Mes parents… Ma mère… Mon nez…

— N'y pense plus, marmonné-je, alors que je pénètre dans le salon…

… Et que la vision d'Alice, ma colocataire, m'arrache un sourire. Elle exécute un poirier parfait, les jambes en équilibre contre le mur, tout en absorbant à la paille une boisson verdâtre peu ragoûtante. Elle est douée ! Comment son gosier se débrouille-t-il pour avaler cette mixture, alors qu'elle a la tête en bas ? D'ailleurs, c'est quoi, ce truc à mi-chemin entre la régurgitation de troll et la boue marécageuse ? Il ne faudrait pas qu'elle s'étouffe… Vu mon potentiel karma pourri du jour, c'est tout à fait envisageable. Ma formation premiers secours date d'il y a cinq ans, j'ai tout oublié. D'accord, j'ai déjà observé Meredith Grey faire recracher un stylo Bic quatre couleurs à une gamine, je visualise les gestes. Mais est-ce suffisant ?

Ne prenons pas de risques. Hors de question de me retrouver avec un cadavre sur les bras. Je dois stopper le cours du destin avant qu'il soit trop tard.

— Alice ! la hélé-je.

Zéro réaction.

Logique : on bat des records de décibels. C'est Marie-Louise Mimet, la voisine d'en dessous, Cruella de grande envergure, qui va être contente ! Je contourne le canapé trois places, trébuche sur une pile de romans oubliés sur le parquet, zoome sur une tache brune qui orne le tapis et n'était pas là hier, et atteins la chaîne hi-fi, dont je baisse le son.

— ALICE !

Enfin consciente de ma présence, ma coloc recrache sa paille et se redresse en effectuant une pirouette gracieuse. Comme d'habitude, je l'observe avec admiration. Immense, à la fois fine et musclée, elle possède un corps de liane. Mais ce n'est rien à côté de son visage aux traits ciselés et, surtout, de ses yeux incroyablement violets. Une bouche en cœur, des cheveux roux qui cascadent sur ses épaules… Elle a tout d'une fée.

— Fiente d'oiseaux ! Congrégation de vapeurs sortant du cul d'un constipé ! Je te jure que si je l'avais sous la main je lui ferais faire trois fois le tour de son slip sans toucher l'élastique ! lâche-t-elle, alors que ses prunelles lancent des éclairs.

OK. J'ai oublié de préciser qu'elle a tout d'une fée… Sauf quand elle est énervée. Un jour, Alice m'a confié que la gouaille de son arrière-grand-père Stradavine était légendaire et que, lorsqu'il était de mauvais poil, son vocabulaire aurait fait pâlir de jalousie ce pauvre capitaine Haddock. Elle m'a affirmé qu'elle se devait de perpétuer la tradition, puisque personne d'autre ne s'en chargeait dans la famille. Visiblement, elle prend la chose très au sérieux. Sept mois qu'elle a emménagé ici, et je ne l'ai jamais vue faiblir.

— Qu'est-ce qui se passe ? demandé-je en posant mon sac pour en extraire ma cigarette électronique, sur laquelle je tire avec frénésie. Ça ne va pas ?

Alice acquiesce. Bienvenue au club.

Je pointe du doigt l'infâme boisson qu'elle s'enfilait il y a quelques instants.

— Tu comptes te suicider à coups de salade mixée ?

— Je n'en suis pas encore là ! répond-elle après avoir éclaté d'un rire cristallin. C'est une recette que j'ai piquée sur Internet. Sur ce blog, là… *Relaxez votre ciboulot !* La nana jure que ce truc est capable de détendre un taureau entouré de quarante-cinq muletas rouges. J'ai pensé que c'était idéal, tant cette face de lait caillé m'a mise hors de moi ! Je te promets que si je meurs d'une crise cardiaque à cause de lui je le tue.

— Techniquement, c'est ton fantôme qui s'en chargerait, puisque tu serais déjà morte ! dis-je en me laissant tomber sur le canapé pour m'y blottir confortablement. Raconte !

Je tapote deux fois le velours usé afin qu'Alice calme ses ardeurs et me rejoigne. Elle s'exécute, s'allongeant à mes côtés, la tête sur ma cuisse, puis m'examine attentivement avant de froncer les sourcils.

— D'accord, je te vois à l'envers, mais je constate que, toi non plus, tu ne vas pas bien, Léo ! Qu'est-ce qui cloche ?

Long soupir. Geste évasif.

— Tout et rien…

— Tant que ça ?

Pile électrique, Alice se redresse pour se planter devant moi. Elle frappe dans ses mains d'un geste décidé.

— Quand on touche le fond, une seule solution : suivre les préceptes autodestructeurs de ce bon vieux Gainsbourg.

— Bien dit ! m'enthousiasmé-je. Vodka ?

— Vodka.

Elle court dans la cuisine. Les portes des placards et du frigo claquent pendant que je darde un regard nerveux en direction de mon sac. Je n'ai aucune envie de rallumer mon téléphone et d'affronter ces textos, auxquels je vais pourtant devoir répondre... Je sais parfaitement comment ça va se terminer : dans un bain de sang verbal.

— En avant ? lance Alice, qui revient armée d'une bouteille de vodka, d'un citron vert, d'un bocal de sucre vanillé et de deux verres.

— C'est parti !

Préparation. Généreuses rasades. Yeux dans les yeux. Cul sec. Chœur de « Ahhhh » satisfaits.

— Alors ? demandé-je en nous resservant.

— Ça y est ! J'ai rencontré l'œuf à deux jaunes !

— Le fils de Léon Finnemberg, que son père présentait comme un modèle de perfection ?

— Dans le mille ! se renfrogne Alice.

— Nous y sommes ? Le vieux a définitivement pris sa retraite ?

— Oui. Et crois-moi, Cot-Codec a du souci à se faire. Je prédis la faillite à cause de ce mollusque mono-neuronal de rejeton !

— J'en déduis que ça s'est mal passé.

— Pire que ça. Léon nous avait commandé une campagne de pub pour février 2020, et nous avions déjà presque tout planifié. J'avais une idée du tonnerre qu'il avait accueillie avec enthousiasme.

— De feu de Dieu, oui ! Tu m'en avais parlé : le poulet Shadok qui n'arrête pas de sortir la tête de la cocotte pour dire qu'il est bon ?

— Dans le mille ! Un truc drôle, hyper décalé… Eh bien, figure-toi que dès que Jean Finnemberg a pris le relais, il s'est pointé dans les locaux de Star Media Publicité comme s'il était chez lui, sans même prendre de rendez-vous. Je te jure : à deux doigts de dégainer les pantoufles, le mec ! Samuel et moi – trop bons, trop cons – avons accepté de lui faire une présentation du projet validé par Léon. Il a écouté attentivement… avant de dire « non ».

— Non ?

— « Non », du bout de ses lèvres à la fois gercées et huilées par une couche incroyable de Labello. Je lui ai demandé de développer. Il a soufflé comme le mistral et m'a servi un discours à se coller le visage dans un évier plein d'eau pour s'y noyer. « Mademoiselle Stradavine, comprenez-moi… Je suis différent de mon père. Je suis visionnaire, jeune, moderne. Je prépare l'avenir de l'entreprise. Les poulets Cot-Codec doivent redorer leur blason. C'en est fini de ce slogan ridicule… »

— Il veut supprimer « Cot-codecquez-vous la vie ! » ? m'indigné-je.

Alice hoche la tête sombrement avant de s'enfiler une bonne rasade de vodka.

— Oui. Et il veut changer notre angle publicitaire, ajoute-t-elle en grimaçant d'horreur. Il veut du glamour. Il a envie que Cot-Codec devienne une marque… sexy.

Je ne peux m'empêcher d'éclater de rire, imaginant soudain un poulet en jarretelles… Mais l'expression sévère de ma coloc me calme illico.

— Merde, ce n'est pas une blague…, commenté-je platement.

— Loin de là. Il a décrété que la campagne sortirait pour la Saint-Valentin et qu'elle serait à tonalité romantique. Je te jure qu'il a ajouté : « voire érotique ».

Je suis à deux doigts de recracher ma gorgée.

— Ce type est dingo !

— Ce type est dingo.

— Tu crois qu'il veut que tu réalises du porno-poulet ?

À ces mots, Alice se déride et glousse, avant d'attraper une cigarette dans le paquet posé sur la table, de l'allumer et de tirer une longue bouffée.

— Qu'est-ce que tu vas faire ? demandé-je, une fois que nous avons repris notre sérieux.

— Réfléchir pendant quelques jours et aviser. Samuel est d'avis qu'on lâche le projet. Trop risqué pour l'agence… On pourrait passer pour des imbéciles en signant une telle campagne. Mais tu me connais…

Elle lève un menton farouche.

— L'attrait du défi, deviné-je sans effort.

Avant de me renfrogner, en songeant à quel point survivre à cette journée a été un challenge, qui ne m'a pas semblé attractif du tout. Le silence s'installe. Je sens l'attention d'Alice sur moi. Elle se redresse et me regarde bien en face.

— Et toi ? demande-t-elle d'un ton plein de sollicitude.

Je pousse un long soupir et lui raconte dans le détail l'agression de Clément. À la fin de mon récit, elle bondit.

— Sans rire ? Mais tu ne peux pas laisser passer ça ! Porte plainte ! Fais un scandale ! Ce fils d'alligator au cerveau empaillé devrait aller en taule pour attaque à l'arme blanche ! Ça le déconnardiserait, tiens !

— Il a sept ans…, protesté-je. Et de toute façon, ce n'est pas le pire.

Ma coloc se fige et m'observe d'un air interrogateur.

— Qu'est-ce qui peut être pire que deux narines flinguées à la bougie ?

— Trois textos de ma mère.

Elle pousse un soupir, pile en même temps que moi.

— Qu'est-ce que c'est, cette fois ? s'enquiert-elle du bout des lèvres, dissimulant mal son mécontentement.

— Je te laisse le découvrir.

Je me décide finalement à attraper mon portable dans mon sac, l'allume, ouvre la conversation qui a flingué ma journée et la lui présente. Dès qu'elle commence à la lire, ses traits se contractent… avant qu'elle grimace de colère.

— « Ma chérie, nous t'attendons avec impatience pour Pâques et fêter ton anniversaire dans la semaine qui suit. As-tu réfléchi à notre proposition de cadeau ? Te refaire faire le nez, belle perspective, non ? » C'est une blague ! Elle a de la flotte dans le ciboulot, ta mère, ou quoi ?

J'acquiesce douloureusement en songeant à la pièce jointe au message, qui n'est autre que la photo d'un nez en trompette parfait. Sans même m'en rendre compte, je tâte mon nez, mais Alice tend la main pour arrêter mon geste.

— Ton pif est superbe, Léo ! Il est aquilin, long… Bien sûr qu'il est imposant, mais ça te donne un charme fou ! C'est lui qui apporte son cachet inimitable à ton visage. Si tu n'étais pas indécrottablement hétéro, je te draguerais sans pitié jusqu'à ce que tu cèdes ! Je t'en prie, ne me dis pas que tu songes à accepter ?

— Pas vraiment, répliqué-je, attendrie par son indignation. Je n'aime pas mon nez, mais j'ai fait la paix avec lui. Ce qui me blesse, c'est la façon dont ma mère insiste pour que je me le fasse raboter. Comme si elle me trouvait si laide qu'il fallait me déconstruire, puis me reconstruire. Je me sens… Oui, c'est ça, je me sens comme un Lego pathétique.

J'attrape le téléphone des mains d'Alice et lis le deuxième texto maternel à voix haute.

— « Le docteur Argand est prêt à nous faire une ristourne. » Là, tu vois, j'hésite entre rire et sangloter.

— Première solution ! affirme Alice avec force. C'est ridicule !

— Le troisième message est le pire, je trouve : « Réfléchis-y sérieusement : tu ne serais plus célibataire. » Le tout suivi de trois smileys en forme de nez. Trois ! En forme de nez ! BORDEL !

Et voilà ! La colère que j'avais réussi à contenir rejaillit. Je m'enfile rageusement un quatrième verre de vodka et balance mon téléphone sur le tapis. Dans la foulée, Alice se lève pour le récupérer et me le tend, la mine encourageante.

— Tu devrais lui passer un coup de fil et t'expliquer avec elle.

— Pas la force, marmonné-je.

— Mais si, insiste Alice fermement. Tu appelles. Tu lui mets les points sur les *i*, sa connerie à la poubelle…

— OK, OK… De toute façon, je dois lui répondre, dis-je d'un ton morne.

— C'est quoi cette voix de vaincue ? Ressaisis-toi ! Esprit combatif ! Cri guerrier ! Action !

Elle attend visiblement que je pousse un hurlement de Gaulois avant l'attaque. Ne voulant pas la contrarier, je m'exécute.

— Hein ? C'est tout ce que tu as dans le ventre ? Arrête !

Tu ne donnes pas tout ! s'exclame Alice d'une grosse voix, style instructeur commando chef-oui-chef.

— Ahhhhhh ! retenté-je avec plus d'ardeur.

— Quoi ? C'est aussi faible qu'une armée de licornes sans pouvoirs magiques !

Les poings d'Alice se serrent. Elle s'échauffe.

— AHHHHHH !

— Tu veux impressionner qui ? Une bande de Teletubbies ? vocifère-t-elle.

Au bout de trente et un essais (j'ai compté), je me sens aussi remontée qu'un coucou, et sans crier gare le souffle du Génie, dans *Aladdin*, envahit mon cerveau en ébullition : « Tu as le pouvoir, enfile tes gants, allume la mèche, et tu seras gagnant. Ça va faire Boum ! Au feu ! Tout ce qui te chante, tu peux l'avoir en frottant cette lampe ! »

Ou en parlant à ma mère.

J'empoigne mon portable et passe à l'action. À peine une sonnerie et elle décroche. Sa voix stridente et surexcitée résonne désagréablement dans mon oreille :

— Ma chérie ! Comment se fait-il que tu appelles si tard ! Ton… petit travail te retient-il la nuit, désormais ?

Elle a prononcé cette dernière phrase sur le ton du dédain. C'en est trop : je mitraille sans plus attendre.

— Je t'annonce que je refuse votre proposition.

Vlan ! Comme ça ! Sans fioritures !

— Notre… proposition ? rétorque-t-elle en détachant ses syllabes. Tu veux dire, notre cadeau ?

— Votre… cadeau ? rebondis-je du tac au tac en imitant ses accents bourgeois. Tu veux dire, votre façon de me faire comprendre que j'ai le tarin de Cyrano et qu'il vaudrait mieux me le faire raboter ?

— J'ai toujours su que ces études de théâtre te transformeraient en tragédienne ! Mais crois-moi, tu n'arriveras à rien dans la vie avec cette…

— Excroissance ? Presqu'île ? Protubérance ? complété-je d'une voix hystérique. Cette CANNE ?

Vodka ? Bouffée de chaleur à cause du radiateur qui tourne à plein régime juste à côté de moi ? Rage refoulée qui explose comme un geyser trop longtemps contenu ? J'ai l'impression de me transformer en Jafar quand il devient Génie du mal lorsque je conclus dans une envolée jubilatoire :

— MAMAN ? TU SAIS QUOI ? VA TE FAIRE CUIRE UN PUTAIN D'ŒUF AU PÔLE NORD !

Le cœur prêt à exploser, à la fois fière et abasourdie par ce que je viens de lâcher, je me tais. Gargouillements à l'autre bout du fil, aussitôt suivis d'un cri indigné. Ma mère bredouille quelques mots mais, sans attendre qu'elle me gronde, que je sanglote, que nous nous réconciliions et que je décide de me forcer à me rendre chez mes parents fêter mon anniversaire et accepter leur cadeau maléfique, je coupe la communication.

— J'ai raccroché au nez de ma mère.

Au nez de ma mère. Ah ! ah ! non. Le jeu de mots ne me fait même pas sourire. Le soufflé est retombé. Ma voix est blanche ; je suis en état de choc. Alors qu'Alice applaudit, j'ai soudain envie de pleurer.

— Me voilà seule pour mes vingt-cinq ans, murmuré-je, saisie d'angoisse. Pour Pâques. Pour les vacances.

Le bras chaud et réconfortant d'Alice s'enroule autour de mon épaule.

— Mais en compagnie de ton nez d'origine ! Ce n'est pas rien ! pouffe-t-elle, tandis que je la foudroie du regard. OK… Trop tôt pour plaisanter à ce sujet ?

— Bien trop tôt.

C'est alors que sur ses traits passe une expression de pure connivence, quelque chose qui scelle une amitié, une tendresse qui me transporte, une fidélité qui, je le sens, durera longtemps.

— Ne t'inquiète pas ! souffle-t-elle d'une voix un peu pâteuse. J'ai la solution. Je vais tout t'expliquer.

Et la voilà qui esquisse un sourire énigmatique après avoir planté sur ma joue un baiser aromatisé à la vodka qui me réchauffe le cœur plus que je ne saurais le dire.

Chapitre 4

Renata

« Qu'est-ce que la vérité devant le confort du mensonge ? »

Mon Freud intérieur

Je me hâte de quitter le tramway bondé dans lequel j'ai effectué le trajet centre-ville/Port Marianne, coincée entre un grand-père qui chantait un tube des Gipsy Kings et une demoiselle qui s'égosillait au téléphone, postillons à l'appui, promettant les pires châtiments à son ex, ce gros pervers qu'elle a surpris « la tête enfouie dans la culotte de sa meilleure amie ». À l'air libre, j'oublie instantanément l'atmosphère confinée de la rame et me plonge dans l'ambiance à la fois paisible et animée de mon quartier. 18 heures : les bars commencent leur *happy hour*. Malgré la fraîcheur de cette fin d'après-midi, les terrasses sont pleines de rires joyeux. Des gens fument et discutent avec entrain sous les chauffages extérieurs qui les auréolent d'une lumière orange. Je contourne le bassin Jacques Cœur et longe les immenses immeubles écologiques – bois brut, balcons fleuris – qui surplombent le parc. Quand j'atteins la grille du jardinet qui borde mon bâtiment, je sens mon angoisse monter d'un cran à l'idée de l'annonce que je m'apprête à faire à l'homme dont je suis amoureuse : « Je ne veux pas d'enfants. » C'est sûr que dit comme ça ! Il me faudrait une approche plus diplomatique et…

— Oups !

Cette traîtresse de petite marche, devant la porte vitrée de mon immeuble, tente de me faire tomber, mais d'un mouvement de hanches, je rétablis mon équilibre et évite la catastrophe de justesse.

Tu pourrais porter plainte contre l'architecte pour mise en danger de la vie d'autrui ! suggère mon Freud intérieur. *La Canadienne Kathleen Robertson a traîné en justice une grande enseigne de décoration car elle avait trébuché sur un buffet mal rangé, dans les allées du magasin de son quartier. Jackpot ! Elle a empoché 80 000 dollars ! Tu deviendrais riche et, après qu'Henri t'aura quittée puisque tu ne veux pas fonder une famille avec lui, tu pourrais noyer ton chagrin dans le shopping ! Tu te souviens de ce sac Hermès qui te faisait de l'œil ?*

Un instant, je me visualise déambulant dans la rue, ce magnifique sac en cuir prune à l'épaule… Seule… Triste…

Mais infiniment friquée ! proteste Freud.

Non ! Hors de question ! C'est vrai que cette marche a une dent contre moi, mais je l'apprécie malgré tout, car elle me rappelle mon emménagement…

Henri et moi, nous nous trouvions à Carnon, dans un restaurant de bord de plage. Je dévorais ma friture d'éperlans en l'écoutant me raconter ses déboires de l'après-midi avec un client. Ce dernier était furieux d'être à découvert de 1 000 euros et accusait Henri d'en être responsable, puisqu'il ne l'avait pas empêché de dépenser autant. Henri avait eu beau lui expliquer que le métier d'expert-comptable n'incluait pas la gestion des pulsions d'achat, l'autre n'en démordait pas. Henri me racontait tout ça avec son habituel ton pince-sans-rire. Une lueur espiègle dansait dans ses prunelles extraordinairement violettes. Il souriait. Le sourire d'Henri, c'est quelque chose. Il est rare, mais illumine tout. Ceux qui ne connaissent pas l'homme qui partage mon existence peuvent le juger froid : souvent penché sur ses chiffres et ses statistiques, toujours impeccable, il semble un peu austère, avec ses costumes de bonne facture soigneusement repassés et cette coupe de cheveux courte très stricte. Ils se trompent. Il faut franchir la barrière rigide qu'il offre au reste du monde et découvrir son sourire, dans lequel se trouve un univers de fantaisie et de tendresse…

Oui, le récit d'Henri me faisait rire aux éclats. Soudain, il s'est interrompu. Je me suis figée, confuse. Avais-je un bout de persil entre les dents ? Maudits éperlans ! Il s'est penché vers moi et a pris la parole d'une voix grave :

— Renata, je pense que tu es parfaite malgré ta tendance à dévorer de pauvres petits poissons en entier, sans même enlever la tête. Je t'aime. Il n'y a aucun doute ; toi aussi, tu m'aimes. Tu laisses traîner une tonne d'affaires chez moi : ta brosse à dents, tes dossiers de travail et même ton précieux fer à lisser. Oui, celui qui m'a brûlé le bras au troisième degré. Sache que je suis prêt à faire la paix avec cet appareil infernal, parce que je voudrais que tu emménages avec moi. Qu'est-ce que tu en penses ?

La panique a fusé en moi, comme un poison. M'installer avec lui ? Un engagement… On ne plaisantait plus. J'ai résisté à l'envie de fuir. J'ai hésité. Immobile, la mine confiante, Henri patientait, affectant de ne pas noter mon trouble. Il a saisi un éperlan et m'a regardée d'un air de défi.

— Si tu dis oui, je te promets de manger ce poisson. Et pourtant, tu sais que ces choses marines me répugnent.

J'ai souri. Mon pouls a retrouvé une cadence normale. Une insouciance enivrante m'a gagnée.

— Avec la tête ?

— Évidemment ! s'est-il rengorgé.

Zoom sur son visage aux traits réguliers, sur sa bouche fine et bien dessinée, sur ses épaules rassurantes, sur lesquelles je pouvais m'appuyer quand j'en avais besoin, auxquelles je pouvais m'accrocher lorsque nous faisions l'amour. Gros plan sur le cœur en dessous de ce torse, qui battait pour moi. Tout s'est remis en place.

— C'est oui, ai-je murmuré.

— Comme dirait la formule consacrée, tu fais de moi un homme heureux, a-t-il répliqué.

Pas de doute. Je le sentais, je le voyais. Un instant de silence. Il a hoché la tête avant de fixer le poisson d'une mine dégoûtée… et résignée. Puis il l'a approché de ses lèvres, mais j'ai tendu le bras pour m'en emparer.

— La friture d'éperlans ne doit pas être gaspillée dans la bouche d'un non-amateur ! ai-je tranché, avant de dévorer ce mets de choix.

Henri a soupiré de soulagement. Nous avons recommandé une bouteille de Pic-Saint-Loup. Quand nous sommes rentrés, la vue de l'immeuble avait une saveur particulière. Je ne passais plus la nuit chez lui, mais chez moi. Chez nous. Effet du vin ? J'ai été saisie d'un sentiment de joie profonde et j'ai esquissé quatre pas d'une danse ridicule jusqu'à la porte vitrée… avant de m'étaler sur le sol. La rencontre entre mon visage et le goudron a été fatale, et c'est la bouche ensanglantée, délestée d'un bout de canine, soutenue par Henri et en pleurs que j'ai fait mon entrée dans notre nid douillet.

La culpabilité m'étreint à nouveau. Comment réagira-t-il quand je lui annoncerai la terrible nouvelle de mon non-désir-d'enfant ? Peut-être qu'il fera semblant de se montrer détaché… ou qu'il ne cachera pas sa déception. Il pourrait partir en claquant la porte, lassé de mes tergiversations et de mes peurs, ou essayer de me convaincre en m'exhortant à dépasser mes traumatismes. Dieu tout-puissant… Tentera-t-il de me psychanalyser ?

Laisse-toi encore un peu de répit, me souffle mon Freud intérieur. *Après tout, qui a décrété que dire la vérité était quelque chose de bien ? Un imbécile sans cervelle ! Aucun doute là-dessus !*

— Tais-toi, toi ! grommelé-je.

Mes angoisses… Mon psy imaginaire maléfique… Pourquoi suis-je si folle ? Je n'ai pas l'occasion de répondre à cette question existentielle : dans le hall spacieux – sol en marbre, boiseries claires – un mot placardé sur le panneau d'affichage, griffonné d'une main rageuse, attire mon attention.

> *Notre immeuble en bois et biosourcé est en danger ! Un assassin de la planète, un profanateur du respect de la nature sévit. Un chewing-gum mâché a été retrouvé par M. Gremin juste devant les boîtes aux lettres. À première vue et selon l'odeur, je parierais sur un Malabar bi-goût, mais je ne suis sûre de rien, puisque justement le chewing-gum n'avait plus de goût…*

Mme Fleurot, la gardienne, a définitivement perdu la tête, si elle en est à mâcher les vieux chewing-gums trouvés par terre. D'habitude, ses mots courroucés m'amusent, mais ce soir je n'ai pas envie de lire la suite. Je me contente donc de gravir lentement l'escalier menant au premier étage, la mort dans l'âme, mais décidée à me montrer honnête. À cette heure-ci, Henri est à la maison, certainement occupé à jouer au Scrabble. « Moi-même contre moi-même ! m'a-t-il dit un jour. La plus trépidante des parties ! » Chaque vendredi, rebelote. Henri aime les habitudes immuables. S'il n'était pas mon compagnon, il ferait un patient tout à fait passionnant : orphelin, élevé par une grand-mère fantasque, entouré d'une sœur tout aussi délirante et d'un frère à la personnalité bien affirmée. Enfance rythmée par les jeux imaginés par sa *babulya*, la musique russe, un tourbillon d'affection et d'inventivité. Tout le portait vers la fantaisie, mais Henri a préféré ordonner sa vie et devenir comptable. Il a choisi l'emploi du temps strict et la planification. Pourtant, au cœur de cette coquille de rigidité se cache sa part de folie.

— Henri ? appelé-je en ouvrant la porte.

Pas de réponse. Je pénètre dans la pièce à vivre, un spacieux salon à la décoration épurée mais chaleureuse, avec son parquet en bois clair et ce grand canapé d'angle bleu ciel faisant face à la baie vitrée, et tente de nouveau ma chance.

— Tu es là ?

Il devrait être installé devant la table basse, ses lunettes aux montures fines sur le nez, sourcils froncés, réfléchissant à son prochain mot compte triple.

Coup d'œil dans la cuisine : tout est soigneusement rangé. Le plan de travail en marbre rutile.

— Ici !

La voix d'Henri résonne, grave, triste… provenant du cabinet. *Quelque chose ne tourne pas rond,* me dis-je avec angoisse. Ce n'est pas dans ses habitudes, de se trouver dans cette pièce le vendredi. Il y passe du temps le mardi. Quelques pas, et me voilà dans son monde. Partout sur le sol, des boules à neige. Elles sont de toutes les tailles, de toutes les couleurs. Les flocons y tourbillonnent lentement. Aux murs, les aquarelles qu'il a peintes au fil de ses voyages, des représentations de tous les lieux dans lesquels il a dégoté ces boules à neige. Le Liban, le Brésil, le Maroc, l'Italie… Voilà la passion, la poésie cachée d'Henri. Je m'appuie contre l'embrasure de la porte et l'observe. Il se tient dos à moi, évoluant lentement au milieu de ses trésors, se penchant de temps en temps pour les saisir avant de les secouer amoureusement. Les premiers temps où je suis venue chez Henri, cette pièce était close, au point que j'ai cru avoir sauté à pieds joints dans un remake de *Barbe bleue*. Mais un jour, il a pris une grande inspiration et m'y a conduite. Sa main tremblait légèrement quand il a tourné la clé dans la serrure. De *Barbe bleue*, j'ai plongé dans *Cinquante nuances de Grey*. Allais-je découvrir une batterie de fouets et de menottes ? Mais non… Je n'ai vu que la beauté sensible de l'esprit d'Henri.

— Chéri ? lancé-je, avant de slalomer entre les boules à neige pour le rejoindre. Nous sommes vendredi…

— Je sais, soupire-t-il sans se retourner.

Définitivement, quelque chose cloche. Il est voûté, son ton est morne.

— Henri ? murmuré-je avec tendresse en me plaquant contre son dos.

J'enlace sa taille. Tremble-t-il vraiment ? Impossible. Henri n'a jamais peur, n'a jamais mal, n'est jamais triste. C'est un roc.

— Dis-moi ce qui se passe, demandé-je en déposant un baiser sur sa nuque.

Il se retourne. Une immense détresse assombrit son visage.

Si ça se trouve, lui aussi a lu des trucs sur les organes qui tombent et la sexualité en berne pendant la grossesse, et ça lui a fichu un coup ! me souffle Freud, dont j'étouffe vite la voix.

Henri soutient un instant mon regard, puis baisse les yeux.

— Si je suis ici, alors que ce n'est pas le bon jour, c'est que je vais mal. Non, en fait, plus exactement, c'est *babulya* qui va mal.

— Ta grand-mère est malade ? l'interrogé-je, abasourdie et peinée pour lui.

Il hoche la tête sombrement.

— Mais… Je ne comprends pas, répliqué-je. Il y a quelques semaines de ça…

— Je l'ai eue au téléphone. Nous avons planifié ma visite de Pâques. Elle m'a parlé du *goloubtsy*[1] qu'elle comptait cuisiner et de la façon dont elle remplumerait le pauvre moineau que je suis…

Il s'interrompt un instant et esquisse une grimace douloureuse. J'entrelace les doigts aux siens et hoche la tête pour l'encourager à poursuivre.

— C'est dans son esprit que ça ne tourne plus rond, lâche-t-il finalement, les dents serrées.

— Vraiment ?

Démence ? À quatre-vingts ans, la grand-mère d'Henri en est peut-être victime. Pourtant, quand il me parle d'elle, elle semble si solide…

— Tu m'expliques ? insisté-je d'un ton doux.

— Camille m'a appelé, et c'est lui qui me l'a annoncé.

— Est-ce que ton frère est certain de ce qu'il avance ?

— Oui, il habite dans le même village. Il la voit tous les jours. Bien sûr qu'il sait ! s'emporte-t-il, avant de s'interrompre pour marmonner de vagues excuses.

1. Recette de chou farci (toutes les notes sont de l'auteur).

— Quels sont les symptômes ? demandé-je avec appréhension.

— Camille m'a dit que son comportement était étrange. On l'a aperçue dans les rues en pleine nuit. Et elle raconte des choses qui ne sont pas cohérentes. Quelqu'un l'a vue arborer son *sarafane*[1] et son *kokochnik*[2] pour acheter son pain.

Ah oui, quand même… Mais après tout…

— Ta grand-mère a toujours été excentrique, non ?

— Oui. Mais là, c'est différent. Elle perd le contrôle, et ça a commencé il y a un peu moins de un mois. Camille attendait d'en être certain avant de me mettre au courant de la situation.

— Qu'en pense Alice ?

— Camille n'a pas eu le courage de lui en parler : il a eu peur qu'elle s'effondre. De toute façon, elle le constatera quand nous nous retrouverons tous chez *babulya* le week-end prochain.

— Est-ce qu'elle a consulté ?

— Le médecin l'a auscultée, bien sûr. Il prévoit des examens : scan, prise de sang. Mais il n'est pas vraiment inquiet et pense que, d'un point de vue physique, tout va bien. En fait, il suggère qu'elle voie un psy. Sauf qu'elle refuse. Du coup, je me demandais…

Henri recule et darde sur moi un regard implorant. Oh non ! Tout mais pas ça !

— Si tu venais, tu pourrais poser un diagnostic, souffle-t-il. Et ça fait si longtemps que tu dois rencontrer ma famille ! Tu ne crois pas que c'est le moment ?

1. Robe traditionnelle russe.

2. Coiffe féminine traditionnelle russe portée avec un sarafane.

— C'est compliqué, soupiré-je en me concentrant sur la boule à neige du Brésil.

J'ai conscience de me montrer affreusement égoïste, mais c'est plus fort que moi. En une seconde, Henri me surplombe. D'un doigt, il lève mon menton afin que je le regarde.

— Non, Renata, rétorque-t-il d'un ton sans réplique. Ce qui est compliqué, ce sont les films de David Lynch. Pas ma famille, qui n'a qu'une envie depuis le début : faire ta connaissance. T'accueillir.

Honteuse, je secoue la tête.

— S'il te plaît, Renata, poursuit Henri d'une voix sourde. C'est ridicule. Quatre ans que nous sommes ensemble, et tu n'as toujours pas vu *babulya*. Ni Camille ni Alice, d'ailleurs. S'il te plaît… Je sais que tu as souffert, que ce que tu as vécu lorsque tu étais enfant ne te quitte pas. J'ai conscience que les réunions familiales te terrifient. Je ne t'ai jamais forcé la main. Mais là… Il s'agit de ma *babulya* ! Je te le demande comme une faveur. Viens au moins pour mettre le doigt sur le problème. Je te promets qu'ensuite je ne t'imposerai plus jamais ça.

Il encadre mon visage de ses paumes, approche les lèvres des miennes, et sa bouche rencontre la mienne dans un baiser à la fois brûlant et doux. Un peu salé, aussi. Une nuée de pensées contradictoires tourbillonnent dans mon esprit. Des sentiments mêlés m'envahissent. Je me sens prise au piège. Étrangement soulagée. Je n'ai pas le choix, cette fois. Je ne peux pas me détourner. Je dois affronter ma phobie de la famille, la pulvériser, pour Henri et sa *babulya*, puisqu'elle représente bien plus qu'une vieille grand-mère pour lui. Après la mort de leurs parents, c'est elle qui a élevé Henri, Camille et Alice, à coups de chants joyeux, d'injonctions sévères, de tendresses débordantes, de contes fabuleux et de colères flamboyantes. Le pilier de la tribu Stradavine, c'est elle.

— Si tu souffrais et que je ne t'aidais pas, jamais je ne me le pardonnerais, dis-je en passant les bras autour du cou d'Henri, avec l'impression de sauter dans le vide, lestée par des poids de quarante kilos, sans parachute.

— Merci, murmure-t-il avec émotion, tout contre mon oreille.

Son souffle chaud chatouille ma peau, et je décide qu'en ces circonstances particulières l'annonce au sujet du non-désir d'enfants attendra.

Une chose après l'autre.

Une douleur après une autre.

Chapitre 5

Léo

« — Tu es un analphabète, basique et primaire.
— Merci du compliment. »

Belle et Gaston, dans *La Belle et la Bête*

Quelques kilomètres après Sommières, sur une route affreusement tortueuse et cauchemardesque pour qui est victime de nausées en voiture

— Tu conduis depuis deux heures. On est déjà dans le Gard, dit Alice. Il ne reste qu'une quarantaine de kilomètres jusqu'à Anduze. Tu es certaine que tu ne veux pas faire une pause ? Regarde ! Sur le bas-côté, il y a de l'herbe qui n'attend qu'une chose : que tu lui dégobilles dessus.

— Je ne vomirai pas, protesté-je d'une voix faible. Hors de question de nous arrêter : plus vite nous serons arrivées, mieux ce sera pour mon malheureux ventre.

Alice se penche vers moi, puis m'observe si attentivement

que j'ai soudain le sentiment d'être un cas d'école, un sujet d'étude, une curiosité… La femme à barbe peut-être !

— On dirait que tu t'es tapé une indigestion de camomille, commente ma copilote. Et tu as le teint aussi frais qu'une carpe oubliée en plein soleil.

— Et toi, un sens inné de l'exagération !

Elle tend le bras et rabat le pare-soleil qui se trouve de mon côté.

— Regarde la vérité en face. Tu n'es plus que l'ombre de toi-même, ma vieille ! Si le mal des transports était un virus mortel, tu aurais atteint le stade final haut la main !

Quittant un instant la route des yeux, j'observe mon reflet dans le petit miroir. Elle n'a pas tort. Teint verdâtre au top niveau : la digne fille de Shrek, c'est moi.

— Verdict ? interroge Alice.

— Je me suis connue plus fringante, dois-je avouer, sans toutefois consentir à m'arrêter.

Je rabats le pare-soleil d'une main tremblante, refusant d'avoir encore affaire à cette version humide et colorée de moi-même, puis me concentre sur ma conduite en tentant de ne pas pester contre le tracteur juste devant, dont les pointes de vitesse ne dépassent pas les dix kilomètres/heure. J'ai beau guetter les opportunités, je ne parviens pas à le doubler, sur ces petites routes sinueuses. Zen, soyons zen… Si j'ai réussi à conserver un calme olympien tout à l'heure, lorsque nous avons dû attendre vingt-cinq minutes qu'un troupeau de moutons quasi narcoleptiques traverse la chaussée, c'est que je suis capable de ne pas imploser.

— Ma pauvre ! s'exclame Alice. C'est quand même aberrant que ta nausée persiste et signe alors que tu es au volant ! J'ai toujours cru que c'était un honneur réservé aux passagers !

— Voyons le verre à moitié plein : je suis unique.

— Je confirme ! Mais pas au point de terminer ce trajet sans faire une pause pour respirer l'air frais et te requinquer. Enfin ! C'est évident : ton organisme te hurle de toutes ses forces de t'arrêter. Écoute les gargouillements désespérés de ton ventre ! *S'il te plaît, Léo ! Ne redécore pas le volant avec les spaghettis bolognaise de ce midi !*

— Pitié, ne me parle pas de nourriture !

— S'il te plaît, Léo !

Alors qu'elle s'approche de mon oreille, je la repousse en riant.

— Arrête, c'est écœurant ! Si tu continues à donner la parole à mes gargouillements, je te jette dehors !

Elle se renfonce dans son siège en lâchant un cri faussement offusqué, avant de repêcher son paquet de Lay's saveur poulet rôti dans le vide-poches et de piocher dedans. Entre deux bouchées de chips (l'odeur est insoutenable), elle fait mine de se scandaliser.

— Quoi ? Tu renoncerais à ton séjour chez les Stradavine ? Crois-moi, tu passerais à côté de quelque chose, parce que ma famille est comme une brebis surdouée à deux pattes : elle vaut le détour !

— Si elle est à ton image, je n'en doute pas !

Cristallin, léger, le rire de gorge d'Alice rebondit sur les parois de l'habitacle. Ma copilote étend les jambes, les colle contre le pare-brise et pousse un soupir heureux.

— Je suis tellement ravie que le projet rabotage de nez proposé par tes pique-niquedouilles hébétés de parents soit…, lance-t-elle, avant de s'interrompre. Merde ! Pardon… Je ne devrais pas les insulter.

Oh que si ! J'accorderais à ma pire ennemie – cette lèche-bottes de hyène de Sandra, par exemple – le droit de leur infliger les souffrances les plus affreuses.

Oh oui… Voilà que mon esprit divague au cœur des rivages merveilleusement infâmes de la cruauté… Dévoiler à toutes les amies de ma mère qu'elle trouve Donald Trump sexy (j'étais en quête de colle lorsque j'ai découvert dans l'un des tiroirs de son bureau une vingtaine de photos de cet abominable vieux croûton) ; kidnapper Dior, l'insupportable caniche que mes parents ont adopté juste après mon départ, et qui me déteste (cet animal est fourbe et tente de boulotter mon mollet dès que nous sommes seuls, pour ensuite aboyer à la mort quand je tire sur ses affreuses frisettes) ; ligoter mon père afin qu'une esthéticienne lui épile les poils du dos…

Oui, je suis une vilaine fille, mais il faut me comprendre : je suis au bout du rouleau. Depuis que j'ai annoncé à mes parents que je souhaitais conserver mon excroissance naturelle, c'est l'enfer. Une semaine que ma mère me harcèle de textos passifs agressifs (le GIF d'une larme qui coule et celui d'un couteau planté dans un cœur ont succédé aux smileys en forme de nez). Une semaine que mon père laisse des messages hargneux sur mon répondeur, m'enjoignant d'être raisonnable, d'arrêter de faire de la peine à celle qui a lutté quarante-huit heures en salle de travail avant de me mettre au monde par césarienne, et de revenir fissa à la maison pour fêter Pâques et passer sur le billard.

Grâce à mon appli Gourou-Zen et ses citations positives, ainsi qu'aux encouragements de Félix et d'Alice, je suis parvenue à ignorer leurs tentatives de culpabilisation et à ne pas entrer dans leur jeu. Partir loin d'eux dans une famille normale me fera le plus grand bien !

— Léo ? Je t'ai vexée ? Excuse-moi, je…

La voix d'Alice me tire de mes pensées, et je me hâte de la rassurer :

— Pas du tout ! J'étais ailleurs ! Au sujet de mes parents, je t'en prie, fais-toi plaisir ! D'autant plus que je salue bien bas l'inventivité de tes qualificatifs !

— Merveilleux ! Sache que j'en ai un stock inépuisable sous le coude ! Bref, je te racontais que je suis ravie que les projets de tes bulbes de cerveau non germés de géniteurs soient tombés à l'eau et que tu m'accompagnes chez *babulya* ! J'ai hâte de te la présenter ! Dis-moi, est-ce que tu as déjà rencontré une authentique grand-mère russe ? Une *mamouchka* ? Dans le folklore, la *mamouchka*, ou *babulya*, est une perle d'innocence : le genre à te tricoter des pulls moches et colorés, à veiller à ce que tu te resserves au moins trois fois du goulasch et à te répéter qu'elle va te remplumer, pauvre oiseau que tu es… Mais il ne faut pas se laisser tromper par les sourires bienveillants et les napperons en dentelle ! Derrière ce masque de douceur se cache une volonté de fer. La *mamouchka* est capable de faire baisser la tête à un chef de gang, après lui avoir frappé le crâne avec sa canne. Elle a un caractère bien trempé et n'hésite pas à lever le ton si besoin. Elle est prête à tout pour obtenir ce qu'elle veut. Bref, tu t'apprêtes à rencontrer un pilier.

Ma curiosité et mon impatience redoublent, mais un violent haut-le-cœur m'empêche de les exprimer de vive voix, ce qui n'a pas vraiment d'importance, puisque Alice poursuit sur sa lancée :

— En plus, tu viens pile au bon moment ! Chez *babulya*, on célèbre Pâques comme nulle part ailleurs… Enfin, sauf en Russie, bien sûr ! On mangera du *koulitch* et de la *paskha*. Par contre, il faudra faire gaffe à ce que mes frangins ne dévorent pas tout avant qu'on puisse en toucher une miette. Tu sais que… Heu… Léo ? Tout va bien ?

Victime d'une nausée démentielle, je reste silencieuse,

les mains crispées sur le volant. C'est comme si une équipe de pom-pom girls en furie enchaînaient les olas au fin fond de mon estomac. Comme si un psychopathe de pyromane avait bazardé une trentaine d'allumettes enflammées pour brûler à vif mon œsophage. Je souffre, souffre, souffre.

— Léo, tu dois t'arrêter ! ordonne mon amie avec sévérité.

Non… Je ne veux pas vomir. Je déteste ça : ça me fait pleurer, songé-je avec désespoir. Je secoue donc la tête avec obstination.

— Plus vite nous serons arrivées et…

— … Plus vite tu iras mieux, je sais ! Mais, avec ce tracteur devant nous, c'est plutôt mal barré, ma poupée ! D'ailleurs, qu'est-ce qu'il fout, à refuser de se coller sur le bas-côté pour nous laisser passer ?

Elle écrase la paume sur le klaxon, puis se penche à la fenêtre pour apostropher le pauvre conducteur.

— Arrête, Alice ! De toute façon, il n'entendra rien, avec le boucan que produit sa charrette de la mort !

Au lieu de la calmer, ma remarque semble la mettre au défi : la voilà qui hurle, les mains en porte-voix.

— Hé ! pousse-toi du milieu, lanterne à ampoule économique, et laisse passer deux beaux brins de femme comme nous !

Il faut croire que j'ai eu tort et que le bruit du tracteur n'est pas si tonitruant, vu le doigt que le conducteur brandit en guise de réponse.

— Alors là ! Il ne sait pas qui nous sommes ! s'échauffe Alice avant de vociférer à l'intention de notre concurrent : Tu vas voir de quel bois se chauffe la pilote à mes côtés.

Et justement, quelques secondes plus tard, nous tenons notre opportunité : une brève ligne droite bien dégagée.

Les sourcils froncés, je passe à l'action. « Rapide… Je suis rapide », comme dirait ce bon vieux Flash McQueen avant de dégommer les chronos et de ratatiner tous les autres. 3, 2,1, le coup d'envoi de la Piston Cup est lancé ! Clignotant à gauche, accélération de folie… Et hop, je me rabats. Victoire ! J'ai doublé ! Mais à peine ai-je le temps de me rengorger que mon ventre se tord abominablement. J'inspire avec vigueur : erreur fatale. L'intenable odeur du fumier, venant des vignes que nous longeons, ainsi que le parfum entêtant de l'énorme bouquet de persil qu'Alice m'a forcé à me coller dans le décolleté – astuce russe supposée être infaillible contre le mal des transports – ont raison de moi.

Game over. Sans crier gare, je vire à droite et me gare sur le bas-côté dans un formidable crissement de pneus. Avant qu'Alice ait l'occasion de dire quoi que ce soit, j'ouvre la portière, me précipite hors de ma voiture, la contourne et, pliée en deux, vomis abondamment sous les sarcasmes du conducteur du tracteur qui donne l'impression d'avoir remporté une course de Formule 1.

— Je te jure que pour moi, le persil, ça marchait à tous les coups ! lance Alice, qui m'a rejointe. En temps normal, les remèdes de *babulya* sont efficaces !

— Dois-je te rappeler que je suis unique ? ironisé-je courageusement après m'être redressée.

Chancelante, je m'appuie au capot de la voiture, alors qu'Alice me tend une bouteille d'eau minérale.

— Tiens, bois ! ordonne-t-elle d'un ton sans réplique.

Une fois que je me suis exécutée, elle pointe le bouquet de persil qui pendouille autour de mon cou.

— Et débarrasse-toi de ça ! Tu ne gagnes rien à trimballer ce machin, sauf à ressembler à une ratatouille.

— Flatteuse, la comparaison !

— N'est-ce pas ! renchérit Alice, clin d'œil taquin à l'appui. Ça va mieux ? Tu conduis ou je m'y colle ?

— Je m'en charge.

Alice acquiesce en attrapant ma main, qu'elle serre avec une tendresse brusque, avant de foncer vers le véhicule. Les gestes bourrus et pleins d'affection de mon amie...

— Je voulais te remercier de m'avoir invitée, lui dis-je, une fois installée au volant. Tu sais, je...

— Attends !

Alice fouille dans son sac et dégaine un *Hollywood*.

— Enfourne ça avant, Alain Prost ! lance-t-elle avec bonne humeur. Tu as une haleine de chacal ayant bouffé trop d'escargots à l'ail !

J'éclate de rire, saisis la gomme, la fourre dans ma bouche et redémarre.

— En avant ! Dernière ligne droite !

Heureusement, après cet épisode peu glorieux, je me suis sentie mieux. Le trajet s'est déroulé sans encombre jusqu'à Anduze, ville natale d'Alice, dans laquelle nous entrons désormais.

— Là ! On arrive ! s'écrie-t-elle, au comble de l'excitation. Comme c'est beau !

Je ne peux qu'approuver. Nous passons sur un large pont, au pied duquel serpente une rivière à l'eau transparente. Plus loin, le train des Cévennes, rouge et noir, majestueux, prend son élan pour parcourir l'arrière-pays sur un ancien tracé ferré.

— La grande horloge ! Ma grande horloge ! Juste ici ! s'exclame Alice en désignant une haute construction en pierre, de forme cylindrique. On peut y grimper certains jours de la semaine. La vue d'en haut est superbe ! Continue... Et là ! La maison de *babulya* ! Ma maison !

Elle a prononcé cette dernière phrase avec une émotion

difficilement contenue. Je ralentis pour y jeter un œil. Des détails charmants retiennent mon attention : une grille dorée, un jardin envahi de fleurs sauvages et multicolores, une piscine, un parterre de gazon, une balancelle en fer forgé, une longue table en bois sombre, du lierre recouvrant la façade, une large porte rouge, surmontée d'une cloche en bronze, et des volets peints en lilas, répondant avec douceur à l'azur du ciel printanier.

— On ne peut pas se garer ici, Léo. Va un peu plus loin. On trouvera une place vers la boulangerie.

— C'est magnifique ! lancé-je en roulant au pas, séduite par la maison et l'atmosphère joyeuse de l'artère commerçante dans laquelle je m'engage.

— Tu l'as dit, mon amie ! C'est Anduze ! Et tu constateras que…

La sonnerie de son téléphone la coupe dans son élan et, lorsqu'elle extrait le mobile de son sac, elle grommelle :

— Merde ! C'est ce chameau borgne de Jean Finnemberg ! J'avais oublié qu'on avait prévu un appel pro… Je dois m'y coller, désolée, Léo. Essaye de te garer juste là, dans le coin.

Elle montre du doigt le bout de la rue avant de s'absorber dans sa conversation.

— Bonjour, monsieur Finnemberg. Comment allez-vous ? Oui… Entendu… Ravie de savoir que Cot-Codec nous fait confiance. Je…

… repère une place ! OK, elle est aussi minus que la maison de Tic et Tac, et je n'ai jamais été douée en créneau mais, après tout, j'étais hyper forte à Tetris à l'adolescence. Je peux tenter le coup ! Allez, c'est parti pour la marche arrière ! Comme d'habitude, l'embrayage proteste, et un horrible grincement retentit. Mortifiée, je note que les gens installés à la terrasse du café de l'autre côté de la chaussée ont les yeux braqués sur moi. Je lâche un « merde » sonore. Une tape sur la cuisse me fait sursauter. C'est Alice, qui fronce un sourcil désapprobateur.

— « Merde » ? Non ! Vous avez dû mal entendre, monsieur Finnemberg ! La vulgarité n'est pas dans mes habitudes !

Quelle mauvaise foi venant d'une fille qui manie l'insulte comme un ninja son sabre ! Je ne peux m'empêcher de glousser… en ratant copieusement mon créneau.

— Bordel !

Nouvelle œillade courroucée d'Alice, qui, n'y tenant plus, ouvre la portière, descend du véhicule et s'éloigne. OK… Me voilà seule face à l'adversité. Qu'à cela ne tienne ! Les super-héros sont des êtres solitaires. On y retourne ! Marche avant, marche arrière, je braque… et je vais y arriver ! Enfin… Si ce maudit trottoir, que ma roue heurte dans un crissement de pneu, ne faisait pas tout pour me barrer le chemin ! La Mercedes grise, juste derrière moi, joue du klaxon. Les gens sur la terrasse du café se marrent désormais franchement. Mais ça n'a pas d'importance. Le vent du défi m'emporte : j'ai perdu une bataille, mais pas la guerre ! Avec de la concentration, j'y arriverai ! Je fronce les sourcils et m'apprête à vaincre l'adversité routière, quand une voix grave aux inflexions moqueuses me stoppe net dans mon élan.

— Jamais deux sans trois !

Je tourne la tête vers le trottoir, côté passager, et aperçois un mec hilare armé d'une baguette de pain, planté devant ma voiture. Non, mais je rêve ? Qu'est-ce que me veut… ce… ce… – waouh ! – ce spécimen aussi alléchant qu'un Henry Cavill émergeant des flots torse nu ? Immense, athlétique, vêtu d'un jean brut bien coupé et d'un T-shirt estampillé « Radiohead plaît aux mecs bien ». Double waouh ! Dans un autre contexte, je m'attarderais sur ce détail. Mais là… Il glousse bêtement. Je me ressaisis illico. Sa connerie éclipse sa beauté. De quel droit se permet-il de se foutre de moi ?

— Je n'ai jamais entendu de proverbe plus absurde ! rétorqué-je sèchement. La personne qui l'a pondu n'avait aucun sens statistique. Comme toi, certainement !

— J'admets que je n'ai jamais été un as en maths ! poursuit Mr Baguette, qui ne semble pas contrarié le moins du monde par ma contre-offensive. Mais là, je ne crois pas que tu vas réussir ton coup. Clairement, tu as besoin d'aide !

Il rit de bon cœur, et mon agacement monte d'un cran. Souhaite-t-il vraiment que je sorte de mon véhicule pour lui faire ingurgiter son pain par les oreilles ?

— Non, merci ! rétorqué-je. Sache que j'ai un sens inné des proportions et que ce créneau ne me pose aucun problème.

— Tes deux tentatives lamentablement ratées n'étaient donc que des faux-semblants ! s'esclaffe-t-il, avant de hausser les épaules. Dommage ! J'étais prêt à te sauver !

Non, mais ça va, les chevilles, oui ? Sans déconner, ce mec est l'incarnation de Kuzco, l'empereur mégalo ! Un instant, je bouillonne, rêvant de le transformer en lama puant, alors qu'il boulotte tranquillement le quignon de sa baguette, en attendant la suite des événements. C'en est trop ! Et ce n'est pas sa bouche charnue et sexy qui m'adoucira ! Je vais envoyer paître ce triple crétin en un temps record ! J'adopte un air de Xena la guerrière et l'apostrophe de mon ton le plus sauvagement agressif :

— Pour qui tu te prends ? Le superman de la route ? Je ne te permets pas de juger ma conduite ! Ni même de me regarder ! Occupe-toi de beurrer ton pain, au lieu de me harceler ! Allez, dégage, gros naze !

Mr Baguette me fixe avec une insolence amusée. Si nous étions dans *Autant en emporte le vent*, je serais Scarlett et lui, Rhett. Il s'approche et s'accoude nonchalamment sur la vitre à moitié baissée. Je pourrais enclencher le bouton de fermeture et trancher net sa jolie tête, à la Marie-Antoinette… C'est une idée ! Mais, bien malgré moi, j'admets qu'il serait préjudiciable d'endommager ce visage parfait. Cette peau dorée, parsemée de taches de rousseur, cette barbe de trois jours, un peu négligée, ces grains de beauté sur son front… Et cette cicatrice sur sa tempe ! Et cette chevelure brune en bataille… Et ce sourire ! S'il n'était pas destiné à me rendre folle, je le trouverais irrésistible : il creuse de petites rides autour de ses yeux bleu très clair, ainsi qu'une fossette sur sa joue ronde. Il illumine ses traits ciselés.

Trop con. Mais trop waouh.

Nous nous défions du regard, avant qu'il grimace, faussement contrit.

— Je voudrais bien beurrer mon pain, mais comme je fais partie de la garde civile, à mes heures perdues, c'est un peu mon devoir de veiller à ce que l'ordre règne dans la ville, et là…

Il claque la langue et pointe du doigt la rue derrière moi. Un coup d'œil dans le rétro m'indique que, par ma faute, un embouteillage impressionnant s'est formé. Le klaxon de la Mercedes grise redouble de vigueur. Son conducteur hurle un « connasse ! » retentissant. En un instant, la colère me quitte, et je reprends mes esprits. Lucide, je fais le point sur la situation : devant un parterre de spectateurs, je crée la panique à Anduze parce que je suis occupée à tenter de gagner une joute verbale avec un emmerdeur qui aime le pain, au lieu de poursuivre ma route afin de trouver une autre place. Pathétique.

— Je m'en vais, annoncé-je avec précipitation.

— Attends ! réplique Mr Baguette, dont l'attitude a complètement changé.

Son sourire moqueur s'est évanoui. Ses traits se sont durcis. Il a muté en Jon Snow, grand exterminateur de méchants.

— C'est Adriano… Toujours aussi con, toujours aussi taré. Ne bouge pas, je reviens, dit-il, avant de rejoindre la Mercedes à grands pas.

Les yeux rivés sur mon rétroviseur, je suis la scène avec appréhension : le fameux Adriano est super balèze, tatoué jusqu'au cou. Crâne rasé, barbe longue, air menaçant… Si on était dans un film d'action, il serait le parrain de la ville, dont tout le monde aurait une trouille bleue. La voix sonore de Mr Baguette Snow parvient jusqu'à moi :

— Calme-toi, Adriano. Cette jeune femme n'est vraiment pas douée en créneau, c'est tout ! Laisse-lui le temps de s'en sortir ! Et ça serait bien que tu te montres poli. Ta maman t'a pourtant bien éduqué, non ?

— Rien à foutre ! Je suis pressé ! postillonne l'autre en serrant les poings. Vire-moi cette touriste de mes deux ! Si elle ne se range pas tout de suite, j'explose sa voiture ! Font chier, ces étrangers, à envahir notre ville…

— Tu devrais te détendre, tu sais, Adriano ! réplique Mr Baguette Snow avec flegme. Toute cette colère… Ce n'est pas bon pour ton cœur.

— QU'ELLE BOUGE DE LÀ OU JE LA CRÈVE ! hurle Adriano.

— OK ! OK ! Mais je me permets d'insister : ta fureur finira par te boucher les artères, mon vieux ! En rentrant, promets-moi de te préparer une petite camomille ! Tu sais, tu devrais aussi…

— AHHHHH ! beugle Adriano avant d'écraser le poing sur le klaxon.

Ce déchaînement viril ne semble pas impressionner Mr Baguette Snow, qui fait volte-face en se marrant et rejoint ensuite mon véhicule, côté conducteur. Il ouvre ma portière en s'inclinant avec emphase.

— Si madame voulait bien se donner la peine de descendre de son carrosse afin de ne pas finir étranglée par le fou du village ! L'as du créneau s'en occupe.

J'obtempère, à la fois troublée, honteuse et furieuse, sans pouvoir m'empêcher de lancer une ultime repartie.

— Je te parie 20 euros que tu n'y arriveras pas du premier coup !

— Les doigts dans le nez ! s'exclame-t-il, avant de régler le siège. Mais je préfère que nous misions sur un resto. Je serais ravi qu'un beau brin de fille comme toi m'invite. Même si tu es affreusement nulle au volant, je peux me dévouer pour passer la soirée avec toi !

Exaspérée, je gagne le trottoir sous le regard assassin d'Adriano et les rires des gens en terrasse, alors que mon insupportable sauveur enclenche la marche arrière et se met à manœuvrer – oh non ! – de manière impeccable. Il gare ma voiture comme si la place était faite pour un semi-remorque. Je ne peux m'empêcher de lancer un « fait chier » rancunier lorsque éclatent les applaudissements des clients du café en face. Crissements de pneus de la Mercedes d'Adriano qui démarre en trombe et me gratifie d'un joli doigt d'honneur au passage. Rire grave de Jon Snow. La totale. Ou presque… Car soudain, la voix d'Alice résonne dans mon dos.

— Ah ! je vois que tu as rencontré mon frère Camille !

Super, il t'a donné un coup de main ? Il a toujours eu un compas dans l'œil pour les créneaux.

Mortifiée, j'ai l'impression de me liquéfier sur place. Glorieuse entrée en matière, Léo ! Joli premier contact avec la famille Stradavine ! Je viens de traiter le frangin de ma coloc d'imbécile et de me ridiculiser devant lui. Heureusement que Marie me souffle à l'oreille que « les dames ne commencent jamais les disputes, mais savent les finir ». Merci pour le bon conseil, *Les Aristochats*. Je m'excuserai et me montrerai délicieusement polie avec cet agaçant personnage. Tout ira pour le mieux. Tiens, justement, le voilà qui émerge du véhicule. Lorsqu'il m'aperçoit aux côtés d'Alice, il paraît un instant décontenancé, mais se ressaisit vite, quand il se trouve face à nous et que sa sœur l'apostrophe d'un ton joyeux :

— Tu as pris une ride, ici, entre les yeux !

— C'est un bourrelet que je sens ? répond ce dernier sur le même ton en lui pinçant la hanche.

— Je rêve ou tu te dégarnis ?

— Je n'y crois pas ! Tu as une touffe de cheveux blancs, juste là !

— Tu as toujours autant de repartie en stock ! s'esclaffe Alice.

— Et toi, une mine superbe, en vrai !

Alice éclate d'un rire heureux, et Mr Baguette Snow – ou devrais-je dire Camille – l'étreint d'un geste bourru, avant de déposer un baiser sonore sur sa joue. Lorsqu'ils se détachent, ils se tournent tous les deux vers moi. Éblouissants. Même beauté ravageuse, même assurance solaire.

Devrais-je m'excuser sur-le-champ ?

— Alors, Alice ? Tu nous amènes une chérie qui ne sait pas conduire ? demande Camille.

Instantanément, j'oublie mes velléités de politesse.

— Ce n'est pas ma chérie ! rétorque sa sœur. Impossible de la faire virer de bord, malgré mes tentatives ! C'est ma coloc, Léo ! Tu sais bien !

Le regard de Camille s'éclaire.

— Mais oui ! L'actrice-chanteuse fan de Disney au tempérament de feu !

— Dans le mille ! réplique Alice. Tu peux aussi ajouter : grande amatrice de vodka !

— J'adore qu'on parle de moi à la troisième personne comme si je n'étais pas là ! interviens-je avec un soupçon de mauvaise grâce en croisant les bras sur ma poitrine.

Alice et Camille arrêtent leur manège et me contemplent en gloussant. Puis Camille se tourne vers sa sœur.

— Elle veut qu'on s'adresse à elle directement, non ?

Ma colocataire lève la main pour lui administrer une tape sur le crâne, mais il esquive habilement. Avec un clin d'œil à mon intention, il lance mes clés en l'air, puis les rattrape.

— Je récupère vos bagages dans le coffre, altesses royales ?

— Faites donc, manant ! acquiesce Alice en riant, avant de se tourner vers moi. Tu viens d'avoir un superbe aperçu du caractère de Camille. Quand on était petits, Henri et lui se liguaient contre moi pour me faire les pires crasses ! Autant Henri se montrait raisonnable et cessait de m'embêter au bout d'un moment, autant Camille… Il ne sait pas s'arrêter ! Il me harcelait jusqu'à ce que…

— … Tu me colles une raclée bien méritée ! intervient ce dernier, qui nous a rejointes, nos valises en main. Une fois, tu m'as même mordu jusqu'au sang ! Mais ne parlons pas de ça ! Alors, les filles ? Vous avez fait bon voyage ?

— On peut dire ça comme ça ! réplique Alice. Pauvre

Léo ! Tu as devant toi la seule personne au monde qui a le mal des transports en conduisant.

— Léo semble… unique en son genre ! commente Camille.

Une lueur taquine passe dans ses prunelles. Je le défie du regard. Mais notre petite joute silencieuse ne s'éternise pas, puisque nous nous mettons en marche, afin de suivre Alice, qui s'éloigne d'un pas leste.

— Merci pour ce grand moment, en tout cas, Léo ! déclare Camille d'une voix grave.

Je lui lance une œillade assassine, mais ma réplique cinglante se meurt sur mes lèvres, quand je constate que son rire s'est mué en un sourire doux et complice.

— Je suis sérieux ! insiste-t-il. J'ai adoré ce créneau rocambolesque.

Ne sachant quoi dire, je reste silencieuse, avant de sourire moi aussi, inexplicablement ravie.

Et ce sentiment s'intensifie encore lorsque nous franchissons la grille du 9, rue des Alouettes. Sur le perron, une vieille dame rousse absolument superbe, très grande, enveloppée dans un châle chatoyant, caresse tendrement la chevelure d'Alice, qui s'est agenouillée devant elle pour la serrer dans ses bras. Un amour fou se dégage de cette étreinte, qu'Alice rompt pour faire le tour du jardin en sautillant.

— Je suis à la maison ! hurle-t-elle d'une voix extatique.

Elle saute en direction d'un chêne immense, qu'elle embrasse.

— Tout feuillu, mon pote ! Comment vas-tu ?

Puis elle s'allonge sur le parterre de fleurs en effectuant de grands moulinets avec les jambes.

— Ma sœur est timbrée ! commente Camille d'un ton affectueux.

Comme si elle avait entendu, Alice se relève d'un bond.

— Je suis parfaitement heureuse ! rugit-elle en fonçant au fond du jardin. Ericsson ! Mon hérisson chéri ! Il va bien, *babulya* ?

La vieille dame éclate de rire avant de nous rejoindre, Camille et moi.

— Tu dois être Léo ! s'exclame-t-elle avec un sourire si bienveillant, si accueillant, que j'avance sans hésiter pour l'embrasser. Je suis ravie de te rencontrer, *malinovka*[1].

1. Rouge-gorge.

Chapitre 6

Renata

« Quand la situation devient trop difficile, l'alcool est un bon soutien. »

Mon Freud intérieur

Ma course effrénée s'achève au moment où je trébuche sur une liane. Je m'étale de tout mon long sur le sol terreux grouillant d'insectes, et une vague de terreur déferle sur moi quand je songe à ce qui m'attend : Jean-Joseph Durand, mon fidèle patient, va me rattraper et me couvrir de baisers baveux, à moins que je ne succombe avant, dévorée par les fourmis rouges géantes qui escaladent mes mollets. Déterminée à sauver ma peau, je rassemble mon courage et me relève avec un cri guerrier, puis sprinte à travers la jungle touffue, armée de dix sacs Hermès dont les lanières se transforment soudain en d'abominables serpents aux langues acérées. J'ai à peine le temps de lutter contre eux que leur grand patron apparaît. Me voilà face à un terrible boa constrictor. Éclatant d'un rire démoniaque, il ouvre une gueule immense, et de cet antre rougeoyant s'échappe une horde de grands-mères russes… Elles brandissent des parapluies et des rouleaux à pâtisserie en vociférant. « Ce n'est que maintenant que tu rencontres la famille d'Henri ? Que crois-tu qu'ils vont penser de toi ? Ils doivent te haïr, et tu auras du mal à te faire pardonner de ne jamais avoir daigné les voir avant ! » lance leur chef, une mamie aux cheveux teints en bleu. Elle m'observe avec désapprobation, mais très vite un sourire satisfait étire ses lèvres. « À moins que… Oui… Si tu veux qu'ils passent l'éponge sur ton manque de savoir-vivre, tu devras mettre au monde quarante bébés. » « Sans péridurale ! », renchérit l'une de ses acolytes. Toutes applaudissent avec un enthousiasme délirant en scandant : « Quarante bébés joufflus ! » Je recule, horrifiée et…

— Renata !

La voix grave d'Henri met fin à mon ignoble cauchemar. Désorientée, je fixe la Peugeot rouge qui roule devant nous, puis les peupliers à travers la vitre côté passager, et enfin Henri, qui conduit.

— Toi, tu as bien dormi ! déclare-t-il sans quitter la route des yeux.

Sa main droite lâche le volant pour caresser ma joue. J'ai la peau si moite que ses doigts pourraient se détacher avec un bruit de ventouse. Comment peut-il croire que j'émerge d'une sympathique petite sieste ? Ne perçoit-il pas ma panique ? Pourquoi cet homme qui me connaît parfaitement, qui est passé virtuose dans l'art de lire entre mes lignes et de débusquer les failles derrière mes sourires, semble-t-il en ce moment complètement à côté de la plaque concernant mes émotions ? La réponse est simple : il n'a aucune envie d'entamer une discussion au sujet du week-end en famille qui nous attend. Mes blocages ont resurgi avec une telle force qu'hier j'ai annoncé à Henri que j'avais changé d'avis. Après tout, ma présence n'est pas vraiment nécessaire : si sa grand-mère refuse vraiment de consulter un psy, des infirmiers peuvent intervenir et utiliser une camisole pour la forcer à… Je me suis interrompue, honteuse devant la mine blessée et déçue d'Henri. J'ai pris sur moi pour l'accompagner, mais ma résolution est fragile. Il le sait. Et parler du clan Stradavine alors que nous sommes en route, c'est prendre le risque de faire exploser mon stress. Je pourrais alors le supplier de faire demi-tour ou exiger de quitter le véhicule…

J'en veux à Henri car j'ai le sentiment d'avoir été piégée. Je m'en veux de raisonner de la sorte alors que sa *babulya* est en détresse et a besoin de moi.

— Tu ronflais ! s'exclame-t-il avec amusement. C'est si rare que ça mérite d'être souligné, non ? Et puis, quand c'est toi, c'est mignon ! Presque musical !

Je n'ai aucune envie de rire, mais au contraire de pleurer. J'aimerais par-dessus tout lui confier ce que je ressens, mais il vaut mieux pour moi que je m'abstienne. En effet, j'ai la bouche pâteuse, et mes idées ne sont pas tout à fait claires.

Heureusement que tu ne souhaites pas être maman, toi ! 17 heures et tu es déjà dans un état proche de l'Ohio ! poursuit Freud.

C'est pitoyable, j'en ai conscience. Si l'homéopathie antistress était plus efficace, aussi, je n'aurais pas été contrainte de boire du rhum pour atténuer la tension qui me dévore ! J'ai beau avoir avalé une quantité folle de granules d'*Aconitum napellus 9 ch*, réputée apaisante, ça n'a produit aucun effet. Le départ de Montpellier s'est donc déroulé dans la panique la plus totale, et le trajet a été pénible, avec cette drôle d'ambiance entre Henri et moi. Et puis, il y a eu cette station essence, sur la route, où

Henri s'est arrêté pour faire le plein. Je suis entrée dans la boutique pour m'acheter LE paquet XXL de Maltesers, qui m'aiderait à noyer mon affolement dans le sucre… J'étais postée devant la caisse, portefeuille en main, quand mon Freud intérieur a eu une idée que j'ai qualifiée de brillantissime, sur le moment : *Achète deux mignonnettes de rhum, va aux toilettes et bois-les d'une traite. On verra ensuite si la grand-mère russe te fait toujours autant d'effet.* J'ai obtempéré avec l'impression troublante d'être une *bad girl*. Assise sur une cuvette à la propreté douteuse, préalablement recouverte de papier hygiénique, j'ai consciencieusement absorbé mes flasques. Puis j'ai mâché un Hollywood fraîcheur extra-intense, n'ayant aucune envie qu'Henri soit au courant de ma nouvelle méthode antistress. En voiture, j'ai vite ressenti une euphorie grisante… avant de déchanter. J'aurais dû me méfier, bien sûr : Freud est un démon, non un conseiller sensé, et je n'ai jamais tenu l'alcool. Résultat ? J'ai la tête qui tourne, le hoquet et les jambes molles. L'horrible vérité s'impose à moi alors que nous dépassons le panneau « Anduze » : je vais me présenter devant la famille Stradavine en ayant bu.

Excellente technique pour briser la glace ! s'esclaffe mon Freud intérieur.

— Nous sommes arrivés ! annonce Henri en s'arrêtant pour laisser traverser une bande d'adolescents qui se chamaillent joyeusement.

Silencieuse, je les observe en enviant leur insouciance, avant de concentrer mon attention sur les boutiques aux devantures chargées, bordant l'avenue principale.

— Voici la maison ! lance Henri en ralentissant devant une superbe bâtisse victorienne, recouverte d'un lierre couleur émeraude. Nous allons nous garer plus loin, vers la boulangerie. Ici, c'est impossible.

J'aimerais tellement que nous perdions un temps fou à chercher une place, mais Henri bifurque dans une ruelle calme et effectue un créneau parfait le long du trottoir. Il éteint le contact, enlève sa ceinture et sort du véhicule. Je voudrais l'imiter, vraiment, mais je n'y parviens pas. Je suis comme soudée à mon siège, paralysée par l'appréhension.

Depuis toutes ces années… Tu ne crois pas que tu aurais pu régler tes traumas au sujet de la famille ? En tant que psy, ça aurait été judicieux !

— Plus un mot, Freud ! grogné-je en croisant les bras sur ma poitrine. Ou j… je… te fais disparaître à jamais.

Flûte de flûte, je me mets à bafouiller !

— Renata ?

Le visage d'Henri apparaît derrière la vitre, de mon côté.

— Tu viens, chérie ? On est arrivés !

Avec un sourire encourageant, il ouvre la portière et me tend la main. Je secoue la tête d'un mouvement saccadé.

— Je p… pense que je vais rester ici.

Mon Dieu, ce rhum !

Henri fronce un sourcil inquiet en me scrutant comme le ferait un médecin face à un patient présentant des symptômes étranges, avant de claquer la langue, signe qu'il est agacé. Il a compris !

— J'en étais sûr ! lâche-t-il sévèrement.

De quoi ? Que je serais obligée de boire pour supporter la pression ? Et alors ? Je fais ce que je veux, non ? Ne suis-je pas majeure et vaccinée ? Au moment où je m'apprête à lui répondre vertement, Henri me devance d'une voix vibrante.

— La plupart des gens affirment que l'homéopathie est sans danger. Un pharmacien m'a même juré qu'on pouvait en prendre autant qu'on en voulait et que la posologie ne signifiait rien. Mensonge ! Écoute, Renata ! Tu as avalé une vingtaine de ces petits tubes… Ça ne peut pas être bon ! Les effets secondaires se font ressentir. Tu te rends compte ? Tu as du mal à articuler !

J'étouffe un soupir de soulagement.

— Tout va bien !

— Nous ne pouvons pas rester là. Je te soutiendrai jusqu'à la maison, et tu t'allongeras dans notre chambre pour te reposer.

Il me tend la main. Je l'observe comme si elle était enduite de poison mortel et ne bouge pas d'un pouce. Hors de question que je me fasse remarquer en allant au lit à peine arrivée. Que penseraient-ils de moi ?

La même chose que quand tu leur souffleras ton haleine hautement inflammable dans la figure : que tu es… spéciale.

N'importe quoi ! Sache, insupportable Freud, que j'ai mâché du chewing-gum.

— Pars devant. Je te rejoins. Juste le temps… de… D'admirer le paysage.

— Paysage qui se résume à la vieille Volvo garée devant nous, me contredit-il. Allez, viens.

— J'aime les Volvo, m'entêté-je.

— Tu détestes les Volvo et les voitures en général. Bon sang, Renata ! Tu n'es vraiment pas dans ton assiette. Nous pourrions aller aux urgences pour vérifier que tout va bien et…

Que la prise de sang dévoile mon taux d'alcool dans le sang ?

— Arrête d'en faire un fromage, Henri, le coupé-je sèchement. J'ai besoin de quelques secondes, v… voilà tout !

Il esquisse une moue contrariée. Le silence s'abat sur nous : il renferme mon mécontentement d'être ici, sa gêne de me traîner chez sa grand-mère contre mon gré, et… oui, son agacement. Parce qu'en fait c'est moi qui fais tout un fromage de tout ça. Rencontrer la famille de son conjoint, c'est quelque chose de normal, non ? Je suis un poids. J'ose un regard vers lui, m'attendant à une désapprobation appuyée, mais c'est bien mal connaître l'homme que j'adore. Ses traits n'expriment qu'une douceur absolue. Il s'approche de moi, prend mon visage en coupe dans ses paumes et me force à lui faire face. Focus sur ses prunelles violettes aux pépites d'or. Ces yeux qui m'enveloppent d'amour. Il me comprend. Il lit en moi. Je retrouve mon Henri.

— Tu es si terrorisée, ma chérie ? souffle-t-il. Laisse-moi te dire une chose : tout se passera bien. Tu verras. Tu pourrais avoir la surprise de te plaire, dans ma famille. Et tu pourrais les laisser t'aimer… Non, ne proteste pas. On ne peut que t'aimer, envers et contre tout. Tu sais que tu dors la bouche ouverte et que, chaque matin, tu me souffles ton haleine dans la figure ? Je ne me bouche pas le nez, même si elle sent le renfermé, parce que tu es si belle, et j'aime tellement te contempler quand tu es assoupie que je serais bien incapable de me détourner. Je ne te l'ai jamais dit mais, l'an dernier, Bertrand Assiert, le voisin du dessous, t'a écrit une lettre d'amour dans laquelle il te confiait qu'il adorait cette robe jaune que tu mets, les premiers jours de printemps. Il a raison. Tu es superbe quand elle virevolte sur tes chevilles fines… J'ai intercepté la missive parce que j'avais trop peur que tu me quittes pour cet apollon. Parce que j'ai tellement de chance de t'avoir. Tes tentatives culinaires improbables, ton rire si tonitruant que la première fois il m'a fait sursauter ; ta volonté de sauver tes patients, en n'abandonnant jamais les plus pénibles ; ton talent pour le Sudoku ; ta finesse, ton intelligence, ta bonté. Tu n'es pas juste parfaite pour moi.

Ou parfaitement imparfaite. Non, tu es tout simplement, adorablement, indubitablement parfaite, tout court.

Il reprend son souffle, alors que je fonds, à la fois ébahie et touchée par cette tirade impromptue. Mon cœur cavale. J'essuie une larme qui roule sur ma joue. Miraculeusement, je parviens cette fois à articuler convenablement.

— C'est magnifique… C'est la première fois que tu me dis tout ça !

— Tu sais que je ne suis pas doué pour exprimer mes sentiments. Mais il me semblait important de te dire ça avant que tu rencontres ma tribu. J'ai traîné un long moment sur YouTube, hier, et j'ai regardé dix compilations des plus belles déclarations d'amour au cinéma, grimace-t-il. Ça m'a donné de l'inspiration.

En l'imaginant concentré sur des extraits de *Love Actually* et de *Quand Harry rencontre Sally*, j'éclate de rire.

— Tu sais que je t'ai toujours trouvé mille fois plus beau que Bertrand Assiert ?

Il s'incline, puis m'adresse un sourire taquin.

— Me voilà rassuré. Et j'espère que cette tirade amoureuse à la Hugh Grant te donnera du courage…

Un regain de bravoure s'empare de moi. Je saisis sa main tendue et saute du véhicule pour me retrouver tout contre lui. Il effleure mon front de ses lèvres et dégage une mèche sur ma tempe.

— Au fait, information qui pourrait te motiver : ma grand-mère a pour coutume de nous faire boire une liqueur bien forte quand nous arrivons. Ça déménage ! Je suis persuadé que ça te détendra !

Dieu tout-puissant… Vais-je être victime d'un coma éthylique ? songé-je en titubant légèrement quand Henri s'éloigne de moi pour attraper nos bagages dans le coffre. Nous commençons à marcher vers le numéro 9 de la rue des Alouettes. D'abord d'un pas rapide… Puis beaucoup plus lent à mesure que nous nous approchons. Est-ce moi, réticente, qui ralentis ou Henri ? Mais non ! C'est lui ! Soudain, il pile net et tire sur mon bras pour me ramener contre lui.

— OK, c'est moi qui me dégonfle, maintenant, murmure-t-il avec une grimace affolée. Et si elle était complètement folle et qu'elle égrenait un chapelet d'insanités ? J'ai lu un article sur les personnes âgées qui sont complètement désinhibées quand elles deviennent séniles. Par pitié… Je ne veux pas voir *babulya* courir toute nue dans la maison…

Sa fragilité soudaine me donne un peu de force.

— Moi non plus, crois-moi, j'aimerais ne pas avoir affaire à ta grand-mère en tenue d'Ève. Et ce ne sera pas le cas : tout va bien se passer. Fais-moi confiance.

— Tu en es certaine ? demande Henri, l'espoir éclairant ses traits.

— Absolument, dis-je avec une assurance que je suis loin d'éprouver… et qui s'évanouit quand la porte d'entrée s'ouvre vivement.

Elle est là, absorbant l'espace et l'attention, éclipsant tout. Il se dégage d'elle une aura à la fois chaleureuse et autoritaire. Elle est aux antipodes de ce que j'imaginais. À des années-lumière de la grand-mère déboussolée que je m'attendais à rencontrer. Très grande, très ronde, elle est enveloppée dans un châle rouge et noir, brodé de fleurs turquoise. En dessous, j'aperçois une robe lilas. Ses cheveux roux sont relevés en un savant chignon tressé. Elle se fige un instant, mais un énorme matou tigré, jaillissant de derrière un arbre pour entrer dans la maison, la bouscule.

— Pépé ! *Durachit*[1] ! Tu as failli me renverser ! Enfin ! Qui veut voir une *babushka* les quatre fers en l'air ? Et puis, ce n'est pas chez toi, ici ! Tu appartiens au voisin ! Reviens !

Cette façon de rouler les *r*, pure mélodie ! Un chant russe mêlé à celui des cigales.

Elle éclate d'un rire très grave, comme le grondement cristallin des pierres dans une rivière, et reporte son attention sur nous. Puis elle applaudit très fort, esquissant un sourire qui fait naître un millier de sillons autour de ses yeux. Alors qu'elle se rapproche d'un pas léger, je la contemple : ses joues sont roses, et ses rides n'ombrent pas son visage. Au contraire, elles l'embellissent. Sa bouche est soigneusement recouverte d'un rouge à lèvres carmin, et ses iris violets, soulignés d'un épais trait d'eye-liner, sont particulièrement… perçants.

Elle n'a pas du tout l'air folle, loin de là…

Je compulse mentalement mon manuel de psycho, alors qu'Henri pousse un soupir de soulagement. Peut-être qu'elle est atteinte de bipolarité, alternant donc périodes de normalité et d'hystérie ? À moins qu'elle ne soit victime de dépression ? Chez les seniors, cet état donne lieu à des comportements étranges… Ou alors c'est plus grave. En début de maladie dégénérative, les patients ont tendance à donner le change devant leurs proches.

— *Dobro Pozhalovat*[2] ! Bienvenue ! s'écrie-t-elle joyeusement en ouvrant les bras.

Henri pousse le portail et se précipite vers elle pour la faire virevolter dans les airs. Éclats de tendresse, éclats de rire, la langue russe se mêle au français dans un babillage ravi. Mais très vite, elle s'écarte d'Henri et jette un œil par-

1. Imbécile !
2. Soyez les bienvenus !

dessus son épaule pour me chercher… et me trouver. Immédiatement, mon cœur s'emballe. Si seulement je ne semblais pas si empotée, plantée derrière la grille, dans ma robe qui me tient chaud, vacillant sur mes talons. J'avale ma salive et avance lentement. Je n'aurais pas dû cracher mon chewing-gum, je dois sentir l'alcool. Sveta contourne Henri et me rejoint à pas lents. Panthère prête à dévorer l'oiseau ? Quand elle se trouve tout près de moi, elle reste d'abord silencieuse, me contemple avec une insistance gênante. J'ai le sentiment très désagréable qu'elle lit en moi comme dans un livre et qu'elle me juge. Je retiens ma respiration. J'ignore comment et pourquoi, mais je semble réussir avec succès le test d'admission puisque, soudain, son air sérieux se dissout dans un sourire immense, chaleureux, si sincère qu'il m'émeut profondément.

— Renata *krasavitsa*[1], lance-t-elle en me ramenant d'un geste à la fois doux et ferme contre son opulente poitrine. Je suis heureuse de t'accueillir dans ma maison.

Elle sent le bouquet garni et l'eau de Cologne… la maman. Gênée par ce contact non sollicité, je tressaille. Je déteste qu'on me touche, qu'on me marque d'un parfum étranger, et elle doit le comprendre, puisqu'elle recule en fronçant les sourcils. Nul doute qu'elle est en train de revoir sa première impression à mon sujet. Zut… J'ouvre la bouche pour dire quelque chose d'aimable, en espérant pouvoir parler dignement, mais des hurlements, dans la pure tradition des guerriers indiens, m'interrompent.

Brun, ébouriffé et musclé, un homme d'une vingtaine d'années déboule hors de la maison, suivi de près par une jeune femme au rire de gorge enchanteur. Les ayant déjà

1. Belle jeune femme.

vus en photo, je les reconnais immédiatement : il s'agit de Camille et Alice.

— *Bud'te ostorozhny*[1] ! Bande de fous ! leur crie Sveta, alors qu'ils bondissent du perron pour foncer sur Henri, qui se retrouve plaqué au sol sans ménagement.

Ses lunettes sont tombées par terre ! Elles seront cassées, il ne pourra pas les faire réparer tout de suite et sera embêté. Henri déteste vivre dans le flou visuel ! J'esquisse un pas pour les ramasser, mais Sveta me retient.

— Accorde-leur le temps de se dire bonjour…

Je m'exécute, à la fois irritée et vexée. Même si son ton était tendre, l'ordre m'agace. Que croyait-elle ? Que j'allais les séparer ? Que je suis une créature possessive qui ne supporte pas qu'Henri ait une famille et en profite ? De quel droit se permet-elle de me dicter mon comportement ?

Alors qu'elle s'éloigne dans leur direction, je bous intérieurement.

— Vous vous tuerez un jour ! s'exclame-t-elle une fois à leur hauteur. Et qui laisserez-vous seule avec ses hérissons, comme une vieille femme pathétique ? *Deva Mariya*[2], tu tiens le coup, Henri ? Ils finiront par te blesser, un jour…

Les combattants ne lui prêtent pas la moindre attention. N'en prenant apparemment pas ombrage, elle hausse les épaules et gagne la maison d'un pas vif.

— Je vais chercher le verre de bienvenue et je reviens !

Immobile, ne me sentant pas à ma place, je la regarde s'éloigner, puis observe le ballet de pieds, de jambes et de bras, juste devant moi. Alice tente de retenir Henri, qui frictionne vigoureusement le crâne de Camille en riant à gorge déployée. Ce dernier hurle avant de s'affaisser,

1. Attention !
2. Vierge Marie.

faisant mine d'être mort… pour aussitôt se relever, imité par les autres. Décoiffée, rouge, ravie, la fratrie se contemple un instant, puis se donne l'accolade avec une affection immense. Essoufflé, écarlate, Henri se tourne vers moi. Ses farouches adversaires le suivent, et me voilà le point de mire de l'assemblée. Mes joues deviennent brûlantes. J'esquisse un sourire tendu et me dandine stupidement d'une jambe sur l'autre. Henri m'adresse un clin d'œil réconfortant. En quelques enjambées, il est près de moi et enlace ma taille. Camille nous rejoint et rend ses lunettes à son frère.

— Camille, je te présente Renata. Renata, voici mon petit frère, Camille, dit Henri en les remettant sur son nez.

Camille effectue une révérence comique, avant de rétorquer, goguenard :

— Quand il dit « petit », il évoque mon âge, bien sûr, parce que je fais une tête de plus que ton homme depuis que j'ai dix ans ! Moi, fort ; Henri, faible !

Henri le pousse du coude, et nous rions tous de bon cœur, alors que je lui tends la main pour serrer la sienne. Il se penche pour m'octroyer une bise vigoureuse. Contact non sollicité numéro deux. C'est la spécialité de la famille, visiblement. Mais Camille se montre si accueillant que je ne lui en tiens pas rigueur.

— C'est super que tu sois là ! s'écrie-t-il d'une voix enthousiaste. Depuis le temps qu'Henri nous parle de toi. J'ai l'impression qu'il prononce ton prénom encore plus souvent qu'Alice ne balance des grossièretés !

— Hé ! face de larve d'asticot de mouche verte, je ne te permets pas ! riposte cette dernière, désormais à nos côtés.

Elle est exactement comme je l'imaginais. En un mot : imposante. Enfin… Pas dans le genre militaire menaçant.

C'est plus subtil que ça. C'est sa perfection qui la rend si intimidante. Très grande, absolument parfaite dans le moindre détail, elle rayonne. Henri en a toujours dressé un portrait idyllique : la beauté d'Alice, le caractère bien trempé d'Alice, sa carrière fulgurante… Je n'ai jamais réussi à réprimer un désagréable pincement de jalousie à ces évocations. Oh ! pas que je n'aie pas confiance en moi, au contraire. Mais la mine bienveillante et admirative d'Henri me renvoie à mon vide familial. De mon côté, jamais personne n'a parlé de moi ainsi. Jamais personne ne le fera…

Alice me scrute sans aucune gêne, exactement comme sa grand-mère, puis m'accorde un bref sourire. Froid, poli, mesuré, aux antipodes de celui de Sveta.

— En effet, il était temps ! lâche-t-elle en tendant le bras. Je ne savais pas que tu serais là !

Et ça n'a pas l'air de l'enchanter ! s'exclame mon Freud intérieur, que j'avais miraculeusement réussi à contenir, jusque-là.

Nous nous serrons la main. C'est la seule qui évite un contact trop rapproché… Et pourtant, étrangement, j'aurais aimé qu'elle imite les autres. *Freud a raison. Elle me déteste,* songé-je avec effroi.

— Moi aussi, je suis très heureuse de faire votre connaissance, à tous, et de découvrir la maison d'enfance d'Henri, répliqué-je en me concentrant très fort pour ne pas manger mes mots.

Si fort que ma voix sonne étrangement, comme pincée et hypocrite. C'est l'horreur ! Si je n'étais pas moi, je me détesterais au premier regard.

— C'est visible ! commente Alice d'un ton goguenard.

Traduction : je ne suis pas la bienvenue. *Si elle savait à quel point je n'ai pas envie d'être là !* pensé-je furieusement, alors que je lui adresse un sourire poli.

— *Babulya* est en train de filtrer sa liqueur ou quoi ? Elle met un temps fou à revenir ! lance Henri, qui tente de faire diversion. Au fait, Alice, c'est quoi ce Tupper que tu as laissé tomber quand tu m'as attaqué ?

— Oui, Alice ! Explique-nous tout aimablement ! renchérit Camille en faisant les gros yeux à sa sœur, avant de se pencher vers mon oreille pour chuchoter. Excuse-la, elle est un peu sauvage au premier abord. Tu sais, c'est comme le dentifrice Parodontax : au début, c'est très mauvais, puis on apprend à l'apprécier et on devient accro !

Alice hausse les épaules, file récupérer le récipient, l'ouvre et le brandit. Je bondis en arrière quand j'aperçois ce qu'il renferme : des vers vivants, qui se tortillent et montent les uns sur les autres avec un enthousiasme écœurant. Je mets la main devant ma bouche pour étouffer mon cri d'horreur et contenir le haut-le-cœur qui me saisit. Alice lève les sourcils et me regarde avec un mépris mêlé d'amusement.

— Oh ! ça, mon cher Henri, c'est le repas de nos compagnons à pics ! Tu n'ignores pas qu'Ericsson et sa descendance en raffolent.

Henri rit doucement, avant de se tourner vers moi.

— Je te l'avais raconté : Ericsson, c'est l'énorme hérisson que nous avions trouvé malade et qui, une fois guéri, a élu domicile dans la haie du jardin de ma grand-mère.

— Me voilà ! lance Sveta, qui revient, chargée d'un plateau décoré d'arabesques aux couleurs vives, sur lequel ont été disposés cinq verres remplis d'un liquide ambré.

Elle le dépose sur une grande table à notre gauche, sous les oliviers, et nous fait signe de la rejoindre.

— Avant d'entrer, *zakuska*[1] obligatoire ! La vodka de bienvenue est une tradition russe !

— C'est notre cinquième tournée, précise Camille. Alice et moi sommes déjà à moitié soûls. Et je ne vous raconte pas l'effet sur Léo, la copine d'Alice ! Elle ne marchait plus droit, à tel point qu'elle est allée faire une petite sieste ! Il n'y a que *babulya* qui tient fièrement le coup. À croire qu'elle s'entraîne tous les jours à boire de la vodka cul sec !

Sveta rit de bon cœur en le traitant de sot. J'ai un haut-le-cœur, la tête qui tourne. Effet conjugué du rhum et de la panique. Si j'ingurgite une goutte de plus, je ne réponds plus de rien… devant la famille d'Henri, alors que je suis censée être une psy respectable. Envahie par l'appréhension, je tends pourtant le verre qu'on m'a mis dans les mains pour trinquer. Sveta esquisse un sourire gêné. Alice fronce carrément les sourcils. Quoi encore ?

— Chez les Russes, on n'entrechoque pas les verres, ça porte malheur ! lance-t-elle avec un brin de mépris, tandis que Camille lui donne un coup de pied qui la fait grimacer.

— Mais nous sommes des gens modernes qui ne se laissent pas guider par les superstitions, pas vrai ? s'exclame-t-il en tendant son verre.

— Allez, détendons-nous, ça n'a aucune importance ! intervient Henri en buvant cul sec.

— Il a parfaitement raison ! approuve Sveta.

— Oui, mais…, proteste Alice, avant de pousser un cri indigné. Camille ! Arrête de me taper ! *Babulya*, il me frappe ! Renata a besoin de comprendre nos habitudes, hein ? C'est neuf, pour elle, tout ça.

Le ton est plein de reproches. Pour la deuxième fois

1. Apéritif.

dans la journée, les larmes me montent aux yeux. Mais là, c'est bien moins agréable que quand Henri m'a fait sa déclaration copiée sur YouTube. Non, c'est la gêne, la colère et la honte qui me submergent. C'est la conscience que j'avais raison et que tout se passe terriblement mal. Qu'est-ce que je fabrique ici, en compagnie de cette fille hostile et d'une grand-mère qui n'a pas du tout l'air folle ? Pourquoi ne suis-je pas tranquillement installée sur mon sofa, à lire *Psycho magazine* en sirotant un rooibos à la vanille ? Mon pouls s'accélère. Ma respiration devient hachée. Une nausée soulève mon ventre, alors que des points noirs dansent devant mes yeux. Oh non… Je sais de quoi il s'agit, et il est hors de question que je fasse une crise de spasmophilie. Avec précipitation, je pose mon verre sur la table. J'ai dû y aller un peu fort car les Stradavine au grand complet se tournent vers moi.

— S'il vous plaît, dis-je d'une voix tremblante. J'ai besoin de me rafraîchir.

— Finis ta vodka et je t'y amène, propose Henri avec douceur.

— Mais oui, bois d'abord ! Rien ne presse ! proteste Sveta.

— J'approuve ! renchérit Camille avec gentillesse.

Alice plisse les yeux.

— Après tout…, lâche-t-elle froidement. Si elle refuse le verre de bienvenue, c'est son choix. À l'étage, première porte à droite.

Je marmonne un vague merci et fonce vers la maison.

— Tu veux que je t'accompagne ? crie Henri.

— Non !

— Tu es sûre ? Je…

— J'ai dit NON !

Dans un état second, je traverse un petit hall où sont

entreposés pêle-mêle paires de bottes, parapluies et sacs en tout genre. Je trébuche sur une pile de journaux, grimpe péniblement les marches d'un escalier au parquet parfaitement ciré, parfaitement glissant, manque de tomber et hésite une fois arrivée dans le couloir du premier étage. Qu'a-t-elle dit, déjà ? Gauche ? Droite ? Première ? Deuxième ?

Deuxième à gauche. J'ouvre la porte à la volée, éclatant en sanglots, pressée d'asperger mon visage d'eau froide, de me ressaisir… Mais, au lieu de me trouver face à un lavabo réconfortant, je bute sur une jeune femme rousse, aux longs cheveux, qui me rattrape en plein vol.

Chapitre 7

Léo

« Vous, les lapins, vous êtes tellement émotifs ! »

Nick Wilde, dans *Zootopie*

Chambre d'amis située au premier étage de la maison de Sveta

La brune qui vient de me percuter de plein fouet – elle n'a pas fait ça à la légère : mon sein droit agonise et rendra certainement l'âme dans la soirée – s'écarte en sanglotant. Tremblant de tous ses membres, elle déverse sur moi un véritable torrent d'œillades affolées. La vache ! J'en connais une qui aurait bien besoin d'un petit Hakuna Matata ! Je m'abstiens toutefois de pousser la chansonnette, puisqu'elle prend les devants, s'adressant à moi d'une voix hachée :

— Oh ! pardon… Dé-désolée… Je m'excuse ! Je pensais qu'il s'agissait de la salle de bains.

Je la crois sur parole : elle a l'air aussi confuse que si

elle m'avait surprise en plein Kama-sutra, position de la brouette thaïlandaise, option rétroversion érogène.

— Aucune importance ! lui dis-je d'un ton jovial, afin qu'elle se détende.

C'est vrai, quoi ! Pas besoin d'en bégayer ! J'émerge juste d'une sieste reconstructrice après ma double vodka et demie de bienvenue, aromatisée aux discours moqueurs de Camille. Elle m'observe avec reconnaissance, en essuyant les larmes qui inondent ses joues. Effet bœuf immédiat : c'est la ruine totale de son *make-up* impeccable. Mais, même avec ce nouveau look gothique, elle reste superbe. La trentaine, svelte, elle possède une chevelure épaisse et soyeuse, un visage à la peau mate et aux traits réguliers ainsi que de magnifiques iris d'un brun profond, parsemés de pépites dorées. Alice, Camille et maintenant, elle… On évolue au top du firmament de la beauté. Je me sens soudain comme ce pouilleux de Clochard auprès de sa Belle et me demande sérieusement si je ne devrais pas me fendre d'une petite retouche fard à paupières. Mais bon… Il y a plus urgent ! Comme cette question fascinante : pourquoi cette reine du bal se met-elle dans de tels états ? Et surtout, qui est-elle ?

— Je m'appelle Léo, dis-je en tendant une main qu'elle serre timidement, un pâle sourire étirant ses lèvres. Alice m'a invitée à passer le week-end ici : je suis sa colocataire et son amie. Et vous ?

Mon éplorée se fige et grimace, comme si elle était gênée… ou réticente à l'idée de se présenter. Étrange. Peut-être qu'on lui a attribué un prénom épouvantable à la naissance, comme Éponge… ou Huître. Peut-être que le mec de l'état civil, censé être vigilant à ce que les patronymes respectent la dignité humaine, était à la ramasse ce jour-là et a validé l'invalidable ! Peut-être que cette pauvre femme n'a jamais eu le temps ni le courage d'entreprendre les démarches pour changer de prénom et que, par conséquent, l'instant banal des présentations est toujours hautement anxiogène pour elle ! « Ravie de vous rencontrer. Moi, c'est Éponge. » C'est clair ! Quelle angoisse !

— Je suis Renata, la compagne d'Henri, confesse-t-elle dans un souffle.

Flashlight dans mon esprit ! Si ma théorie du patronyme pourri s'effondre, tout s'éclaire pourtant : les pleurs, le désespoir, la fuite dans la salle de bains ! Pas de doute possible, j'ai devant moi La Femme Invisible. Et elle a dû se frotter à Alice, version Big méchante. Oui, ma coloc peut se targuer d'avoir une double personnalité : côté pile, la fille avenante, cœur sur la main, humour au top… Côté face, la *serial killer*, qui peut donner aux gens qu'elle n'apprécie pas l'impression qu'elle est capable de les dévorer tout cru.

La semaine dernière, Alice m'a longuement parlé de sa famille et, quand nous en sommes arrivées au cas Renata, alias La Femme Invisible, mon amie a frappé du poing sur l'accoudoir de notre canapé. Puis elle m'a avoué de but en blanc qu'elle ne pouvait pas « saquer cette bécasse fantomatique à la politesse aussi dézinguée qu'un fond de culotte de marin », parce qu'elle n'avait jamais accepté de rencontrer les Stradavine, malgré leurs invitations enthousiastes. Sveta n'a eu de cesse de convier Renata aux réunions familiales, sans succès. Au début, Alice calmait les ardeurs de sa grand-mère, arguant qu'il fallait laisser un peu de temps à la jeune femme. Mais les mois ont passé. Henri et Renata sont partis en vacances, ont voyagé, se sont installés ensemble. Malgré ça, pas l'ombre de celle qui avait volé le cœur de l'aîné des Stradavine. Henri a d'abord servi d'excellentes excuses à sa famille : « Renata est absente car elle assiste à une formation essentielle pour tout psy qui se respecte » ou « Elle se rend à une soirée d'anciens élèves à laquelle elle ne peut échapper ». Mais peu à peu, le silence a enseveli les mensonges. Plus d'invitations, plus de faux-semblants. Le sujet Renata a soigneusement été évité. Pire que cela, il a été classé dossier tabou.

La visite surprise de La Femme Invisible a donc dû produire son petit effet sur Alice, qui a probablement titillé cette dernière aussi agréablement qu'un bouton de moustique-tigre entre les orteils.

— Vous grimacez. J'en déduis que vous avez entendu parler de moi, lance Renata en adoptant le menton fier à la Scarlett O'Hara.

La pauvre… Son expression mortifiée gâche totalement ses tentatives pour se la jouer *warrior*. On est encore loin du « Je reconstruirai Tara », et je ne veux pas l'enfoncer un peu plus. Je prends donc mon air le plus innocent pour lui servir un bobard digne de ce nom.

— Absolument pas ! Je songeais aux moustiques-tigres. Vous savez qu'ils sont de plus en plus présents sur la côte méditerranéenne ?

— Je comprends…, soupire-t-elle.

J'affiche cette fois une mine catastrophée avant de rajouter une couche de glaçage sur la pièce montée de mon mensonge hyper crédible.

— Non ! En fait, peu de gens ont conscience de leur impact sur la nature et…

— Je comprends qu'Alice vous ait parlé de moi en termes peu flatteurs et je vous rassure, vous n'avez pas à vous sentir mal à l'aise, m'interrompt-elle avec fébrilité.

Encore une fois, désolée. Je vais trouver cette fameuse salle de bains et me rafraîchir. À tout à l'heure…

Elle fait volte-face et esquisse quelques pas dans le couloir avant de chanceler. Merde ! Elle marche aussi droit que le ruban d'une danseuse de gymnastique rythmique. La vodka de bienvenue est passée par là, sans aucun doute… Je ne peux pas la laisser seule dans cette épreuve.

— Renata ?

Je la rejoins en vitesse et saisis son bras. Immédiatement, elle se dégage avec un sourire penaud.

— Ne vous inquiétez pas.

— Bien sûr que si ! Vous êtes pâle comme une morte et vous titubez ! Allez, pas de manières, suivez-moi. Il y a une salle de bains attenante à ma chambre : vous pouvez l'utiliser ! En plus, vous verrez, elle vaut le détour, question décoration !

Elle hésite un peu avant d'accepter. Quelques secondes plus tard, quand elle contourne l'immense lit à baldaquin qui trône au milieu de la pièce, elle vacille à nouveau.

— Asseyez-vous un instant, proposé-je.

Elle s'exécute sans un mot, prend son visage entre ses mains, se redresse, regarde devant elle d'un air absent… puis commence à renifler… à un rythme de plus en plus soutenu. Son souffle s'emballe. Elle devient écarlate. Nom de nom ! Elle hyperventile ? Ou au contraire, s'étouffe ? Elle se… Oh non ! Elle se raidit !

— Sac… en… papier…, lâche-t-elle avec difficulté.

Complètement affolée, je me lève et tourne trois fois sur moi-même, partagée entre l'envie de prévenir les autres et de la sauver héroïquement. Option numéro deux : me voilà lancée dans une fouille frénétique de ma valise. Chaussette, pince à épiler, *Passion fatale dans la toundra,* tome III… Tout y passe, jusqu'à ce que je dégote un sac en plastique destiné à accueillir mon linge sale. OK, ce n'est pas du papier, mais ça fait l'affaire apparemment, puisque Renata s'en empare avec hâte. Elle le froisse afin de créer une sorte d'entonnoir, dans lequel elle inspire et expire, les yeux fermés… Et peu à peu, le sang reflue de son visage. Ses traits se décrispent. Enfin, elle se redresse. J'étouffe un cri de soulagement. Je l'ai sauvée ! Filez-moi une blouse, un stétho et amenez-moi le patient suivant !

— Crise de spasmophilie…, explique-t-elle, penaude. Ce n'est absolument pas grave. Il suffit de respirer profondément pour se calmer. C'est assez violent, mais je dois dire que ça m'a remis les idées en place. Je suis vidée. Cela dit, mon angoisse s'est atténuée.

Bon, OK. Techniquement, elle n'allait pas passer l'arme à gauche. Mais tout de même !

— C'est impressionnant à voir. Ça vous arrive souvent ?

— Quand je suis fatiguée, que je subis un gros stress ou que je bois trop. Là, j'ai cumulé. Mon Dieu, lorsque j'y repense… Tout ce rhum !

— C'était de la vodka, la corrigé-je. Mais je vous rassure, moi aussi, elle m'a envoyée au tapis. Je n'ai jamais été si soûle si vite ! À tel point que j'ai dû monter ici m'allonger une petite demi-heure pour reprendre mes esprits. Bref, l'invitée qui se fait remarquer dès le départ, c'est moi ! Pitoyable, mais j'assume !

Renata rit de bon cœur, avant de m'adresser un regard reconnaissant.

— Léo, je remercie le sort d'être tombée sur vous. Je me sens moins seule, parce que figurez-vous que je suis moi-même assez pathétique, dans mon genre. Tenez : j'étais tellement angoissée à l'idée de venir ici que j'ai bu deux mignonnettes de rhum sur la route, dans les toilettes d'une station-service, en douce d'Henri.

J'ouvre de grands yeux et hoche la tête d'un air appréciateur.

— C'est quand même couillu, d'oser se soûler avant de rencontrer ta belle-famille ! Respect !

Je tends la paume pour un check solidaire.

— C'est vrai que vu comme ça…, se rengorge-t-elle en tapant dans ma main. Quand je suis arrivée, l'alcool faisait son petit effet, et le stress m'a fait perdre tous mes moyens. Je me suis sentie comme une intruse, d'autant plus qu'Henri, qui avait peur que je change d'avis au dernier moment, n'avait prévenu personne de ma venue. D'ailleurs, Alice a été infecte et…

Elle s'interrompt brusquement et plaque la main sur sa bouche, consciente d'être allée trop loin. Je hausse les épaules pour lui signifier que ça n'a aucune importance.

— J'aime mon amie et j'adore son caractère. Mais je sais que parfois elle exagère.

Renata accueille ma réaction avec un soupir de soulagement.

— Elle me déteste et doit me prendre pour une fille égoïste, malpolie et indifférente… J'ai de gros défauts, bien sûr, mais je ne suis pas une horrible personne.

À nouveau des larmes perlent au coin de ses paupières.

— Ah non ! Pas de pleurs ! intimé-je. Renata, souvenez-vous toujours que vous avez eu l'insolence de picoler avant de faire face aux Stradavine. En douce, qui plus est ! Vous êtes courageuse, vous êtes forte ! Donc, vous êtes capable de parler à Alice. Montrez-lui qui vous êtes ! Je suis sûre qu'elle vous appréciera.

Pensive, Renata ronge l'ongle de son index.

— Jamais je n'oserai.

— Mais si ! Écoutez, j'ignore pourquoi vous avez refusé de venir si longtemps, mais je suis certaine que vous avez de bonnes raisons. Il n'y a rien qui ne s'arrange en discutant. Je vous le jure ! Prenez cette imbécile d'Elsa, dans *La Reine des neiges* ! Si elle avait communiqué avec sa sœur au lieu de s'enfermer dans l'une des pièces du château pour jouer les indifférentes, ça ne se serait pas fini en tempête de magnitude 90 193 !

Renata secoue la tête, sceptique.

— Oui, mais si elles avaient joué cartes sur table rien ne se serait produit… Et il n'y aurait pas eu Olaf !

— Attendez ! Je suis capable de trouver un autre exemple plus percutant !

Renata soupire, avant d'acquiescer et de se lever.

— Pas besoin, Léo. Vous avez raison. Et, encore une fois, je vous remercie du fond du cœur !

— Mais de rien ! Et pour la peine, je suggère qu'on se tutoie. Au fait, la salle de bains est juste là, si tu as envie de te refaire une beauté. Je t'attends avant de redescendre ?

— Avec plaisir !

Je l'observe traverser la pièce d'un pas nettement plus léger que tout à l'heure, puis mon regard s'égare sur les détails de cette chambre fabuleuse, tout droit sortie d'un conte de fées : le lit recouvert d'une couette en plume d'oie, formidablement gonflée ; le plafond, peint avec une délicatesse rare, représentant un ciel bleu tendre, parsemé de nuages cotonneux ; les portraits d'animaux fantastiques, accrochés aux murs crème… La moindre chose est remplie de grâce. Je m'approche du miroir ouvragé suspendu à côté d'un petit bureau en bois rose et fais face à mon reflet. On ne peut pas dire que je suis raccord avec la féerie des lieux : boucles hirsutes, trace d'oreiller sur la joue. Camille ne m'épargnera pas. À cette pensée, mon pouls s'accélère de manière vertigineuse et mes mains, comme mues par une impulsion, rassemblent mes cheveux en un épais chignon sur le sommet de mon crâne. Me voilà déjà plus présentable. Ma mère désapprouverait : « Ne dégage pas ton visage, grands dieux ! Ça fait ressortir ton nez, qui devient digne de celui de Pinocchio ! » Doigt d'honneur mental à ma chère génitrice. Moi, je m'aime comme ça et j'ai envie de me sentir confiante pour affronter Camille. *L'affronter ? Vraiment ? Ce ne serait pas plutôt : le charmer ?* susurre une voix guillerette à la con dans mon esprit. Un agacement mêlé de perplexité s'empare de moi. Je dois l'admettre, Camille, si insolent, si irritant, est pourtant aussi plaisant à lui tout seul qu'une armée de pompiers aux épaules larges et recouvertes de suie. Sur l'échelle de la sexy-tude, il pulvérise Chris Hemsworth dans sa petite tenue de Thor… Oh oui ! Sans m'en rendre compte, je bascule dans un fantasme où il est question de moi, nue, blottie contre son torse… avant de me secouer brutalement.

Ressaisis-toi, pauvre folle ! Ce mec est stupide, effarant, horripilant. Infréquentable ! La preuve : tout à l'heure, quand Sveta a servi sa vodka de bienvenue, il a encore trouvé le moyen de m'emmerder. Il m'a tendu mon verre d'un air de défi : « Amatrice, n'est-ce pas ? Voyons si tu assures mieux la descente que le créneau ! » C'est clair : il compte me chercher des poux sur absolument tout. J'aurais dû rester digne et ignorer le challenge. Au lieu de ça, j'ai lâché un rire hautain, avant d'enfiler ma boisson cul sec. Rebelote pour la deuxième tournée. Mais la troisième a eu raison de moi alors que, lui, continuait sur sa lancée, plus fringant que jamais. J'ai eu envie de lui arracher les yeux à la cuillère, mais il ne m'en a pas laissé l'occasion. Son portable a sonné. Il a repris son sérieux en regardant l'écran et s'est éloigné pour décrocher.

C'est à ce moment-là que j'ai trébuché et que Sveta

m'a ordonné d'aller faire un petit somme. Camille est réapparu au moment où j'entrais dans la maison. Il se marrait. Évidemment ! Ce qu'il peut être horripilant !

Alors pourquoi j'aimerais qu'il me trouve aussi belle que, moi, je le trouve beau ? Sans déconner, je suis pathétique, là.

C'est décidé, il faut que j'arrête de lire des romances, parce qu'à cause d'elles j'ai toujours le sentiment que dans chaque gros goujat sommeille un adorable romantique. Or, il n'y a rien de plus faux : j'en ai fait l'expérience avec CBDC, Connard briseur de cœur, mon ex… OK, Camille semble n'avoir rien en commun avec ce dernier, mais clairement il n'est pas sérieux. Il s'amuse, et je suis sa distraction. Il est le chat ; moi, la souris. Et est-ce que le matou câline sa proie quand il l'a attrapée ? Non. Il la bouffe toute crue. Cette affaire finira mal si je ne me montre pas plus raisonnable.

Résolution une, donc : être courtoise et distante avec Camille. Ne plus entrer dans son jeu.

Résolution deux : après le tome III de *Passion dans la toundra*, je stoppe les romances et attaque une phase thriller sanglant, même si les scènes torrides entre Gladys et son touareg me manqueront terriblement.

Oh my god ! Celle où il la sauve des griffes d'une panthère avant de la plaquer vigoureusement contre ce gros tronc d'arbre…

— LÉO !

La voix puissante d'Alice qui déboule comme un ouragan dans la chambre me tire de ma rêverie érotico-kitsch.

— Tu ne devineras jamais ! La Femme Invisible est là ! s'exclame-t-elle en traversant la pièce au pas de course, avant de se jeter sur le lit, sur lequel elle effectue une pirouette parfaite.

Elle s'allonge sur le dos, jambes relevées contre le mur,

alors que je tente de stopper net sa lancée langue-de-vipèrienne.

— Alice !

— Elle est venue sans crier gare, cette espèce de marinade trop confite ! poursuit-elle avec fougue. Elle n'est plus invitée depuis des lustres, et la voilà qui se pointe, comme une bande d'asticots mortifères dans le nez blessé d'un hérisson paisible ! Henri ne nous a même pas prévenus, alors que ça aurait été la moindre des choses : on se serait préparés au choc ! Je te jure : j'ai halluciné ! Elle est aussi avenante qu'une soupe de clous rouillés, plus coincée qu'un quadruple torticol…

— Alice ! répété-je d'un ton ferme, après l'avoir rejointe. Tais-toi !

Je me place au-dessus d'elle et lui fais signe de la fermer.

— Non, mais attends, laisse-moi finir ! Elle a refusé de boire le verre de bienvenue ! Tu réalises ? Elle est partie comme un pet trop longtemps retenu et…

STOP ! Je plaque la main sur sa bouche en lançant des coups d'œil appuyés en direction de la salle de bains… d'où émerge justement Renata, blanche comme un linge, lèvres pincées. Elle se racle la gorge. Nous nous figeons. *Mamma mia !* Si on était dans un western, il y aurait le bruit du vent en fond sonore et un gros plan sur le regard farouche de Renata. Dans le plus pur esprit Clint Eastwood, d'ailleurs, cette dernière dégaine la première.

— Eh bien… Je me doutais que tu ne m'appréciais guère, mais pas que ta haine envers moi atteignait de tels sommets. Je suis désolée de te mettre dans de tels états.

Alice se relève d'un mouvement brusque. Elle s'apprête à répliquer, mais demeure finalement bouche bée, se contentant d'observer Renata qui sort de la chambre avec dignité.

— Mais pourquoi ne m'as-tu pas prévenue qu'elle était là ? lâche-t-elle d'un air furibond, après avoir reporté son attention sur moi.

— Je n'ai pas arrêté ! J'en suis arrivée à quasiment t'étouffer ! Mais tu étais lancée comme un TGV !

Nous restons un instant silencieuses, réalisant l'énormité de la situation.

— Mais qu'est-ce qu'elle foutait ici, d'abord, dans ma salle de bains, à écouter aux portes ?

— Nous sommes tombées l'une sur l'autre et nous avons un peu discuté, éludé-je.

Alice attrape une mèche de mes cheveux et tire dessus.

— Tu traites avec l'ennemie, toi, maintenant !

En une pirouette, je me dégage.

— Tu exagères ! Je t'assure qu'elle est sympa.

— Aucune importance. Passons à autre chose, m'interrompt Alice, la mine détachée.

Je pourrais presque croire que ce qui vient de se produire ne l'affecte pas... Mais elle frotte l'index contre sa paume à une cadence aussi soutenue que celle du lapin Duracell rechargé à bloc : signe de stress intense chez elle. Cela dit, si elle ne souhaite pas en parler, je ne vais pas lui forcer la main. Je me laisse donc aller sur la couette à ses côtés et change de sujet.

— C'est comme si on se trouvait dans un nuage ! Je pourrais rester ici des heures !

Alice roule sur elle-même et se blottit contre moi.

— C'était la chambre de ma mère. Petite, elle adorait les histoires merveilleuses, alors *babulya* lui a créé cette décoration digne d'un conte, rien que pour elle. Lorsque maman est partie faire ses études, la pièce est demeurée intacte. Ainsi, quand la fille prodigue revenait à la maison, elle retrouvait ses livres, sa peinture et les peluches de son enfance. Après sa mort, *babulya* n'a pas attendu pour trier ses affaires. Elle ne voulait pas d'un mausolée, et c'est pour cette raison que cet endroit est devenu la chambre des invités, un lieu de passage et de vie !

— Ta grand-mère semble être une femme hors du commun, dis-je en caressant la chevelure soyeuse d'Alice qui ronronne un instant, avant de bondir du lit.

— Justement ! Allez, viens ! On va la voir !

À l'entrée de la cuisine, Alice me retient.

— Chut… Attends. Admire ma *mamouchka* d'amour. Sens ! Savoure !

Sveta a passé un tablier bleu marine en coton brut par-dessus sa robe et son châle, se créant ainsi une silhouette épaisse et un peu difforme. Et pourtant ! On dirait une danseuse ! Les joues écarlates, elle s'active avec une grâce particulière devant l'immense plan de travail en bois clair, installé au milieu d'une cuisine rustique mais fonctionnelle. D'un geste agile, elle s'empare d'un bocal rempli de fruits secs, qu'elle parsème sur le glaçage immaculé d'un énorme pain brioché. Puis elle vole à la plaque de cuisson, ôte le couvercle d'une marmite en fonte, saupoudre de poivre le plat qui y mijote en diffusant une senteur délicieuse. Foulée légère jusqu'au four, qu'elle ouvre. Parfums sucrés, cannelle… Les arômes, les saveurs se mélangent en un tourbillon gourmand incroyable. Jamais je n'ai salivé ainsi auparavant, même devant une raclette !

Alice n'y tient plus et se précipite vers sa grand-mère.

— Ma *babulyachka* adorée ! s'exclame-t-elle, alors qu'elle l'enlace avec toute la violence de son amour, manquant de la faire trébucher.

— Tu m'étouffes ! gazouille la vieille dame. Garde-moi

encore un peu en vie, au moins jusqu'à ce que l'on mange et que l'on sache si mon *koulitch* est meilleur que celui de l'an dernier. Tiens, prends l'oignon rouge, là, et émince-le. Ne croque pas dedans ! *Maïa daragaïa*[1] ! NON !

Leurs rires cristallins se mêlent. C'est à peine si elles me voient approcher. Il y a comme une bulle entre elles et le monde.

— Que puis-je faire pour vous aider, Sveta ? proposé-je sans pouvoir m'empêcher de me sentir un peu envieuse de cette complicité familiale que je n'ai jamais trouvée chez moi.

Sveta se tourne vers moi, m'adresse un large sourire en s'essuyant les mains sur son tablier, puis me rejoint. Toute trace de jalousie s'efface lorsqu'elle caresse ma joue avec une tendresse infinie, me donnant soudain la sensation que je suis unique et choyée.

— Ne fais rien, je t'en supplie, *malinovka* ! Je veux que tu savoures ton séjour et que tu sois insouciante ! Va dans le jardin de derrière, par là, retrouver Camille, Henri et Renata. Le couvert est mis, il n'y a qu'à profiter de la douceur du soir en attendant de manger !

Quand je sors de la cuisine, une exclamation ravie m'échappe. À mes pieds et colonisant tout l'espace ondulent des herbes hautes d'un vert saisissant. Elles ne sont pas folles, mais coupées à la perfection, et frôlent mon mollet en une caresse légère, alors que je me dirige vers la table dressée sous le toit d'un kiosque à musique. À ma droite se trouve une petite forêt d'oliviers et de mûriers sauvages. Et il y a un buisson… Un buisson extraordinaire, auprès duquel discutent tranquillement Renata et Henri. D'un pas lent, je m'approche. Le feuillage

1. Ma chérie.

a été taillé de main de maître en forme de phénix. Oui, ici, il y a les grandes ailes déployées, le long bec… et les flammes. C'est fabuleux.

— Magnifique, n'est-ce pas ? lance une voix grave à mon oreille.

Je ne l'ai pas entendu venir. Son odeur ambrée, légèrement poivrée, m'enveloppe.

— Splendide. Je n'avais jamais vu quelque chose d'aussi complexe.

Camille me contourne et se plante devant moi, avant de s'incliner largement. Quand il se relève, il m'adresse un sourire espiègle.

— Merci du compliment ! Il était temps que tu te montres gentille avec moi !

Je ne rebondis pas sur la taquinerie, trop éberluée par son talent.

— C'est toi qui as fait ça ?

— Moi-même !

— Non…

— Et si !

Il reste un instant silencieux, puis me lance un regard intense, débarrassé de toute moquerie.

— La légende dit qu'autrefois vivaient ici trois orphelins canon. Ils avaient perdu leur père et leur mère dans un stupide accident de la route. Heureusement, leurs grands-parents s'occupaient très bien d'eux. Mais, comble de malchance, le papi décéda à son tour. L'un des garçons, que nous appellerons… Heu… Prints Camillochko, pleurait beaucoup. Sa grand-mère le prenait alors dans ses bras qui sentaient l'eau de Cologne, l'air et le persil. Elle pleurait beaucoup, elle aussi. Mais elle finissait toujours par sourire et disait : « Ne pleure pas. Je vais te dire un secret. Toi et moi, nous sommes des phénix. Le phénix est un oiseau merveilleux parce que, quand c'est le moment pour lui de mourir, il s'enflamme. Puis il renaît de ses cendres. Il en est de même de notre bonheur. Il s'éteindra de temps en temps, mais se reconstruira toujours. » Le petit garçon grandit. Il devint fort, beau, intelligent, très doué en créneau. Il fut employé à la mairie comme jardinier et se mit à tailler des buissons, dont celui-ci pour sa grand-mère.

— C'est magnifique, soufflé-je, à la fois touchée par sa confidence et déstabilisée de constater qu'il n'est pas si nul que je le pensais.

— J'ai bu ! Je parle toujours trop dans ces cas-là ! me lance-t-il avec un sourire qui efface les ombres de ses yeux. Si ça se trouve, demain, j'aurai oublié t'avoir raconté tout ça ! Pitié, ne me le rappelle pas !

— Tu vois que la vodka de ta grand-mère te fait de l'effet, à toi aussi ! m'exclamé-je en le poussant légèrement.

Il attrape ma main au vol et la bloque dans la sienne.

— J'en ai bu six ! réplique-t-il fièrement, alors que le contact de sa paume chaude m'arrache un long frisson.

— Et moi, deux et demi, mais le ventre vide. Ça se vaut.

— Le ventre vide ? Ah, mais oui ! C'est vrai que tu as passé le trajet à vomir, pardon, j'avais oublié ! ricane-t-il.

Et le voilà revenu à ses horripilantes manières. Immédiatement, je dégage ma main de la sienne afin de protester efficacement :

— C'est faux ! Ça n'est arrivé qu'une fois !

Merde. J'ai piaillé. N'avais-je pas juré de me montrer détachée ? Camille esquisse une grimace de supplication.

— Épargne-moi les détails, pitié ! Une fille mignonne comme toi… Non, je refuse de t'imaginer en train de rendre ton repas sur le bord de la chaussée. Gardons un peu de glamour et de mystère !

Heureusement pour ma tension, qui monte en flèche,

Alice et Sveta font leur apparition. Diversion ! Alors que nous nous dirigeons vers la table, Henri et Renata nous rejoignent. J'adresse un sourire complice, puis un clin d'œil à Renata… Pile au moment où Camille se tourne vers moi.

— Arrête de me faire des avances, s'il te plaît ! Je ne suis pas un homme facile, et tes œillades n'y feront rien ! s'exclame-t-il, avant d'éclater de rire.

Mon Dieu, je vais le tuer !

Détachement.

Dé-ta-che-ment.

OK. Je me contente de grogner et accélère le rythme pour ne plus être à sa hauteur. Il m'imite. Je mets le turbo. Lui aussi. Nous gagnons le kiosque à musique quasiment au pas de course. C'est ridicule.

Pourvu que je ne me trouve pas à côté de lui !

Non. Sveta me place en face de lui, ce qui est peut-être pire, vu la grimace amusée qu'il me lance. Choisissant de l'ignorer, je me concentre sur la table, absolument superbe, avec sa nappe en lin vert, ses assiettes anciennes dépareillées et ses verres à pied aux bords très évasés. Le genou de Camille frôle le mien. Je frissonne. Debout devant l'assemblée, un grand plateau recouvert d'un linge à la main, Sveta nous considère avec bienveillance.

— Je souhaite tout particulièrement la bienvenue à Léonore et Renata, qui nous ont fait le plaisir de venir nous voir, déclare-t-elle. Que votre séjour soit heureux, plein de surprises et de joies. Quant à vous, Henri, Camille et Alice, *jizn maïa*[1], mes trois chéris, vous êtes ici chez vous, pour toujours et à jamais, et je suis comblée de vous avoir près de moi.

Alice se lève brusquement et plante un baiser sur la

1. Ma vie.

joue parcheminée de sa *babulya*, qui poursuit, les yeux légèrement brillants, tout en déposant son plateau au centre de la table :

— Avant de manger, voici le plus important !

La fratrie s'enthousiasme. Renata et moi échangeons un regard intrigué, avant que Sveta soulève le torchon qui cachait quatre cocottes en papier peintes à la main. Quatre œuvres d'art renversantes, de grande taille et à la symétrie parfaite. Elles sont si précieusement décorées ! Rien à voir avec celles de la cour de récré, quand j'étais môme ! Et pourtant… Elles gardent leur familiarité.

— *Combien tu en veux ? — Quatre. — OK. Étoile, rond, cœur ou carré ? — Carré ! — Tu vas bientôt manger tes crottes de nez !*

— Tu t'es surpassée, cette année, *babulya* ! lance Henri d'une voix admirative.

Les compliments fusent. Sveta les arrête d'un geste de la main impatient. Son sourire est éclatant, et le rose teinte ses joues. Elle s'empare d'une cocotte peinte en orange : une savane végétale, dans laquelle gambade un lion à la crinière flamboyante.

— Pour toi, dit-elle en me la tendant. J'ai demandé à Alice de te décrire. Elle m'a expliqué que tu étais rousse, que tu aimais l'Afrique et que tu avais beaucoup de caractère.

— Bel esprit de synthèse, commente Camille. Mais tu oublies son talent pour les crén…

Je lui octroie un coup de pied en plein dans le mollet, avant de remercier Sveta avec effusion et de m'emparer de ma cocotte en papier.

— *Babulya*, ton hôte me frappe ! s'écrie Camille.

— *Angel moi*[1], elle a sûrement de bonnes raisons

1. Mon ange.

de le faire, rétorque sa grand-mère du tac au tac en lui tendant sa cocotte.

Celle-ci est d'un vert très doux. Des hérissons, des limaces ainsi qu'un renard très fin se nichent dans des fourrés touffus. Camille la caresse avec une tendresse non feinte. Vient ensuite le tour d'Alice : cocotte carmin, volcans en éruption. Puis celui d'Henri, à qui Sveta offre une cocotte bleue, comme une mer infinie peuplée d'immenses baleines.

Une fois la distribution terminée, Sveta contourne la table et s'agenouille devant Renata, serrant ses mains dans les siennes.

— Je ne savais pas que tu serais présente, *knopka*[1]. Aussi, je n'ai pas de cocotte pour toi, ce soir. Que cela n'assombrisse pas ton cœur : dès demain, je t'en fais la promesse, je t'en fabriquerai une à ton image : à la fois fragile et assurée. Splendide, dans tous les cas !

Renata rougit comme un champ de pivoines.

— C'est gentil, mais je pense reprendre la route tout à l'heure, réplique-t-elle d'une petite voix.

— Quoi ? s'exclame Henri, visiblement abasourdi.

— Mais oui ! Tu sais bien que je dois travailler en vue de cette réunion importante..., bredouille-t-elle.

Oh non ! Je suis persuadée qu'elle se dégonfle, rapport au tact légendaire d'Alice. Le visage d'Henri s'assombrit. Sveta se relève. Un silence gêné s'installe, que je décide de rompre.

— Depuis quand fabriquez-vous ces délicieuses cocottes, Sveta ?

— Depuis les quinze ans d'Alice, répond cette dernière.

— À cause d'une certaine Pauline Marat, poursuit

1. Ma puce.

Camille. Alice en était follement amoureuse. Tous les jours, elle dessinait son minois sur un carnet de croquis, avec une précision phénoménale. Même les boutons d'acné de cette pauvre Pauline y passaient !

Alice lui envoie sa serviette au visage. Il la rattrape au vol.

— Elle se morfondait dans sa chambre, n'osant pas lui parler, enchaîne Sveta. Pour son anniversaire, elle avait voulu un de ces objets, là… Une boule qu'on secoue et qui répond aux questions.

— Quand j'ai demandé à ma boule magique si j'avais une chance de plaire à Pauline Marat, elle a indiqué : SANS AUCUN DOUTE ! lance Alice en s'allumant une cigarette. Le lendemain, à la récré, j'ai foncé pour lui parler. Elle m'a ri au nez. J'étais désespérée. Même si Camille lui a renversé un pot entier de sauce salade sur le crâne devant tout le monde, à la cantine, pour venger mon honneur et me remonter le moral, j'ai vraiment eu du mal à m'en remettre.

Un voile de tristesse passe sur le visage de Sveta.

— *Bednykh*[1], ce soir-là, elle s'est blottie dans mes bras, en pleurs, pour tout me raconter. Les semaines qui ont suivi, elle rentrait de l'école sombre et voûtée, lançait son cartable, gravissait l'escalier d'un pas pesant et s'enfermait dans sa chambre pour sangloter. Même les kouglofs ne la réconfortaient pas ! J'étais au désespoir. Un matin, alors que je faisais le ménage dans son fouillis, je suis tombée sur cette boule grotesque, qui avait été le début de cette mésaventure, et je l'ai jetée à la poubelle. Après m'être débarrassée de cet attrape-couillon, je me suis senti soulagée. Je me suis assise sur le lit d'Alice, j'ai admiré l'olivier, à travers sa fenêtre, et j'en suis venue à repenser à ma propre jeunesse… Je me suis souvenue

1. La pauvre.

qu'en Russie, avec mes amies, quand nous étions petites, nous confectionnions des cocottes en papier…

— Quand je suis rentrée ce soir-là, il y en avait une vingtaine par terre, sur mon bureau, sous mon oreiller… Partout ! s'exclame Alice d'un ton ravi. À l'intérieur, uniquement des mots d'amour. « Tu es très belle », « ta vie sera merveilleuse », « je t'aime pour dix », « ne prête pas attention aux gens sans bonté ».

— Très vite, les garçons ont été jaloux ! ajoute Sveta avec tendresse. Eux aussi ont voulu leurs cocottes ! J'en ai confectionné d'autres, j'y ai pris goût. Et puis, ça m'a permis de me remettre au dessin et à l'aquarelle, que j'aimais tant lorsque j'étais enfant. Mes cocottes sont devenues une tradition de Pâques. Henri, Camille et Alice les gardent précieusement. Elles contiennent une vie de secrets partagés et d'encouragements affectueux.

— C'est grâce à une cocotte que je suis publiciste, alors que ma conseillère d'orientation ne me trouvait pas assez armée pour faire face à ce monde de requins. La cocotte m'avait conseillé « d'écouter mon esprit rocambolesquement créatif, et rien d'autre » !

— Et moi, que j'ai commencé à voyager, ajoute Henri d'une voix posée. « Ose t'envoler, tu es si léger ! »

— Et toi, Camille ? demandé-je.

— Oh moi, répond ce dernier en haussant les épaules, je suis un fan absolu des cocottes de *babulya*, mais je n'en ai toujours fait qu'à ma tête !

Il considère sa grand-mère avant de lui adresser un clin d'œil. Elle acquiesce d'un air mystérieux. C'est sûr, il ment ! Il y a entre eux une complicité qui ne trompe pas. Baissant le regard sur ma cocotte, je la manipule et déplie l'un des triangles, lorsque Alice m'arrête en posant la main sur mon bras.

— Ne fais surtout pas ça ! Tu dois t'en servir quand tu en auras vraiment besoin et que tu auras des questions importantes qui te turlupinent.

— *Izioumink*a[1], chacun fait comme il l'entend… Mais c'est vrai que la cocotte dévoile sa magie au moment où il nous faut des conseils, explique Sveta, avant de jeter un œil en direction de la cuisine et de secouer la tête. Mais regardez-moi parler, et encore parler… J'en oublie mes *baklazhannyye olad'i*[2] !

Chacun propose son aide, mais Sveta, sans l'once d'une hésitation, se tourne vers Renata.

— Renata, accepterais-tu de donner un coup de main à une vieille mamie aux bras dégonflés ? Nous devons transporter un gigantesque plateau de chaussons aux légumes !

Dès qu'elles se sont éloignées, Alice se penche vers Henri.

— Écoute, je suis désolée pour ce qui s'est passé dans la chambre. Je me suis laissé emporter par ma colère et…

— De quoi est-ce que tu parles ? demande-t-il, étonné.

Alice rougit et bégaye. Elle sait qu'elle est responsable du départ anticipé de Renata et elle pensait que cette dernière s'en était plainte auprès d'Henri, mais La Femme Invisible n'a pas cafté ! Apparemment, ça en bouche un coin à notre Alice, qui, durant quelques secondes, ne pipe mot.

— Ohé ! Alice ! Qu'est-ce que tu racontes ? insiste Henri.

Mais sa sœur n'a pas le temps de répondre : un caquètement de poule strident retentit, provenant de la cuisine. Nous nous considérons avec surprise. Alice éclate d'un rire étonné.

1. Fleuron (surnom féminin insistant sur le côté exceptionnel de la personne).

2. Beignets d'aubergines.

— Grillade de pintade improvisée ? Nouvel animal domestique ? suggère-t-elle.

Camille et Henri échangent un regard à la fois gêné et affolé. Henri repousse sa chaise brusquement. Alors que le caquètement reprend, il se dirige au pas de course à l'intérieur de la maison. Camille, désormais très pâle, ne bouge plus d'un pouce. Le sourire d'Alice se meurt.

— Il y a un problème ? demande-t-elle d'une voix hésitante.

C'est sûr… Je le sens, soudain, comme un courant d'air glacial. Quelque chose ne tourne pas rond. Avant de faire face à sa sœur, Camille me jette un coup d'œil. Je lis sur son visage une fragilité vertigineuse, qui me fait mal au cœur.

— Il y a un problème ? répète Alice, tout son être contracté par l'angoisse.

Camille reste muet. Gênée d'assister à cette scène, je demeure silencieuse. Alice se lève si brusquement que sa chaise se renverse. Elle gagne la cuisine à grandes enjambées. Il y a alors des cris, un bruit de casserole qui tombe et roule sur le sol avant de s'immobiliser, les sanglots sonores d'Alice.

— Elle devient folle, souffle Camille. *Babulya* devient folle. Elle a l'air normale, et soudain tout bascule. Elle perd la boule.

Quand il relève la tête, nos regards s'aimantent. Dans le sien, une détresse insondable… Instinctivement, je tends la main et attrape la sienne. Moite et fébrile. Je la serre très fort.

— S'il te plaît, Alice. SORS ! Elle te le demande !

C'est la voix d'Henri, aux accents désespérés, qui parvient jusqu'à nous. Quelques secondes plus tard, Alice déboule dans le jardin, en pleurs. Quand elle arrive à la table, elle se plante devant Camille, l'air menaçant. Il se lève pour lui faire face. La mer d'huile et la tempête.

— Elle devient maboule ! HEIN ? C'est ça ? C'est ça, et tu le savais ! Je sais que tu le savais. Je te connais Camille, je l'ai vu à la tête que tu as faite !

— C'est très récent, et je ne voulais pas t'en parler avant d'être totalement certain que…

— Mais à Henri, par contre, pas de problème ! Même cette étrangère, Renata, est au courant ! Et moi, non ! NON ?

— Attends, Alice. Calme-toi, qu'on puisse s'expliquer.

— Oh toi… Je te… Je…

Elle ne parvient pas à terminer sa phrase. La rage l'étouffe. À court d'insultes bien senties, elle se rabat sur l'attaque physique : attrapant un verre à pied, elle le brandit en direction de Camille, qui esquisse un geste suppliant.

— Pas ceux du mariage de papa et maman !

Alice se fige en grognant, avant de reposer son arme et de saisir sans plus attendre un verre à eau ordinaire.

— Et ça ? C'est mieux ? vocifère-t-elle en le lançant sur le crâne de son frère, qui grimace, mais reste stoïque.

— Alice ! tenté-je d'intervenir.

Peine perdue : je n'existe plus. Tout à son offensive, elle s'empare désormais de quatre fourchettes. Heureusement, Camille slalome avec un talent indéniable entre les projectiles, jusqu'à atteindre sa sœur, qu'il serre contre lui. Cette dernière se rejette en arrière et lui martèle le torse de ses poings, très fort… moins fort… Soudain privée de toute énergie, elle se laisse enfin aller dans les bras de son frère qui caresse ses cheveux en lui murmurant des excuses. Le calme revient. La paix retisse leurs liens… Du moins, c'est ce que je crois, un instant, car sans crier gare Alice s'écarte brutalement de Camille et le défie du regard.

— Je te déteste ! lui crache-t-elle au visage.

— Ce n'est absolument pas réciproque, rétorque-t-il d'un ton égal en enfonçant les mains dans ses poches.

Elle se détourne de lui avec dédain et reporte son attention sur moi.

— Je me barre. Je ne peux plus supporter de le voir. Tu viens, Léo ?

Chapitre 8

Renata

« Méfiez-vous des mamies. Avec leurs petites mines fripées, leurs tricots faits main et leurs sourires édentés et affables, ces vieilles dames ont un pouvoir supérieur : celui d'inspirer confiance et donc, de tirer les vers du nez de n'importe qui. Elles sont redoutables. Redoutables. Un jour, elles domineront le monde. »

Mon psy intérieur

— Mais regardez-moi parler, et encore parler… J'en oublie mes *baklazhannyye olad'i* ! s'écrie Sveta.

Des exclamations de plaisir fusent à la mention du plat au nom exotique. Camille applaudit à tout rompre. Alice sautille avec la frénésie d'une gamine à qui l'on promet trois tours de manège suivis d'une barbe à papa. Quant à Henri, il pousse un grognement extatique. Tous se proposent de l'aider… Tous, sauf moi. Pourtant, je sens qu'elle va me désigner, avant même que le verdict tombe.

— Renata, accepterais-tu de donner un coup de main à une vieille mamie aux bras dégonflés ? Nous devons transporter un gigantesque plateau de chaussons aux légumes !

« Dégonflés » ? Ses biceps sont deux fois plus développés que les tiens ! Ils égalent presque ceux des culturistes adeptes de protéines en gelée ! Cette histoire de chair molle n'est qu'une excuse pour organiser un tête-à-tête avec toi. Elle a prévu de te cuisiner lentement, et à l'étouffée..., murmure Freud d'un ton lugubre. *Prépare-toi à passer le grand test de l'acceptation dans la famille Stradavine... Mais sache que si tu n'en as pas envie tu peux toujours partir maintenant, sans préavis !*

Mon psy de comptoir mental n'a pas tort. Mais bon... Je peux tout de même accompagner Sveta en cuisine pour l'aider à transporter les victuailles. Je suis également capable de manger ici. Mais ensuite, je mettrai un terme à cette mascarade, je quitterai cette maison au plus vite et je me soustrairai avec félicité aux griffes de ma belle-sœur. Quand Léonore m'a conseillé de dialoguer avec cette harpie afin d'aplanir les choses, j'ai d'abord pensé qu'elle avait raison. C'était avant qu'elle m'insulte. Après tout, pourquoi ferais-je l'effort de tendre la main à une fille qui m'a qualifiée de « marinade trop confite » et a affirmé que j'étais « aussi avenante qu'une soupe de clous rouillés » ?

J'étais tout de même prête à rester jusqu'à la fin du week-end... Mais à table, ses multiples regards méprisants m'ont poussée à prendre une décision brusque mais cruciale pour mon bien-être personnel. « C'est gentil, mais je pense reprendre la route tout à l'heure. » C'est sorti tout seul. J'ai trahi Henri, il ne s'y attendait pas. S'il savait comment sa sœur me traite, il comprendrait sûrement... Mais je ne le lui dirai pas. Je refuse que des conflits naissent par ma faute. Je vais tout simplement le laisser profiter sereinement de sa famille et de sa *babulya* qu'il aime tellement...

Cet après-midi, après mon face-à-face avec Alice, j'ai regagné le rez-de-chaussée et, guidée par le son des voix complices et paisibles d'Henri et de Sveta, j'ai rejoint la cuisine, dans laquelle je ne suis pas entrée. Appuyée contre l'embrasure de la porte, je les ai observés en silence pour ne pas troubler leur bienheureuse tranquillité. Courbé, les coudes posés sur un large comptoir en bois au milieu de la pièce, Henri remplissait une grille de mots fléchés.

— Chaque semaine, je les ai découpés dans le *Midi Libre* pour que tu les termines. Il n'y a que toi pour savoir ce qu'est un débit fluvial enjoué en douze lettres ! gazouillait Sveta, occupée à malaxer une pâte épaisse en couvant son petit-fils d'un regard admiratif.

Henri, sourcils froncés par la concentration, un sourire fier étirant ses lèvres, griffonnait les blancs à la vitesse de l'éclair, absolument pas perturbé par mon absence prolongée. *Il n'est même pas monté me voir ! Il m'oublie !* me suis-je dit avec une possessivité mesquine dont j'ai aussitôt eu honte, lorsque Freud m'a rappelé que j'avais refusé sèchement qu'il m'accompagne. J'ai soupiré ; Sveta a levé le nez. Elle a posé sa pâte sur l'îlot central, a essuyé les mains sur son tablier et s'est approchée de moi, la mine à la fois anxieuse et désolée.

— *Knopka*, est-ce que tu vas mieux ? J'ai le sentiment que nous t'avons effrayée, tout à l'heure… Et Alice… *shchekolda*[1] ! J'ai parfois pensé à aiguiser mon couteau de cuisine pour lui couper la langue. Quel caractère de cochon ! Je m'excuse en son nom. Je promets sur ma première bible qu'elle cache en elle des trésors de bonté. J'espère que tu ne nous en tiendras pas rigueur.

1. Zut !

— Pas du tout, ai-je murmuré, à la fois touchée et gênée par sa gentillesse.

Sveta a hoché la tête avec force, tout en plantant les poings sur ses hanches.

— Pour moi, tu fais partie de la famille. Et je vais te le prouver. Viens.

Elle a saisi mon bras et m'a entraînée vers la plaque de cuisson d'un mouvement autoritaire, sous les yeux d'Henri, qui a un instant délaissé ses mots fléchés pour m'adresser un sourire tendre.

— Je te propose de tester mon *goloubtsy* et de dire ce que tu en pens…

— QUOI ? a rugi Henri, qui a sursauté si fort que son stylo a rebondi sur son nez. Elle goûte le chou farci ?

Sveta lui a décoché un regard noir, avant de lui administrer un bon coup de torchon sur le crâne.

— *Deva Mariya* ! Ne crie pas comme ça : tu martyrises mes pauvres tympans usés !

Henri a esquissé une moue dépitée.

— Je n'ai jamais eu le droit de tester un plat de Pâques ! Idem pour Camille et Alice ! C'est injuste !

Sveta a gémi en levant les bras au ciel.

— Quoi donc ? Que j'accueille ta fiancée comme il se doit ? *Ti souma sashiol*[1] !

Touché, coulé : penaud, Henri n'a su quoi répondre et s'est contenté de se replonger dans ses mots fléchés. Sveta a alors déroulé un torchon dans lequel était conservée une miche dorée. Elle en a arraché un bout, a soulevé le couvercle d'une grosse marmite, y a trempé le morceau de pain et me l'a tendu.

— Dis-moi honnêtement ce que tu en penses !

1. Tu as perdu la tête ?

C'était un délice, un bonheur pour les papilles.

J'ai aimé goûter le plat de Sveta. J'ai apprécié ce bref moment, avant qu'elle nous chasse, Henri et moi, dans le jardin de derrière. Mais ce soir, je n'ai aucune envie d'un aparté. Alors que nous pénétrons dans la cuisine, j'espère que ce sera rapide. Je veux seulement manger, puis partir. Sveta ouvre le four, sort la plaque de cuisson et la pose sur le plan de travail.

— Voici les *baklazhannyye olad'i*, dont les enfants sont friands !

Salivant devant leur apparence croustillante et dorée, je l'aide à les saisir avec une pince qu'elle me tend, et nous les disposons dans un grand plat en porcelaine bleu et blanc qu'elle a placé à côté de nous. Nos mains se frôlent. Mes doigts gelés contre les siens, chauds et rouges. Silencieuses, nous nous sourions au-dessus des hors-d'œuvre.

Après tout, peut-être que Freud avait tort et qu'elle ne souhaite absolument pas jouer la curieuse en me faisant subir un entretien en bonne et due forme. Il voit toujours tout en noir. Je devrais lui prêter moins attention.

— Je suis désolée de vous faire faux bond après le repas, Sveta, murmuré-je, alors qu'une vague culpabilité m'étreint. Mais j'ai tellement de travail que je ne peux faire autrement.

Elle se fige, deux beignets à la main, pour me dévisager avec bienveillance.

— Ça n'a aucune importance, *knopka*. Maintenant que tu as franchi le pas et que tu es venue, tu reviendras. On ne résiste pas au charme ensorcelant de la maison Stradavine, n'est-ce pas ? Et…

Sa phrase reste en suspens, alors qu'elle lève les yeux au ciel et qu'un rictus étrange déforme son visage.

— Sveta ?

Elle reporte son attention sur moi, mais son regard est vague. Et pour toute réponse, elle se met à… Oh non… Mon Dieu… À caqueter. Après un instant de stupeur, la triste réalité me rattrape. Camille avait prévenu Henri, au téléphone : les crises sont brusques, inattendues, incongrues.

— Sveta, répété-je d'un ton doux.

Cela n'a aucun effet sur elle. Au contraire, elle renchérit dans son imitation de poule. Ses iris papillotent. Quand je la saisis par les épaules et essaye de capter son regard, l'échec est cuisant : elle me donne un coup de nez – ou devrais-je dire de bec – dans le front.

Finir picorée par une dame du troisième âge, c'est vraiment pathéti…

La ferme, Freud ! Je lui scotche mentalement la bouche et adopte ma voix la plus ferme.

— Sveta ! Savez-vous qui vous êtes ?

Les yeux de Sveta plongent enfin dans les miens. Elle m'observe comme si j'étais une demeurée.

— Bien entendu ! Je suis Sveta Stradavine, mais je rêverais d'être une poule, *knopka*. Est-ce vraiment condamnable ?

Sur ces propos qui me laissent pantoise, elle redouble de vigueur sonore.

— *Cot ! Cot !*

Et alors… C'est la panique : Henri déboule, se précipite sur sa grand-mère, qu'il prend dans ses bras. Cette dernière se dégage avec agilité – elle tient plus du lièvre que de la cocotte – et vient se cacher derrière moi, au moment où Alice fait irruption.

— Sors d'ici, Alice ! assène Sveta d'une voix tonitruante.

Sa petite-fille résiste et esquisse un pas vers nous. Je sens la vieille dame se crisper et secoue la tête. Alice me foudroie du regard, avant de sangloter, de désespérer, de protester… puis de quitter les lieux. Quelques instants plus tard, je l'entends hurler dans le jardin, mais je n'y prête pas attention, trop concentrée sur Sveta, qui, malgré sa folie, semble souhaiter préserver les siens en les éloignant. Typique d'un début de sénilité. Le patient a conscience de dérailler, mais ne peut s'en empêcher et il veut à tout prix éviter d'attrister les siens. Henri est resté planté au milieu de la cuisine, les bras ballants, les yeux rougis par les larmes. Sveta émet encore quelques « *cot* », toujours derrière mon dos.

— S'il te plaît, Henri… Va-t'en, suggéré-je avec douceur. Laisse-moi m'en occuper, chéri.

Tiraillé entre l'envie de sauver sa grand-mère et celle de ne plus assister à ça, il hésite quelques instants. J'insiste. Il secoue la tête et, les épaules basses, finit par partir. Trois caquètements. Une fois seule avec Sveta, je l'aide à s'asseoir sur l'une des chaises autour de la grande table en chêne. Deux caquètements. Je fouille dans les placards pour trouver un verre, que je remplis au robinet. Autre caquètement, qui ressemble à un piaillement de poussin. Sveta boit l'eau d'un trait, puis enfouit le visage dans ses paumes. J'attends silencieusement, présente mais discrète. Quand elle relève la tête, son regard, désormais parfaitement lucide, se fixe au mien.

— Je suis désolée, soupire-t-elle. Parfois, j'ai l'impression que mon esprit m'échappe. Renata-*knopka*… Je crois que le Dr Louisonet et Camille ont raison : j'ai besoin d'aide.

— Avez-vous passé des tests médicaux ? répliqué-je d'un ton neutre, alors que je suis bouleversée par la scène à laquelle je viens d'assister et follement inquiète pour mon Henri.

— Camille a décrété que je perdais la tête et a appelé

le médecin. Le Dr Louisonet connaît du monde au centre hospitalier à Alès, donc j'aurai rendez-vous rapidement. Il veut également m'envoyer chez un psychiatre, mais je ne suis pas folle !

— Avez-vous une idée de ce qui déclenche les crises ?

Une émotion forte ? Toi qui lui as annoncé que tu tournais les talons après avoir dévoré ses bons petits plats ? se venge Freud.

— Absolument pas. Dis-moi, *knopka*… As-tu des patients aussi toqués que moi ?

— J'ai toutes sortes de cas, éludé-je.

— Ah oui ? Et lequel est le plus difficile ? demande-t-elle avec curiosité en calant le menton contre sa paume.

Classique : lors d'une première séance, le patient rechigne à se confier et tente de détourner la conversation en interrogeant le praticien sur sa propre vie. Il faut normalement ne pas entrer dans ce jeu-là, mais il s'agit de la *babulya* adorée d'Henri. Je choisis donc de ne pas la brusquer.

— Facile ! rétorqué-je d'un ton léger. C'est Jean-Joseph Durand, qui fait un transfert sur moi depuis des années. Il m'offre souvent des cadeaux délirants. Une fois, il m'a donné l'une de ses chaussettes sales, en m'expliquant le principe de la naissance du sentiment amoureux. Ce n'est qu'une affaire de phéromones, m'a-t-il dit. Malheureusement, ces phéromones sont masquées par les produits de beauté, le parfum… Il m'a donc conseillé de renifler longuement son odeur de pied afin de savoir si j'étais faite pour lui.

Sveta se renverse en arrière et éclate d'un rire insouciant. Henri a dû rester derrière la porte, puisqu'il pointe son nez. L'angoisse se lit sur ses traits. Une immense confiance aussi, quand il me regarde. Je lui adresse un signe rassurant. Il soupire de soulagement et disparaît à nouveau.

— Mon Dieu ! L'as-tu fait ? m'interroge Sveta quand elle reprend son sérieux.

— Surtout pas ! Je ne lui cède jamais et je sais le repousser... Et j'ai une secrétaire en or qui est passée maître dans l'art de le mettre dehors poliment mais fermement !

— Cet homme va devoir l'accepter : c'est notre Henri qui est fait pour toi, et pas besoin de chaussettes malodorantes pour en être certaine ! La façon dont vous vous contemplez...

Oui. Je suis tombée amoureuse d'Henri au tout premier regard.

— Je suis contente qu'il t'ait trouvée, si tu savais ! s'exclame Sveta avec une sincérité qui me touche.

Elle ferme les yeux, et un sourire heureux illumine son visage.

— Henri..., reprend-elle lentement. Henri a toujours été... spécial pour moi. Le chagrin ne se mesure pas, mais je crois qu'il est celui qui a le plus souffert de la mort de son papa et de sa maman. Ils étaient partis en Norvège pour voir une aurore boréale, alors que je gardais les enfants à domicile. Sur le chemin du retour, ils nous ont appelés d'une cabine téléphonique, à Lyon. Henri leur a dit qu'il leur préparait une cabane de Sioux géante dans le salon. Irina, sa maman, a éclaté de rire. Ce rire... J'aurais aimé l'avoir enregistré sur une cassette ! Il enchantait le monde. Elle s'est exclamée que la maison devait être tellement sens dessus dessous qu'elle ne savait pas si elle devait revenir. Henri était le plus grand. Il avait huit ans. Il était à côté de moi quand on a sonné à la porte ; il tenait ma main lorsque les policiers m'ont annoncé que ses parents avaient été percutés de plein fouet par un camion. C'est après ça qu'il est devenu... soigneux, ordonné. Quelques jours avant l'enterrement, je l'ai trouvé en train de ranger sa chambre de manière effrénée. Il m'a expliqué qu'il faisait ça pour que sa maman ait envie de rentrer. Ça m'a brisée. Il n'a plus jamais construit de cabane de Sioux.

— Au lieu de ça, il a supprimé le désordre…, murmuré-je.

Mon cœur se serre lorsque je songe à quel point Henri a encore besoin de structure, d'un emploi du temps immuable… À quel point sa rigidité éloigne les nuages noirs. Comme si elle avait lu dans mes pensées, Sveta me tapote l'épaule.

— Heureusement qu'une partie de lui résiste à tant de maniaqueries : les voyages, ses dessins, ses boules à neige ! C'est sa soupape de rêve et de liberté.

— C'est vous qui l'avez poussé à parcourir le monde ?

— Non. Malgré ce qu'il affirme, il avait ça en lui ! réplique Sveta en agitant l'air avec les doigts. C'est un fils du vent, notre Henri. Sais-tu pourquoi le jardin est envahi d'herbes hautes ?

Je me penche vers elle, fascinée de découvrir mon Henri du point de vue affectueux de sa grand-mère.

— Il avait neuf ans. Son grand-père et moi avions emmené les trois enfants voir une exposition de photos à Montpellier. Alors que Camille et Alice se comportaient comme des sauvages, à tout toucher et à brailler que les œuvres étaient laides, Henri est resté très longtemps immobile devant le cliché d'un champ immense, vide, balayé par le vent. Et il m'a dit : « *Babulya*, si j'étais dans cet endroit, je marcherais au milieu des herbes et je ne serais plus triste parce que ce serait comme si je volais. » Son grand-père et moi avons planté de la luzerne que nous avons laissée pousser. Henri y passait des heures. Seule sa tête dépassait. Il y riait aux éclats, il s'y cachait pour pleurer. Jamais je n'ai eu le cœur de couper trop court cette végétation, à l'arrière du jardin. C'est Camille qui s'occupe de la garder à la bonne longueur. C'est un secret, mais je crois qu'encore aujourd'hui Henri a l'impression de voler quand il s'y trouve.

Il ne m'avait jamais parlé de ça… Pourtant, ça semble si important pour lui. Tout à l'heure, j'ai vu la sérénité mêlée de joie sur son visage, quand nous avons traversé les herbes hautes.

— Coucou !

La voix grave de Camille me fait sursauter. Il n'a d'yeux que pour sa *babulya*, qu'il fixe anxieusement. Cette dernière claque la langue sur son palais.

— Ne reste pas planté là, à m'observer comme si j'étais une rescapée de guerre ! Je vais mieux ! Prends de quoi manger pour toi et les autres, et file ! Laisse-moi avec Renata, ordonne-t-elle d'un ton sans appel.

Aucun effet sur Camille, qui fait mine d'être outré.

— Voilà comment on accueille son petit-fils vénéré, son beau gosse de cadet, son serviteur flamboyant pour l'éternité et au-delà ? Quelle ingratitude !

Il s'approche et dépose un baiser sonore sur la pommette rouge de sa grand-mère.

— Cruelle *babulya*, qui renie le pauvre Camillisko !

Sveta lui tapote la joue en pouffant… avant de le repousser.

— Allez, attrape les *baklazhannyye olad'i* et file nourrir les filles et Henri, qui a trop maigri. Il nous faut remplir cet estomac. Veille à ce qu'il en mange au moins cinq.

— Il n'y a plus que lui et moi, annonce Camille, soudain penaud. Je me suis disputé avec Alice. Elle est partie en embarquant Léo.

Sveta fronce les sourcils.

— Où as-tu été touché ?

Camille bombe le torse et prend une pose à la Mr Propre, biceps sortis.

— Tu crois qu'un gaillard comme moi se laisse faire par une gringalette comme elle ? *Babulya* adorée, je te rappelle que je suis le plus grand, le plus beau, le plus f…

— Où ? s'impatiente Sveta.

Camille souffle et se dégonfle.

— Là, à l'oreille. Elle m'a lancé un verre en plein dans le lobe. Mais j'ai évité les fourchettes.

— Il y a de l'arnica dans l'armoire à pharmacie si c'est trop douloureux.

— Je survivrai, tel un héroïque guerrier face aux attaques d'une…

— FILE maintenant ! rugit sa grand-mère.

Camille ne demande pas son reste : il court s'emparer du plateau, attrape un chausson qu'il avale avec gourmandise et quitte la pièce.

— C'est Alice tout craché, commente Sveta. Dès que quelque chose de difficile se présente, elle tempête, puis elle fuit. Il faut seulement être patient : elle revient toujours. Dieu que je les connais tous par cœur !

— Il en est ainsi dans les familles unies…

— Il en est ainsi chez toi, Renata ?

Cette question… Surgissent, par vagues violentes, des souvenirs qui ne demandent qu'à s'extraire du fond de ma mémoire, où je les ai enfouis. Sveta se lève lourdement. Alors que je replonge dans le bain noir du passé, j'entends le bruit d'un placard qui claque, le tintement des glaçons. Sans un mot, Sveta dépose deux verres sur la table et les remplit de vodka. Nous les buvons d'un trait. Elle nous ressert. Je sens une brèche s'insinuer dans mon mur de pudeur.

— Alors ? insiste-t-elle.

Je trempe à nouveau les lèvres dans le liquide incolore. Cette cuisine possède-t-elle une force particulière ? Est-ce l'expression à la fois douce et dénuée de pitié de Sveta ? La fissure devient béante. Le barrage s'effondre quand cette vieille dame, qui vit sans doute ses derniers mois de lucidité, dépose un baiser sur ma joue. Elle sent la poudre, l'épice et un parfum lourd de rose.

— Disons que ma famille ne ressemble en rien à la vôtre. Camille, Henri et Alice ont perdu leurs parents, vous, votre fille et votre mari… Mais vous semblez si heureux, confiants les uns envers les autres, et unis. Je n'ai jamais connu ça.

Sveta soutient mon regard, prête à tout entendre.

— Jamais ?

— Jamais. Mes parents se sont séparés quand ma mère était enceinte de moi. Mon père ne m'a pas reconnue. Ma mère et moi vivotions dans un appart minable à la moquette abîmée par les mégots qu'elle laissait tomber par terre. J'ai grandi avec une femme aigrie, qui me reprochait sans cesse de lui avoir volé sa jeunesse. Oh ! elle s'est rattrapée. Elle passait son temps dans les bars. J'allais toute seule au collège. J'étais la risée de ma classe parce que j'étais mal habillée et que j'étais crasseuse.

À cette pensée, la colère me gagne, et ma voix vibre lorsque je continue, comme hypnotisée, ignorant comment stopper ces confidences impromptues :

— Je me souviens de cette boum chez Maxime Lerebœuf, quand j'avais douze ans. Je n'en revenais pas d'avoir été invitée et je m'en donnais à cœur joie. J'avais ingurgité quatre sachets de Frizzy pazzy, trente mini-bouteilles citriques au Coca, et quatre paquets entiers de fraises Tagada. En guise de bouquet final, j'avais bu sept verres de Banga. Je n'avais pas tout ça, chez moi. Mon jean trop petit me sciait le ventre, ma langue était râpeuse, et j'avais la nausée, mais j'étais ravie d'avoir profité d'une telle aubaine. À la maison, il n'y avait jamais un sou, ne serait-ce que pour s'acheter un bonbon. Xavier Dupuis était beau. Il a fait tourner une bouteille de Champomy après avoir énoncé la règle : la fille qui serait pointée par le goulot l'embrasserait pour de bon. C'est tombé sur moi. Il m'a fait un clin d'œil, m'a tendu la main, et nous nous sommes rendus derrière des cartons empilés. Je me rappelle qu'il était inscrit « Matériel de camping » au feutre noir, dessus. J'ai eu un mauvais pressentiment quand j'ai entendu les gloussements de Rania et Fanny. Et très vite, j'ai eu la certitude que quelque chose clochait, au moment où nous nous sommes trouvés face à face. Il grimaçait. Malgré tout, j'ai fermé les yeux et attendu qu'il m'embrasse. Au lieu de ça, il a hurlé que mes cheveux grouillaient de poux et qu'il était hors de question qu'il soit contaminé par une saleté comme moi. J'ai pleuré et, pourtant, je savais que ça se terminerait mal. Il s'était déjà moqué de mes jeans usés et il avait raconté à tout le collège qu'il y avait une tonne de cannettes de bière vides dans notre vieille Renaud. J'ai détesté ma mère, parce que tout était sa faute !

J'ai crié ces derniers mots. Le visage de Sveta est sombre. Elle tape du poing sur la table et me regarde, comme si elle attendait que je l'imite. Dans un état second, je m'exécute. Je frappe si fort que j'en ai mal au poignet. Mais ça me libère.

— Elle ramenait à la maison des types plus ou moins fréquentables. C'est si éculé, ces histoires de beaux-pères qui louchent sur les belles-filles. Et pourtant ! Quand j'ai eu dix-sept ans, j'ai claqué la porte en me jurant de ne plus jamais revenir. J'ai trouvé un job dans un restaurant. Le patron m'a prise en pitié et m'a autorisée à dormir dans le petit appartement qu'il avait au-dessus. Mais sa femme n'appréciait pas l'arrangement : elle était persuadée que mon but était de séduire son mari. Pauvre Jo, avec sa calvitie et sa gentillesse... Jamais ça ne me serait venu à l'esprit. Un soir, entre deux commandes, il m'a demandé de partir. Je ne lui en ai pas voulu. Depuis un certain temps, je m'étais mise au poker : une bande d'habitués m'avait appris. En peu de temps, j'étais devenue très douée. La suite se déroule sans anicroche. J'ai joué, j'ai gagné, j'ai économisé. J'ai repris mes études, que j'avais arrêtées, je les ai réussies et je me suis forgé une vie parfaite. Fin de l'histoire. C'est un peu sinistre au départ, mais on respecte l'adage des contes de fées : tout est bien qui finit bien.

Mon rire sonne faux. Il s'étrangle dans ma gorge.

— Ta mère est-elle toujours vivante ?

— Aucune idée.

— Pas de frère et sœur ?

— Pas le moindre.

Les yeux de Sveta se remplissent de larmes. Ah non ! Pas ça !

— Ne soyez pas triste pour moi. Je m'en suis remise ! dis-je en m'appuyant sur le dossier de ma chaise, la mine farouche.

Sveta secoue la tête.

— Tu te trompes. Je pleure d'émotion. Parce que tu es partie de là... et tu es devenue tout ça !

Elle ouvre grands les bras, et je songe à mes beaux vêtements, sans le moindre pli. À mon magnifique appartement. À ma merveilleuse histoire d'amour. À mon compte en banque rempli... Au passé qui ne m'a jamais vraiment quittée.

— Une femme pleine de doutes, sans cesse paralysée par la peur ? plaisanté-je.

— Une reine, me corrige-t-elle en couvrant ma main de la paume. Superbe, indépendante et sensible. Une survivante.

Elle tend le bras et caresse mes cheveux d'un geste léger. Sans que je puisse les retenir, des larmes inondent mes joues.

— Ne pleure pas, car je souhaite aussi te dire que je comprends, murmure-t-elle.

Je hoche la tête avec un sourire bancal et ouvre la bouche pour changer de sujet, gênée par son discours, confuse de m'être confiée de la sorte, mais elle pose l'index sur mes lèvres.

— En fait non, ne te retiens pas de pleurer. Sanglote, crie. Vis.

Un courant passe entre nous, comme une infinité de fils précieux qui lient nos deux cœurs.

— Je comprends, répète-t-elle plus gravement.

Et alors, je comprends, moi aussi. Elle sait pourquoi je ne suis pas venue pendant si longtemps, elle imagine ce que j'ai pu endurer, elle me pardonne. Soulagement immense, comme une vague fraîche, qui lave tout.

Cette vieille femme posséderait-elle un peu de magie en elle, pour faire parler si naturellement la fille névrosée qui ne s'était auparavant jamais confiée de la sorte, excepté à l'homme de sa vie ?

Chapitre 9

Léo

« *La vie n'est pas une comédie musicale où on se sent libérée, délivrée !* »

Chef Bogo, dans *Zootopie*

Au Night Dreamer, bar musical, situé au centre d'Anduze, ouvert trois cent cinq jours par an, étonnamment créatif en termes de soirées à thème (summum du succès le lundi, avec sa célèbre et ultra-fréquentée pasta-sangria-mousse party).

Il est à peine 21 heures, mais je constate, lorsque nous émergeons des vestiaires du Night Dreamer, que la soirée bat son plein. La vache ! La piste de danse est aussi prise d'assaut que la Bastille, au bon vieux temps de la Révolution. Mais la scène est nettement moins sanglante. Pas de têtes coupées qui roulent-boulent sur le sol, seulement des gens qui bougent leur booty en mode « *put your hands up in the air* » avec une telle énergie que je me demande un instant si David Guetta lui-même est aux platines. Mais non, rien à voir : le DJ a l'âge de mon père et il arbore une moustache gominée digne des années 1980.

L'espace *lounge*-patio est également bondé. On rit, on devise avec entrain et… un couple offre au monde un aperçu de sa vie sexuelle débridée : la fille, une brune à queue-de-cheval haut perchée, chevauche son mec comme s'il était Spirit, le célèbre étalon des plaines. Sauf qu'il ne s'agit pas de galoper en liberté. Sans déconner, si ces deux-là n'étaient pas habillés, la scène serait interdite aux moins de dix-huit ans. Avant d'entrer dans ce lieu de débauche, Alice m'a prévenue : nous sommes dans le saint des saints des soirées de fun anduzien. Le Night Dreamer est à la ville ce que le comté râpé est aux spaghettis bolognaise, la sauce piquante à la pizza, le Nutella au pain croustillant du matin : fameux, indispensable, jouissif. C'est vrai que l'endroit est plaisant, avec cette décoration qui contrebalance l'excitation ambiante. Les tableaux représentent des bouddhas souriant placidement, les canapés en osier sont recouverts de plaids épais, et sur les tables en bois blanc trônent de larges aquariums. Tout est à la fois joyeux, zen et… Non ! Incroyable ! Je rêve ou quoi ? Ce mec, là… Spirit l'étalon ! Il vient de repousser sa cavalière pour tirer une dernière bouffée sur la cigarette qui se consumait toute seule entre ses doigts et l'a jetée dans l'aquarium devant lui ! Profanateur de la paix aquatique ! Sérieusement, a-t-il pensé une seconde au pauvre Nemo qui se retrouve par sa faute à folâtrer avec une Marlboro puante ? La colère me gagne, alors qu'il se renfonce négligemment dans son siège et continue à câliner sa nana. Je le condamnerais bien à ingurgiter des arêtes de sardines pourries qui grifferaient son œsophage pour l'infini et au-delà… Mais je vais me contenter d'une remarque polie. Il repêchera son déchet nicotiné, et nous nous quitterons en excellents termes. J'esquisse un pas dans sa direction, mais Alice serre plus fort ma main, m'entraînant dans son sillage de façon si autoritaire que je n'ai d'autre choix que de la suivre. Dans son sillage… Oui, c'est bien ça. J'ai clairement l'impression de m'être transformée en Sébastien, le homard relou donneur de leçons scotché aux basques de la petite sirène.

Après sa dispute avec son frère, Alice a quitté la maison en m'enjoignant de l'accompagner. Elle a dévalé la rue si vite que j'ai cru voir la semelle de ses Puma s'enflammer. J'ai bien senti que j'avais une mission : la stopper avant qu'elle décolle. Quand j'ai attrapé son bras et qu'elle s'est immobilisée, elle m'a adressé un immense sourire… Un immense sourire très bizarre, se situant entre celui du clown de Stephen King et celui de Oui-Oui. Carrément flippant. Elle m'a annoncé sans préambule que nous allions faire la fête au Night Dreamer. Pas un mot sur Camille, ni Sveta, ni au sujet de la scène à laquelle elle avait assisté dans la cuisine… Voilà comment nous en sommes arrivées là : elle, fendant la foule en s'arrêtant toutes les demi-secondes pour saluer les uns et les autres ; moi, dans le rôle de la copine qui la couve des yeux avec angoisse.

— Dina ! Je suis ravie de te voir ! Comment vas-tu ? s'écrie Alice en déposant un léger baiser sur la bouche d'une serveuse blonde à la plastique de rêve qui s'est immobilisée à notre niveau, un plateau vide calé sur sa hanche voluptueuse.

— Merveilleusement.

Cette fille a une conception toute particulière de cet adverbe. Son visage est aussi fermé que le décolleté d'une nonne, et son regard tellement glacial qu'il pourrait constituer une arme efficace contre le réchauffement climatique au pôle Nord. Mais Alice ne semble pas noter son manque d'enthousiasme, puisqu'elle poursuit d'un ton avenant :

— Alors ? Il paraît que tu vas déménager à Lyon suite à une proposition de boulot ! Tu as réussi ton master de politique étrangère ! Je suis ravie pour toi !

Pour toute réaction, Dina reste silencieuse et se contente de fixer Alice d'un air inquiétant. Puis elle saisit son plateau, le place sur son index et le fait tournoyer. Malheur ! Compte-t-elle l'utiliser comme un frisbee coupe-gorge ? Que lui a donc fait mon amie pour la mettre dans un tel état ? À peine ai-je le temps de me poser la question que j'ai ma réponse : Barbie-tueuse me dévisage en grimaçant et... s'arrête ostensiblement sur mon nez. Pas de doute, cette fille est une méchante de la pire espèce, la descendante naturelle de Shere Khan et Maléfique.

— Tu es venue pour le week-end ? demande-t-elle en recentrant son attention sur Alice. Tu présentes à ta famille ta nouvelle... conquête ?

What ? Le dernier mot a-t-il vraiment été prononcé avec dégoût ? Pour qui se prend-elle ? Que croit-elle ? Que je n'ai pas les épaules, la classe, la canonitude pour être la chérie d'Alice ? À cause de quoi ? De mon nez ? Dois-je lui signaler que Cléopâtre, séductrice de haut niveau, avait AUSSI un pif de compèt ? Dois-je également mentionner Sarah Jessica Parker ? Ou dégainer la carte fatale Barbra Streisand pour qu'elle pige qu'un petit nez n'est PAS un critère de beauté ?

Alice lui lance un regard courroucé et ouvre la bouche pour répliquer, mais je prends les devants.

— En fait, il ne s'agit pas de la présentation d'une simple conquête, mais de la femme de sa vie ! me rengorgé-je en passant le bras autour de la taille d'Alice. Nous sommes fiancées. Enchantée, je suis Léo.

Barbie-congélo me considère comme si j'étais un loulou gluant collé sous son siège de voiture et me serre la main du bout des doigts.

— Parfait ! lance-t-elle d'une voix détachée. C'est merveilleux d'avoir trouvé chaussure à ton pied, Alice !

Son enthousiasme serait tout à fait convaincant si son plateau ne tournait pas de plus en plus vite. Vrai de vrai, cette fille pourrait sans problème intégrer la troupe du cirque Pinder… et éventuellement se faire dévorer par un lion ! À cette pensée, je glousse. Elle me fusille du regard.

— … Même si celle-ci relève plus de l'espadrille que de l'escarpin Gucci, complète-t-elle avec une hargne incroyable.

Soudain, je me sens prête à découper son corps en petits morceaux, comme une julienne de légumes, avant de le fourrer dans une carafe pleine de whisky et de craquer l'allumette qui enflammerait le tout. Mais, plutôt que de me condamner à une vie en taule, je décide de la faire enrager en me rapprochant encore plus d'Alice, qui réagit au quart de tour en déposant un baiser sur le lobe de mon oreille. Les joues de Barbie-freezer deviennent rouge carmin, alors que mon amie enfonce le clou.

— Elle, elle trouve le lobe très érogène. Quant à moi, j'ai toujours jugé les espadrilles sexy à mourir !

Barbie-tomate ouvre la bouche, puis la referme. Elle fait bondir son plateau et le saisit à pleines mains. Je frissonne de terreur : Alice va-t-elle se retrouver le visage écrasé de manière si violente qu'elle se trimballera à vie une tête de sharpeï ? Suspense… Ambiance à la Fight Club. Tout le monde soutient le regard de tout le monde… Et finalement, contre toute attente, nous remportons la bataille : Barbie-tomate souffle comme un bœuf et tourne les talons pour regagner le bar d'un pas rageur.

— Merci, ma Léo ! lance Alice en se détachant de moi, la mine reconnaissante.

J'agite la main en l'air.

— Ce n'est rien.

— Si ! Et pour info, je pensais ce que j'ai dit. Je trouve vraiment que tu es l'espadrille la plus belle, la plus délicate et la plus drôle de Catalogne. En te critiquant, elle a seulement voulu me blesser. C'est mon ex !

— Encore une ? plaisanté-je en songeant à toutes les ex de ma coloc qui peuplent ce monde.

— Oui. On s'est connues il y a quatre ans, quand j'ai été embauchée ici comme extra pour l'été. J'avais cru toucher le gros lot, avec cette bombe atomique. Au bout de quelques mois, j'ai déchanté. Sacré trou du cul congelé de pingouin du pôle Nord, celle-là ! Elle faisait la gueule aussi souvent qu'elle respirait. Et puis… *Babulya* l'a rencontrée et détestée. Alors, ça a été vite vu. Cette tarte Tatin fourrée à l'ego en gelée n'a pas digéré que je la largue. De l'eau a coulé sous les ponts, mais elle refuse de passer l'éponge. Mon ardoise est toujours pleine, et elle m'en fait baver à chaque fois qu'on se recroise. Et… Oh ! mais il y a Paulette ! Je ne savais pas qu'elle bossait le week-end ! Génial ! Viens ! Il faut que je te la présente !

Elle sautille joyeusement et attrape ma main pour m'entraîner d'office au bar. Mais ça suffit, le cinéma. Haro sur les faux-semblants ! Je résiste en tirant sur son bras pour l'obliger à me faire face.

— S'il te plaît, arrête ! dis-je en plantant le regard dans le sien. Tu es survoltée. C'est carrément flippant de te voir discuter comme si de rien n'était et agir comme si tout allait bien. Tu ne voudrais pas rentrer ? Tu pourrais parler tranquillement avec Sveta, Henri et Camille. Je vous laisserai seuls et…

Le sourire d'Alice s'efface. Ses iris flamboient.

— Hors de question que j'y retourne ! se cabre-t-elle. Je préfère éviter cette vieille semelle de joueur de foot au fumet de camembert fermier de Camille.

Je tente un instant de m'imaginer son frère sous cette forme peu flatteuse, mais j'ai beau faire, je n'y parviens pas. La bouche charnue de Camille n'a rien à voir avec un fond de chaussure. Son parfum ambré n'est absolument pas comparable à un pied suant. Sa…

Oulah non ! Alice fait mine de se diriger vers le bar et, encore une fois, je la retiens. Plus fermement, cette fois.

— OK, alors installons-nous toutes les deux dans un café tranquille. J'en ai repéré plusieurs sur le chemin, avec des terrasses accueillantes. Enfin, parle-moi ! Tu ne peux pas faire comme si tout ça n'avait aucune importance !

Alice reste un instant silencieuse. Puis elle ôte son masque d'insouciance, et la peur apparaît, voilant son visage, éteignant l'énergie solaire qui s'en dégage habituellement.

— Léo…, avoue-t-elle d'une voix brisée. Pour le moment, je suis incapable d'y songer. C'est trop affreux, trop absurde et trop brusque. Je veux encore profiter de mon existence heureuse, avec ma *babulya* fringante et mes frères adorés qui ne me cachent rien. Juste quelques heures, s'il te plaît. Et ensuite, j'aurai la force de tout regarder en face. J'accepterai que tout change, parce que je serai préparée. Tu comprends ? Est-ce que tu peux faire semblant avec moi, juste pour cette nuit ?

Le cœur alourdi par la tristesse de mon amie, je la serre fort contre moi, avant de la repousser et de lui offrir un clin d'œil complice.

— Hey ! Une chance que tu aies une copine amatrice de théâtre. Faire semblant, j'adore ça ! J'accepte donc toute proposition de job dans ce domaine et me tiens à ta disposition.

Elle m'adresse un sourire soulagé qui devient vite taquin.

— À ma disposition ? Voyons… Tu sais ce qui me réconforterait ?

— Dis-moi tout !

— Que tu joues ton rôle de fiancée jusqu'au bout et que tu me roules une pelle en bonne et due forme !

Je glousse en lui donnant une pichenette sur la joue.

— Hors de question !

— Qui ne tente rien…

Nous nous fixons un instant avant d'éclater de rire. Puis elle fait volte-face, et nous nous dirigeons vers le comptoir. Quand nous nous y adossons, j'observe Barbie-freezer, en train d'ouvrir une bouteille de vin pour un groupe de jeunes hommes qui bavent sur son décolleté avec autant d'ardeur que moi devant un paquet de Curly. Alice, quant à elle, ne prête aucune attention à son ex, trop occupée à héler avec enthousiasme une brunette aux courbes généreuses actionnant la machine à bière.

— Paulette ! Paulette chérie !

La dénommée Paulette, qui a tout d'une fée Clochette 2.0 avec ses collants verts, son minishort en jean et son T-shirt court dévoilant son nombril, aperçoit Alice et lui sourit d'un air ravi. Elle nous fait signe d'attendre un instant, sert un client, puis nous rejoint, pile au moment où Barbie se plante face à nous.

— Qu'est-ce que souhaitent les tourterelles ? demande-t-elle d'un ton insupportablement goguenard.

— Deux Sex on the beach ? répliqué-je du tac au tac,

alors que Paulette nous regarde tour à tour en ouvrant de grands yeux.

— Je m'en occupe, intervient cette dernière.

Barbie-Terminator hésite, hausse les épaules, puis s'éloigne.

— Dites donc, les filles ! Vous m'avez mis Dina de mauvais poil ou quoi ? commente Paulette, avant de s'interrompre pour contempler Alice d'un air heureux. Enfin, tu es là… Tu m'as tellement manqué ! Je me doutais que tu te pointerais, comme à chaque week-end de Pâques, mais tu ne m'as pas prévenue et…

— Je suis désolée, répond Alice en se penchant par-dessus le comptoir pour l'embrasser. C'est speed, au boulot, en ce moment, je n'ai pas eu une minute à moi. Mais regarde, à peine arrivée, et je fonce jusqu'ici pour te faire un câlin !

— J'aime mieux ça !

Paulette tire la langue à Alice, qui me désigne avec un grand sourire.

— Je te présente Léo. Léo, voici Paulette, une touriste venue à Anduze en vacances il y a trois ans, et qui n'est jamais repartie !

— Vraiment ? dis-je en la saluant.

— Véridique ! renchérit Paulette, qui poursuit avec animation. J'étais avec mon mec de l'époque. On campait. Il s'est montré détestable tout au long du séjour ! Et vas-y que le riz de la paella du cuistot était trop cuit… Et vas-y que les gosses de l'emplacement voisin nous espionnaient quand on faisait l'amour… Oui, je te jure ! Il avait soi-disant vu leurs yeux maléfiques briller de plaisir derrière la toile de la tente. Tente qui, je le précise, était parfaitement opaque : Decathlon ne se fout pas de la gueule de ses clients. Et vas-y que les sanitaires étaient dégueu… Tu te rends compte ? Il a osé prélever un poil trouvé sur la cuvette des toilettes pour prouver ce qu'il avançait ! Et comment, à ton avis ? Comment ? Avec MA pince à épiler ! Ça a été la goutte d'eau qui a fait déborder le vase de sa connerie. Après lui avoir ordonné de filer à la pharmacie acheter de la Biseptine pour désinfecter mon arme anti-monosourcils, j'ai rompu avec lui et je lui ai dit de dégager. Il n'a pas voulu, prétextant que la tente lui appartenait aussi, puisqu'on l'avait payée à deux, et blablabla… Elle était à moitié la sienne ? OK, je l'ai pris au mot : j'ai découpé la toile aux ciseaux et lui ai balancé son morceau au visage. La tronche qu'il faisait ! Je jubilais de lui avoir coupé la chique. Sauf qu'ensuite je me suis retrouvée STF.

— Sans tente fixe ! complète Alice en riant aux éclats.

— Sans tente fixe, répète Paulette d'une voix d'outre-tombe, démentie par ses yeux pétillants de malice.

— C'était la fête du village, et je servais au stand extérieur du Night Dreamer, quand j'ai vu se pointer cette charmante brunette, qui a commandé une pinte, poursuit joyeusement mon amie.

— Alice m'a formidablement réconfortée et, de fil en aiguille, j'ai décidé de rester un peu. Je me suis dégoté un Airbnb et j'ai passé mes vacances à m'éclater. Quand il a été temps de retourner à Lyon pour trimer chez Kiabi-la-mode-à-petits-prix, j'ai dit non. Alice m'a fait embaucher au Night Dreamer… Et depuis, je crèche ici ! Je lui dois donc une fière chandelle et bien plus encore ! Et toi, Léo ? D'où viens-tu ?

— Oh ! elle est avec moi…, commence Alice, immédiatement interrompue par deux clients qui hèlent Paulette.

Celle-ci adresse un regard d'excuse à Alice. Puis elle attrape une bouteille de vodka et la dépose devant nous, ainsi que deux verres. Ensuite, elle s'éloigne alors que le DJ à moustache se racle la gorge au micro et prend la parole.

— Et maintenant… Maintenant ? MAINTENANT ? Qu'est-ce qui se passe ? Quelle est LA tradition du samedi soir, au Night Dreamer ?

Acclamations extatiques et hurlements réjouis.

— LE MADISON ! clame la foule en délire.

— Le quoi ? insiste le DJ.

— Le MADISOOOOOOOOON !

Quoi ? Ce truc de country-cow-boy qui se danse avec des santiags et un chapeau sur le crâne ?

— Oh ! le madison ! Extra-kitsch ! Je suis fan ! s'exclame Alice, après avoir sifflé une troisième rasade de vodka.

À ces mots, elle pousse un hurlement strident en agitant les mains. Le DJ, qui était en train d'exciter la foule, stoppe net son petit speech. Il dirige une lumière verte aveuglante sur Alice, qui prend une pose théâtrale.

— Mais… Qui vois-je ? La reine de la nuit, des after endiablés, du glamour et de l'humour ? Alice Stradavine is back ! Elle est parmi nous ! Alice ! Veuillez accueillir comme il se doit la fille prodigue, de retour au bercail ! rugit le DJ.

Tonnerre d'applaudissements, alors qu'Alice s'incline, puis éclaire ma lanterne.

— C'est le père d'un pote d'enfance. Il animait nos boums de feu de Dieu ! Quand je bossais là, on passait de sacrées bonnes soirées.

— Allez, ma belle, en piste ! poursuit le DJ. C'est toi qui ouvres le bal avec ta charmante chérie !

Horreur… Je tente de résister, mais encore une fois Alice m'entraîne avec elle. Une coulée de sueur non contenue par mon Nivea X-treme glisse le long de mon dos. Stress intense, angoisse de la mort : je n'ai jamais su danser le madison, moi !

Oh merde… C'est comme ce cauchemar où je me retrouve quasi à poil en public, affublée d'un bonnet fluo à l'effigie des chiots de la Pat' Patrouille et d'une paire de chaussettes Damart rayées jaune pipi… et où je suis paralysée par une centaine d'yeux braqués sur ma ridiculité. Nous sommes seules sur la piste. Seules. Comble du malaise, DG Georgio – ou devrais-je plutôt dire DJ lourdaud – a dirigé les projecteurs sur nous et nous encourage avec autant de fougue qu'une pom-pom girl sous amphétamines. La musique démarre. TADA ! Tatatatatata TADA ! Le rythme résonne en moi comme le glas de ma dignité. Tous ces regards qui me fixent avec pitié… qui admirent Alice… Bordel, elle en est déjà à enchaîner les pas avec une efficacité et un naturel confondants ! Tentant de l'imiter, j'esquisse un mouvement vers la droite, puis un déhanché, mais… Décidément, elle va trop vite ! Impossible de la suivre !

Je suis Bébé avant que Patrick Swayze lui enseigne à être moins empotée. Sauf que, moi, j'ai envie de hurler : « Laissez-moi dans un coin ! » En désespoir de cause, lorsque les rires moqueurs deviennent de plus en plus sonores, j'effectue de grands gestes pour inciter le public à nous rejoindre.

Merveilleux ! On m'obéit ! Je vais pouvoir m'éclipser en toute discrétion. Malheureusement, ma fuite s'avère compliquée. Les danseurs, avec leurs infernaux pas à gauche puis à droite puis à gauche puis à droite… et leurs mouvements en avant, en arrière, en avant, en arrière, me bloquent le passage. Je tente une percée. Échec total. Après m'être cognée contre la poitrine voluptueuse d'une dame qui a grimacé, je capitule et me résous à danser. Où est Alice, au moment où j'ai besoin d'elle ? Pas le temps de chercher : c'est reparti ! Je dois suivre le groove ! À droite… Hop, petit saut de cabri… Chassé-croisé de mollets… OK. Ah non… On se dirige à gauche. En fait, c'était l'autre gauche ! Merde, il faut avoir fait maths sup grand minimum pour piger ces enchaînements tout droit sortis des enfers chorégraphiques ! Allez, en arrière et…

— Fais gaffe où tu mets les pieds, toi !

Je fais volte-face… et me retrouve nez à nez avec le type de la Mercedes. Oui. Adriano. M. une-pierre-deux-coups : celui qui m'a klaxonnée ET insultée à mon arrivée. Celui que Camille a traité de fou… Pas de doute : il me reconnaît. Ses yeux se rétrécissent méchamment.

— Nulle en créneau, nulle en danse ! lâche-t-il avec hargne.

Je ravale la réplique cinglante qui fleurit sur le bout de mes lèvres. Voyons les choses en face : je ne fais pas le poids. Ce type est aussi balèze que Maui, sans le côté sympathique. Pas de vague. Nous ne sommes pas dans *Vaiana* et nous ne finirons pas par naviguer vers l'horizon dans le même bateau en nous filant des conseils sur la vie. Que nos routes se séparent dans le calme : pas de pogo ; pas d'éclat. Malheureusement, il ne semble pas de mon avis, puisqu'il renchérit dans la provocation.

— Tu n'as rien à faire ici, sale touriste. Dégage !

Oh ! hé ! dois-je lui signaler qu'Anduze prospère justement grâce aux gens comme nous ? J'ai checké sur Wikipédia : « Destination prisée des vacanciers, la ville est florissante, avec ses boutiques d'artisanat local et ses hébergements de haute saison. »

Adriano me fait signe de m'exécuter d'un geste de la main, avec un « psitt » horripilant. Comme si j'étais une vilaine mouche bleue voletant au-dessus de son assiette de merguez ! La moutarde me monte au nez et, piétinant mes résolutions pacifistes, je contre-attaque.

— Je ne suis pas un vulgaire moustique qu'on chasse

d'un revers de la main. J'y suis, j'y RESTE ! Tu ne parviendras pas à me gâcher mon groove, mec !

Je me mords les lèvres. Il fait rouler la tête sur son cou. Ses articulations craquent sinistrement ; ses veines ultra-costaudes ressortent, semblant à deux doigts d'exploser. Quand son regard à la Jason-le-tueur-au-masque transperce le mien, je suis à deux doigts de défaillir. Et, lorsque ses lèvres s'étirent en un rictus haineux et que j'aperçois un dentier en or, comme ceux qu'arborent fièrement les pires gangsta rappeurs du monde, je me retiens de hurler. J'aurais dû la fermer... Malheur ! Il va me trucider. Le cœur battant la chamade, j'attends ma dernière heure... Mais, au moment où il se penche vers moi – pour me manger ? –, je suis tirée en arrière et avalée par la foule.

— Et alors ? J'ai cru que tu avais disparu ! s'exclame Alice.

Je lève le bras pour désigner mon agresseur, mais il s'est volatilisé.

— Allez ! On danse ! ordonne mon amie en se remettant en mouvement.

Cette chanson dure-t-elle quarante-cinq minutes ? Encore des TADA ! tatatatatata... TADA ! Quand cette torture prendra-t-elle fin ? Je n'ai jamais aussi peu maîtrisé mes jambes de toute ma vie. Je bute sur des torses, je me cogne contre des coudes et je finis par trébucher sur...

— Ah !

Un cri de douleur atroce m'échappe. Mon petit orteil ! Un type au look gothique d'à peu près deux mètres vient de me l'écraser avec sa botte de combat ultra-coquée-renforcée ! Merde ! Pourquoi arbore-t-il cette monstruosité ? Nous ne sommes pas un pays en guerre ! Mon Dieu, je crois que j'ai perdu mon petit orteil. Je suis certaine qu'il gît par terre quelque part et que je vais devoir le récupérer pour l'enfouir dans de la glace afin qu'on me le recolle aux urgences. Alors qu'il s'excuse en souriant, je retiens une larme, inspire profondément et me penche pour faire l'état des lieux. Carnage. Ma ballerine en cuir léger a été perforée ! La bonne nouvelle, c'est que mon orteil s'est accroché. La mauvaise… C'est qu'il ressemble à un steak tartare. OK, cette fois, il est temps que je m'éclipse. Alice est à nouveau introuvable et, tant bien que mal, je claudique hors de la foule des danseurs. On me bouscule, on me maltraite. Mon doigt de pied gémit de désespoir. Le cuir de ma ballerine se décolle. Appelez-moi Cendrillon.

Cerise sur le cheese-cake raté, Barbie éclate d'un rire moqueur quand elle me voit passer devant le bar avant de chuchoter à l'oreille de Paulette qui, elle, au moins, ne se fout pas de moi.

J'entre dans les toilettes avec précipitation, je trébuche contre une serpillière et bute contre un seau rempli d'une eau mousseuse, probablement oublié par la femme de ménage. Lorsque mon pied se trouve arrosé, j'étouffe un hurlement de douleur (le contact de la javel avec ma plaie est digne d'une torture) et de rage.

Quelques instants plus tard, assise sur la cuvette, au rythme du *boum-boum* endiablé de la musique, j'enlève mon lambeau de chaussure et m'autoausculte avec attention. Mon ongle a morflé : il ne s'en remettra probablement jamais. Quant à mes os… Je plie et déplie les orteils… Ouf. J'y arrive sans difficulté. J'ai évité la fracture ! Je pousse un soupir de soulagement… qui se meut en hurlement.

Quoi ? Que ? Qui ?

Tétanisée, je ne parviens pas à réaliser ce qui se passe, avant de me rendre compte… Oui, avant de me rendre compte qu'on m'a balancé un seau d'eau glaciale sur la tête, par-dessus le mur de séparation des toilettes. Incroyable ! Invraisemblable ! Insensé ! BORDEL, QUI M'A FAIT ÇA ?

Je jaillis hors des toilettes pour me trouver face à mon pitoyable reflet dans le miroir… et à ce mot, rageusement griffonné au feutre noir : « DÉGAGE DE CETTE VILLE, ET VITE ! »

En un instant, ma vie a basculé de Disney à Hitchcock.

— Léo, Léo, Léo… Je suis vraiment désolée, soupire Alice, alors que nous traversons la ville au pas de course, moi grelottante, elle tentant de me réchauffer en frottant mon épaule.

— Arrête de t'excuser ! Ce n'est pas ta faute ! répliqué-je sur un ton faussement dégagé.

— Bien sûr que si ! Si c'est cet extrait de fiente d'étourneau parfumé à la rose flétrie de Dina qui t'a fait ça, je suis responsable. Je n'aurais pas dû la provoquer.

— Techniquement, c'est moi qui ai commencé.

— Techniquement, j'ai renchéri avec le coup du lobe. Nous sommes parties si vite que je n'ai pas eu le temps de la cuisiner pour savoir si elle est l'auteur de cet acte immonde, mais crois-moi, demain, je ne vais pas la rater. Tiens ! Je dois encore avoir son 06. Et si on passait la nuit à la harceler en numéro masqué pour se venger ?

Alors que nous atteignons le portail, je décline sa proposition. Je suis tellement dépitée que je n'ai pas la force de jouer à l'appel inconnu.

— On est arrivées. Une bonne douche te fera du bien. Pendant ce temps, j'irai voir ma *babulya*, j'ai besoin de lui parler.

Elle lève la tête vers la façade, dont les fenêtres sont éteintes, et frissonne.

— Tu te sens prête ? murmuré-je.

— Oui, même si à cette heure-ci elle doit dormir.

Tant pis, je me glisserai tout contre elle et la prendrai dans mes bras.

— Allez, file, dis-je en me penchant vers elle pour déposer un baiser sur sa joue.

Elle me sourit tendrement avant de froncer le nez avec une mine comique.

— Tu pues le sol nettoyé.

— Senteur Javel, millésime de Pâques ! plaisanté-je, alors qu'elle ouvre le portail.

Nous avançons côte à côte dans l'allée sinueuse quand une voix grave nous fait sursauter de concert.

— Alice ?

C'est celle de Camille. Je plisse les yeux et l'aperçois, à notre droite, installé sur la balancelle. Lueur rougeoyante. Il tire sur sa cigarette, se penche, l'écrase dans un gros cendrier posé sur la grande table en bois et se lève pour nous rejoindre. Alice se raidit.

— Tu me détestes ? demande-t-il.

Le regret et l'angoisse pointent sous son ton calme. Le silence nous enveloppe. Alice croise les bras sur sa poitrine.

— Jamais, réplique-t-elle d'une voix tremblante. Mais pour le moment je ne veux pas te parler. Demain, ce sera bon. Pas avant.

Camille soupire de soulagement.

— J'étais prêt à faire du hula-hoop pour te faire sourire, comme quand on était petits. J'avais préparé mon arme, regarde ! dit-il en pointant du doigt un grand cerceau posé sur le gazon.

— Pas besoin. Et de toute façon, tu as dû perdre le talent que tu avais, à l'époque. Le hula-hoop, ça se travaille comme le piano, répond Alice, avant de secouer la tête, puis de nous quitter pour rejoindre sa *babulya*.

Camille se tourne alors vers moi.

— Et toi, Léo, tu…

Il s'arrête net et éclate de rire.

— … Es adepte du bain de minuit tout habillée ? poursuit-il, goguenard.

Ah non, hein ! On me force à danser le madison ; on écrabouille mon orteil ; on me balance un seau de javel sur le crâne ; je suis congelée à tel point que je pense que je vais perdre le bout de mon nez ; Sveta est folle ; Alice est triste…

— MERDE, QUOI ! glapis-je sans pouvoir me contenir.

Ma voix a porté si fort qu'un oiseau s'est envolé. Camille ouvre des yeux ronds et adopte un ton choqué.

— Une jeune fille de bonne famille comme toi, utiliser un tel langage !

— Je ne suis pas d'humeur à ce que tu te foutes de moi, comme tu le fais depuis mon arrivée !

Sans même m'en rendre compte, je tape du pied par terre pour appuyer mes dires. Mauvais plan. La douleur localisée dans mon orteil fuse dans mon mollet, et mon agacement redouble.

— Techniquement, je ne me suis pas que moqué de toi, chipote Camille. J'ai aussi…

— ARRÊTE TOUT DE SUITE OU JE NE RÉPONDS PLUS DE MES ACTES ! explosé-je. Tu n'as pas idée de ce qui m'est arrivé ! Je suis tellement remontée que je suis prête à te coller une raclée, figure-toi !

— À ce point ? S'il n'y a que ça, je serais ravi d'offrir mon corps innocent à tes poings rageurs, s'esclaffe Camille. Mais d'abord, je suis curieux de savoir pourquoi tu es trempée : chute dans la fontaine du centre-ville ? Ah non ! Encore mieux ! Concours de T-shirts mouillés ?

Si seulement ! Mais ce n'est pas aussi glamour, ni aussi

fun… Je suis pathétique. Et, face à ce constat, je me dégonfle comme une bajoue de hamster après un repas copieux.

— Au Night Dreamer, je me suis fait balancer un seau d'eau de Javel sur la tête pendant que je faisais pipi et, quand je suis sortie, il y avait un mot sur le miroir qui me disait de dégager, avoué-je piteusement.

Camille retrouve son sérieux. Son sourire moqueur s'évanouit, alors que ses traits se contractent.

— Tu déconnes, là ?

— Est-ce que j'en ai l'air ? Tu ne me sens pas ?

Camille se penche vers mon cou et inspire longuement. Je hume son délicieux parfum, alors qu'il renifle mon affreuse odeur.

— Effectivement, tu es la personnification olfactive de la piscine municipale. Mais on s'en fout. Ce n'est pas le problème. Tu as une idée de qui a fait ça ?

— J'hésite. Ça peut être Dina, l'ex de ta sœur, qui croit qu'Alice et moi sommes fiancées…

Camille hausse un sourcil interrogateur.

— C'est une longue histoire… Ou alors, il s'agit d'Adriano.

— Quoi ? rugit Camille.

— Oui, disons que nous avons eu un accrochage pendant que nous dansions.

— Tu as dansé avec ce fou furieux ?

— Non ! Mais je l'ai percuté, il m'a fait comprendre que les touristes lui gâchaient son air…

— Tu ne l'as pas provoqué, au moins ?

— Heu…

— Léo ?

— Un peu !

— Ça ne tourne pas rond chez toi ou quoi ? Il est complètement dingue ! Dans son esprit délirant, il s'imagine que cette ville lui appartient. Chaque été, il finit en garde à vue pour agression sur vacanciers ! Il est dangereux, Léo, et il me semblait te l'avoir dit !

— Oh ! ça va ! Ne m'engueule pas ! Je ne te permets pas ! C'est bon, j'ai été assez punie, avec cette inondation surprise et toute la boîte qui s'est foutue de moi lorsque j'ai débarqué des toilettes.

À cette pensée, je rougis. Certains me regardaient, consternés. D'autres gloussaient. *Time of my life*…

— Quelle honte ! soupiré-je, les larmes aux yeux.

— Honte ? s'exclame Camille. Parce que tu es mouillée ? Tu es sérieuse, là ?

— Mouillée, tout habillée, avec mon maquillage qui coule et ma ballerine en lambeaux…

Il observe mon pied avec curiosité.

— Longue histoire, éludé-je.

— OK. Mais tu n'as pas à avoir honte pour ça, d'accord ?

Je ne dois pas sembler convaincue, puisque son visage prend une expression décidée. Il me fait signe de le suivre, et nous contournons la maison. Nous gagnons une piscine de taille modeste, jouxtant le bâtiment principal. Il se place juste devant, dos au bassin, extrait son téléphone de sa poche et le pose par terre et, avant que je puisse le retenir, se laisse basculer en arrière… tout habillé. Puis il émerge de l'eau en éclatant de rire.

— Voilà, tu te sens moins seule ? Tu veux qu'on retourne faire un tour au Night Dreamer, histoire de leur montrer qui est le boss ?

Je ris, moi aussi, alors qu'il regagne le bord et lève les yeux vers moi.

— Non ? Deuxième option, alors ! Tu viens ? Ça me rendrait service que tu javellises cette piscine.

Je lui tire la langue, mais ne me fais pas prier. Après l'avoir rejoint, je soupire de plaisir.

— Elle est chaude ! m'exclamé-je en effectuant quelques brasses jusqu'au centre du bassin.

Je me positionne sur le dos et admire la tonnelle fleurie, au-dessus de la piscine.

— C'est toi qui es l'auteur de cette merveille ? demandé-je.

— Moi-même.

Il s'approche et se place au-dessus de moi. Zoom sur ses prunelles azur étonnamment ténébreuses, sur son sourire doux, sur les gouttelettes qui coulent sur ses joues, sa bouche, son menton, pour atterrir sur mon front. Un instant décontenancée par sa sensualité, je m'enfonce sous l'eau et bois la tasse. Quand j'émerge en toussant, il m'accorde l'honneur de ne pas se moquer. Je poursuis donc comme si de rien n'était :

— Et d'où t'est venu l'amour des plantes et du jardinage ?

— Oh ! à l'origine, ça ne m'intéressait pas du tout. Quand j'étais ado, rien ne me passionnait, en fait. Je refusais de bosser, de m'imposer des obligations. Je ne comprenais pas pourquoi les gens gâchaient leurs journées penchés sur un bureau… Ça me paraissait si futile de trimer alors qu'on peut mourir du jour au lendemain. Tu vois ce que je veux dire ?

— Je saisis le concept mais, moi, j'ai toujours aimé travailler.

— Première de la classe ? tente Camille en riant.

— Deuxième, en fait. Mais je suis certaine que cette peste de Marilyn trichait en maths !

Camille se laisse aller en arrière et flotte en regardant le ciel étoilé.

— J'ai fini par me faire virer du lycée en seconde.

À mon tour de deviner.

— Grande gueule ?

— Fumeur de joints dans les toilettes des garçons.

— Aïe !

— Comme tu dis. *Babulya* a été convoquée. Quand je l'ai vue se pointer dans le couloir du bureau du directeur, devant lequel j'attendais, je n'en menais pas large. Elle marchait à toute vitesse, le visage tout rouge. Enfin… Rouge et blanc. Le secrétariat l'avait appelée alors qu'elle était en train de préparer une tourte aux oignons. Elle avait de la farine jusqu'aux sourcils… Mais je te jure : elle était terrifiante. Tu te rends compte ? Elle était armée ! Elle tenait dans son poing son rouleau à pâtisserie. Et pas celui en plastique, hein ! Celui en bois ! Quand elle s'est arrêtée devant moi, elle a hurlé des trucs en russe jusqu'à ce que le directeur se pointe. Avant qu'on le suive dans son antre, elle m'a collé un coup bien senti sur le crâne. Et après, ils s'y sont mis à deux pour m'incendier pendant une éternité. J'avais l'impression d'être Le Mal. La décision a été prise et entérinée : j'étais viré.

À ce souvenir, son regard devient vague. Nostalgique.

— *Babulya* ne m'a pas adressé la parole pendant trois jours. Si elle voulait me dire quelque chose, elle passait par Henri. Mais, comme Henri me faisait la gueule d'avoir contrarié *babulya*, lui-même transmettait à Alice qui déformait tout. Infernal. Et puis, un matin, *babulya* a fait irruption dans ma chambre. « Puisque tu aimes les plantes, je t'ai trouvé un métier qui n'implique pas que tu les fumes mais que tu en prennes soin. Tu as intérêt à le garder, sinon je te tue de mes propres mains. » Elle m'a traîné à la mairie et m'a fait embaucher.

— Et tu y bosses depuis !

— Voilà ! Au début, ça me paraissait chiant à mourir, mais j'y ai pris goût. La flore est fascinante, toujours étonnante. Elle me calme, me pose… Et toi ? Alice m'a dit que tu étais branchée théâtre, musique et Disney ?

— C'est un bon résumé ! Je donne souvent des cours pour les enfants, à la MJC de mon quartier, et je suis employée chez The Child King, une aire de jeux spécialisée dans les anniversaires.

— Alice m'a expliqué que tu te déguisais en… Timon ? Hum, glamour !

Waouh ! Il était parvenu à ne pas se moquer pendant dix minutes ! Je l'éclabousse vigoureusement.

— J'adore Timon ! Et je suis fière de l'incarner !

Camille hoche la tête, puis il pointe du doigt les étoiles et s'adresse à moi en prenant une voix nasillarde.

— « Des lucioles, Pumba. Des genres de vers qui restent collés sur cette espèce de machin bleu marine… » C'est vrai qu'il est fun. Tu dois te marrer, quand même, non ?

— La plupart du temps, oui. Mais parfois, ça se corse. Il y a une semaine, des gosses m'ont enfoncé des bougies dans le nez.

Merde, pourquoi est-ce que je raconte ça, moi ? *Comment se présenter sous un jour antiglamour au possible en dix leçons !* par Léonore De La Borée. Le guide du tue-l'amour à vous procurer de toute urgence ! Ayez l'assurance de vous retrouver célibataire à vie !

J'effectue quelques brasses pour me donner une contenance, alors que Camille éclate d'un rire joyeux en me rejoignant.

— Vraiment ? demande-t-il en se plaçant devant moi.

J'arrête de nager et me redresse pour me trouver face à lui.

— Vraiment, mais je ne veux pas revivre ce traumatisme ! gloussé-je. Tu sais, j'ai beaucoup souffert.

— Tu n'as pas de séquelles, constate-t-il en pointant mon nez du doigt.

Je détourne la tête, déstabilisée qu'il m'observe ainsi,

mais Camille pose l'index sous mon menton et me force à le regarder. Son visage est dénué de toute espièglerie.

— Tant mieux, parce que ce serait dommage de l'abîmer, ce nez, dit-il avec douceur.

J'ignore quoi répondre. J'ai envie de lui confier qu'à cet instant, et dans ses yeux, je me sens très belle. Mais je crois qu'il le sait. Un geste, un pas et je pourrais l'embrasser… Mais… Ressaisis-toi, Léo ! RESSAISIS-TOI ! C'est absurde. C'est le frère d'Alice, que je ne connais que depuis quelques heures ! On va éviter de s'emballer, hein. Je me contente donc de sourire. Niaisement, j'en suis sûre. Mais c'est mieux que de me jeter sur lui. Lui aussi me sourit. Cette fossette… Dans ses prunelles brille une étincelle de désir. Vraiment ? Si ça se trouve, il joue à ça avec chacune des copines d'Alice ! Souviens-toi : il s'amuse. Lui, chat. Toi, souris ! Tu ne devais pas l'ignorer ?

Alors qu'il s'approche et enlace ma taille – pas de doute, il n'a pas froid aux yeux, et c'est un séducteur de première –, je sens un frisson parcourir tout mon corps pour aller se loger au creux de mon ventre. Je le repousse. Il fronce les sourcils et me contemple, l'air gêné.

— Pardon. Je ne voulais pas… Enfin, si. Mais… Oh merde, fait chier ! Je suis nul en discours. Tu m'as compris.

— En fait, pas vraiment, le taquiné-je. Je rêve ou tu… bafouilles ? Le grand Camille, l'as du créneau, le roi de la repartie perd contenance ?

— Je n'irais pas jusque-là, proteste-t-il en levant les yeux au ciel. Et puis, je ne bafouillais pas, je cherchais mes mots, nuance ! Le froid de cette piscine ralentit mon activité cérébrale !

— Attends, laisse-moi voir…

Je me déplace pour saisir le thermomètre qui flotte non loin et l'observe très sérieusement.

— 30 degrés. Ta perception des sensations primaires pose problème. Je crois qu'il faudrait consulter ! dis-je d'un ton docte.

— Tu me provoques ? lance Camille, qui m'a rejointe.

— Hum…, fais-je mine de réfléchir. Peut-être !

— OK ! Alors, comme le ferait un mâle alpha, je me dois d'utiliser la force pour retrouver mon statut de dominant.

Avec un cri guerrier, il saisit ma taille et me hisse sur son épaule, comme un sac de patates. Je gesticule en riant et lui ordonne de me lâcher. Il s'exécute en me projetant dans l'eau. Quand j'émerge – vengeance ! –, je me jette sur lui, mais il contre mon mouvement, attrape mes mains et, à nouveau, me voilà tout contre lui. Ma poitrine contre son torse. Son cœur qui bat si vite… À moins que ce ne soit le mien ? Et cette fois, je ne veux plus me dérober. J'ai envie d'insouciance, de plaisir. J'ai envie de sa peau. Je suis jeune. Lui aussi. Qui a dit que nous n'avions pas le droit de nous amuser ? Est-ce si important d'apprendre à se connaître avant de s'enlacer ? Si nous désirons autant cette nuit l'un que l'autre, ET ALORS ? Et alors… Quand il m'interroge d'un regard incertain… Et alors… Quand sa bouche brûlante se presse contre la mienne… Et…

ET MERDE !… Quand son téléphone bipe, le faisant sursauter, et qu'il s'écarte de moi, l'air désolé, pour se diriger vers le bord de la piscine. Il s'empare de cet appareil de malheur, jette un œil à l'écran et soupire, alors que je reste plantée là, les bras ballants, le goût de mon baiser volé flottant encore sur mes lèvres. La sonnerie retentit. Il décroche… et chuchote.

— Oui. Bien sûr. Ne t'inquiète pas…

Mue par la curiosité, je m'approche.

— Tout va bien. J'arrive. OK, dans quinze minutes.

Ma gorge se noue. J'ai entendu la voix, au bout du fil.

Elle était féminine, jeune. Lorsque Camille se retourne, il sursaute de me voir si près. Il esquisse une grimace gênée.

— Je suis désolé. Je dois partir, dit-il sur un ton d'excuse.

Pourquoi suis-je si déçue, si blessée ? Je le savais pourtant… Lui, chat. Moi, souris. Nous = un jeu.

Chapitre 10

Renata

« Goscinny nous le rappelle : les Gaulois sont nos ancêtres. On nous tartine le cerveau depuis des lustres avec des concepts de pacifisme, communication bienveillante… Mais enfin ! Astérix et Obélix avaient-ils l'habitude de s'asseoir avec les Romains pour discuter le bout de gras en toute amitié ? Non ! Leur accordaient-ils un bon vieux câlin entre copains ? Certainement pas ! Alors, vive la violence ! Vive les coups de poing ! Vive les combats ! »

Mon Freud intérieur

Henri me précède dans l'escalier menant au premier étage. Son pas est lourd, très différent de sa foulée habituelle, légère et rapide. C'est un coureur d'exception. Une fois, j'ai tenté de le suivre lors d'un de ses entraînements. On était censés « y aller tranquillement ». Quel mensonge ! J'ai rendu mon petit déjeuner derrière un cyprès, tellement l'effort était éprouvant. Henri est le prototype du sportif qui rend jaloux : il galope à treize kilomètres/heure avec la mine de quelqu'un effectuant une promenade de santé.

Comme s'il volait… Mais ce soir, on dirait que la gravité a étendu son emprise sur lui. Et, dans cette cadence au ralenti, il y a le choc, la peine, le doute, la peur, le soulagement que l'épisode de folie de sa grand-mère ait pris fin. Dans ses mouvements lourds, il y a l'amour pour sa *babulya*, maintenant paisible, confortablement installée dans sa chambre…

Lorsque notre discussion a pris fin, au moment où j'ai arrêté de me confier, stupéfaite, à bout de souffle, elle a soudain eu l'air immensément fatiguée. Elle s'est levée et a étiré son dos en se cambrant en arrière. Puis, les poings solidement calés sur les hanches, elle a gagné le plan de travail et a préparé un café. Machine à l'italienne, dix cuillerées pour trois tasses d'eau : un dosage à réveiller les morts. Elle a placé des tasses, du sucre et des cuillères sur un plateau qu'elle m'a tendu, m'ordonnant de rejoindre Henri et Camille dans le jardin. Les deux frères étaient attablés dans l'obscurité, seulement éclairés par une grosse bougie senteur citronnelle. Camille tirait sur sa cigarette, et une volute de fumée tournoyait autour d'eux. Ils discutaient à voix basse. Quand je suis arrivée, ils se sont tous les deux levés et m'ont fixée, l'air angoissé. J'ai eu la soudaine impression d'être un chirurgien briefant la famille d'un patient ayant été victime d'une crise cardiaque. Mais je n'ai pas pu trop développer. À peine ai-je eu le temps de leur assurer que tout irait bien pour ce soir que Sveta nous rejoignait. Elle a déposé la cafetière fumante sur la table, m'a invitée à manger les beignets qui s'y trouvaient aussi et a annoncé qu'elle montait se coucher. Camille a attrapé sa main et a tenté de la retenir, la suppliant de boire une tasse avec nous, mais elle a refusé, comme pressée de nous quitter. Silencieux, Henri s'est levé pour la serrer très fort contre lui. Camille les a étreints tous les deux, au creux de ses grands bras musclés. Sveta a protesté en disant que, serrée comme elle l'était, elle avait l'impression d'être une poupée russe. Ils se sont séparés avec douceur. Et, dès qu'elle a eu le dos tourné, Camille et Henri m'ont bombardée de questions : qu'est-ce qui mettait Sveta dans un tel état ? Est-ce que c'était grave ? Réversible ? Soignable ? Allait-elle mourir ? J'ai seulement pu répondre qu'il était trop tôt pour affirmer quoi que ce soit. Bien sûr que je pense que c'est grave. Ou plutôt que c'est le début du « c'est grave », mais je n'ai pas eu le cœur de le leur avouer. Ni celui de partir comme prévu, d'ailleurs. Je suis trop émue, trop perturbée, trop consciente que cette vieille femme a besoin de moi…

Lorsqu'il atteint le palier, Henri se retourne et m'adresse un regard d'une tendresse infinie. J'y lis un amour fou et une gratitude immense. Il tend sa main, que je saisis, et nous avançons côte à côte dans le couloir… Ce lieu que j'ai traversé tout à l'heure dans un état second. J'avais la tête qui tournait, le cœur au bord des lèvres. La panique me submergeait. En l'espace de quelques heures à peine, je me sens si différente… Presque sereine, l'esprit plus léger et plus lourd à la fois. Moins angoissée. Moins coincée en moi-même. Une partie de la bile noire de ma jeunesse a été aspirée par l'oreille attentive de Sveta. Je suis vidée, épuisée, comme une coquille brisée. Non. Plutôt comme une rivière enfin sortie de son lit. Comment Sveta a-t-elle fait ? Comment m'a-t-elle poussée à parler ?

— Ici, c'était notre étage, explique Henri en s'immobilisant. Le royaume des enfants. À droite, juste là, il y a la chambre d'Alice, et à côté, sa salle de bains. À l'origine, elle était carrelée en bleu. C'était modeste, avec une petite baignoire sabot, un lavabo et un miroir. Alice l'a voulu vert fluo et rêvait de s'y sentir comme dans un vaisseau spatial.

— Mission impossible, quoi !

— Pas pour mon grand-père ! *Diedouschka* a appelé tous ses copains : Gaston, le plombier, Ernest, le peintre, et Antoine, l'électricien. Le chantier a duré une semaine. Quand on rentrait de l'école, ils étaient enfermés dans cette pièce que nous n'avions pas le droit de voir avant que tout soit fini. Le soir, ils traînaient chez nous. Je me souviens qu'ils riaient fort, buvaient des litres de bière et mangeaient des tonnes de sandwichs au rôti préparés par *babulya.* Ils étaient grossiers et n'arrêtaient pas de jurer, les amis de *dieda*… Je me disais qu'ils n'arriveraient jamais à accomplir leur mission mais, au final, c'était superbe. La joie d'Alice, quand elle a vu la baignoire en forme de soucoupe et l'ensemble miroir-lavabo qui ressemblait à un tableau de commande ! Les murs étaient tellement fluo qu'ils faisaient mal aux yeux.

— J'y suis allée, tout à l'heure, quand je suis montée. Effectivement, c'est impressionnant ! J'ai été émerveillée !

Enfin… Jusqu'à ce que la propriétaire des lieux te traite de soupe de clous rouillés, murmure ce fielleux de Freud.

Henri lève un sourcil surpris.

— Ah bon ? Elle ne t'avait pas indiqué l'autre salle de bains, côté garçons ? C'est étonnant ! Alice est tellement possessive avec son vaisseau de l'espace !

— Si, peut-être… Je ne sais plus. J'étais angoissée et je me suis sûrement trompée…

— Ça n'a aucune importance, chérie, affirme Henri en haussant les épaules.

Il me désigne la porte suivante.

— Voici la chambre d'invités. Avant c'était la salle de jeux. Elle était envahie de Playmobil. Camille était un grand fan du thème « Indiens et cow-boys ». Moi, je préférais l'Égypte. Toutes les boîtes sont intactes, rangées dans le grenier. Si un jour nous avons un enfant, je pourrai les ressortir…

Sa phrase reste en suspens alors que j'avale ma salive aussi péniblement que si c'était un fleuve boueux et torrentiel. Heureusement, Henri ne semble pas remarquer mon angoisse, puisqu'il poursuit sa visite guidée d'un ton égal.

— Léonore y dort.

Henri pointe la volée de marches au fond du couloir.

— Cet escalier mène à une mezzanine très spéciale, puisque c'est l'antre de *babulya*. Tu vois, elle n'était jamais bien loin de nous, prête à surgir en cas de cauchemar, de terreurs et de pipis au lit.

— Tu en faisais beaucoup ?

Henri toussote.

— Pas du tout ! J'ai toujours été particulièrement pointilleux sur l'hygiène corporelle. Je pense que mon subconscient m'empêchait de me faire dessus. Par contre, Camille, lui, était un grand spécialiste de la chose. Un véritable geyser quand il…

— Non, je te parlais des cauchemars.

— Oh… Ça…, rétorque-t-il en haussant les épaules. Oui. J'en faisais tout le temps. Mais, heureusement, c'est fini.

Faux. Parfois, il hurle la nuit. C'est un cri glaçant. Sa sueur mouille nos draps. Pendant longtemps, j'ai voulu le pousser à me raconter ses songes nocturnes, mais il a toujours affirmé ne pas s'en souvenir.

Ne jamais croire un étrange collectionneur de boules à neige, susurre Freud.

— De l'autre côté du couloir, à droite, il y a la chambre de Camille, puis, la salle de bains des garçons, une chambre d'amis, et enfin, ma propre chambre.

Il ouvre grand la porte de la salle de bains.

— J'ai déposé ton sac rouge ici, au cas où tu aurais envie de prendre une douche.

— J'en rêve ! Mais tu ne veux pas y aller en premier ?

— Non. J'aime sentir toutes tes crèmes et ce parfum de violette, quand j'entre juste après toi. Fais attention aux robinets. Ils sont inversés. Et ne t'inquiète pas du glouglou dans la tuyauterie. La *ved'ma* qui y vit est gentille.

— *Ved'ma* ? demandé-je avec curiosité.

— La sorcière ! précise Henri en riant. *Babulya* nous disait ça pour nous rassurer. *Babulya*…

Quand il se retourne, j'ai le sentiment qu'il m'échappe, que sa détresse le submerge. Je n'ai qu'un désir : le retrouver, l'étouffer de baisers, d'amour, de tendresse, de vie, d'espoir. Je me hâte donc de refermer la porte derrière moi pour une douche ultra-rapide.

À peine cinq minutes plus tard, je rejoins Henri dans sa chambre, une vaste pièce très ordonnée. Il est assis sur une banquette, juste devant une large fenêtre. Tout est bleu et bois. Parquet, tapisserie marine, couverture azur et beige jetée sur un lit deux places soigneusement fait. Au mur sont accrochés des clichés en noir et blanc de paysages variés. Henri dépose le livre qu'il était en train de feuilleter et me sourit. Je lâche mon sac et le rejoins. Lorsque je suis installée sur ses genoux, il enlace ma taille et embrasse ma nuque encore humide.

— Regarde ces photos. C'est *diedouschka* qui les a prises. Pour leur voyage de noces, *babulya* et lui sont partis à Alger. C'est là qu'il a commencé à capter les paysages. C'est lui qui m'a appris à les voir vraiment… Mais je préférais les peindre. La photo m'a toujours donné l'impression d'emprisonner la vie…

— Je ne sais pas si je suis d'accord. Les scènes de famille, prises sur le vif, encadrées dans le corridor d'entrée…

Camille qui t'attrape par les épaules, Alice qui éclate de rire et ta grand-mère qui vous couve tendrement des yeux, c'est la vie.

À ces mots, Henri enfouit la tête dans ma chevelure et soupire.

— Je ne permettrai pas qu'elle devienne folle, murmure-t-il d'une voix étouffée.

Je me tourne vers lui et saisis son visage en coupe dans mes paumes, l'obligeant ainsi à me regarder.

— Mon chéri… Il est encore trop tôt pour envisager le pire. Mais il faut te préparer à composer avec ce qui se passera. Et je serai là pour toi. Toujours.

Les yeux d'Henri se voilent, mais il se ressaisit très vite. Il hoche la tête et redresse les épaules, prêt, courageux, comme toujours, comme pour tout.

— Je vais me doucher et me brosser les dents, annonce-t-il avec fermeté.

Je me lève afin de le laisser filer. Mais, quand il me contourne, j'attrape son bras.

— Pas trop violemment, s'il te plaît, murmuré-je, avant d'embrasser sa joue fraîche.

Il grimace, dépose un baiser sur mon front et quitte la chambre.

Pour se massacrer la cavité buccale et revenir avec un look de Dracula tout juste rassasié ! commente Freud d'un ton guilleret.

Il n'a pas tort : quand Henri est contrarié, il se brosse les dents tellement vivement que ses gencives saignent pendant vingt-quatre heures.

Un petit penchant maso, peut-être ? suggère Freud, que je fais taire avant que l'image d'Henri ligoté, uniquement vêtu d'un string en cuir, envahisse mon esprit.

Je m'allonge sur le lit. Dans quelques minutes, Henri

viendra tout contre moi, et lui aussi me rassurera. Nous sommes un métronome. L'un contrebalance l'autre. Tic, tac. Un battement identique, harmonieux et calme. Nous nous soignons. Nous nous apaisons. Je suis encore si déstabilisée par les confidences que j'ai faites à Sveta. Elles résonnent en moi, alors qu'elles étaient enfouies depuis si longtemps… Je n'avais jamais raconté mon enfance à qui que ce soit, sauf à Henri. Je n'ai jamais eu d'amies. Oh ! il y a bien Geneviève, ma secrétaire… J'ai failli m'ouvrir à elle. Nous avions eu une grosse journée : un patient avait voulu se défenestrer, nous étions descendues au Fitzpatrick's boire une bière. Elle m'a dit : « C'est fou que vous effaciez l'ombre chez les gens, alors que vous en avez tant en vous. » Je me suis contentée de hocher la tête. En quelques minutes, Sveta a déverrouillé cette vilaine porte et est entrée paisiblement dans la salle aux souvenirs. Est-ce sa vulnérabilité qui a fait céder quelque chose en moi ? Est-ce parce qu'elle est au crépuscule de sa vie que j'ai pu lui parler si franchement ?

Au crépuscule de sa vie… Je n'arrive pas à l'imaginer. Elle semble si vive, si pleine d'entrain. Mais cette crise soudaine… La démence sénile s'installe tout doucement. Je ne suis pas d'accord avec le médecin de famille. Sveta n'a malheureusement pas besoin d'un psy, mais d'un suivi médical.

— Chérie, je t'annonce que je suis resté raisonnable avec ma brosse à dents, et je n'en suis pas peu fier ! lance Henri en entrant dans la chambre.

Je me redresse, surprise par son ton léger. Il m'adresse un sourire vibrant, éteint le plafonnier, me rejoint et m'enlace avec une fougue qui m'électrise. J'enroule les jambes autour de sa taille et chavire. Ses lèvres s'écrasent contre les miennes, un long frisson de plaisir parcourt mon ventre, mon cœur… Henri se détache de moi et me contemple, comme bouleversé.

— J'ai vu la documentation, dans la salle de bains, posée à côté des toilettes, murmure-t-il. Je suis si heureux que tu te renseignes sur la grossesse et la parentalité, et que tu songes à fonder une famille avec moi… Je n'ai pas de mots, chérie. Ça me comble.

Bye-bye, frisson sensuel ! Carapate-toi au bout des orteils de notre Renata ! glousse Freud.

Une succession d'images glaçantes envahit mon esprit : un organe qui tombe, un utérus crocheté, un placenta sanglant. L'horreur absolue, totale et intégrale.

— Heu…, balbutié-je, alors qu'Henri dégage une mèche de mon front d'un geste tendre.

— J'ai parcouru en diagonale la brochure : « Être enceinte : dix points clés ». Passionnant ! Écoute, Rena, j'ignore si ta décision est prise et je ne veux surtout pas te mettre la pression, mais savoir que tu l'envisages, que tu y songes sérieusement… Waouh !

Mais de quoi parle-t-il ? Avons-nous basculé dans la quatrième dimension ? Je n'ai absolument pas lu de brochure sur la grossesse dans la salle de bains, je me suis à peine aperçue qu'il y avait des toilettes, dans un renfoncement ! Je me suis douchée à la va-vite, tellement j'avais hâte de retrouver Henri… Est-ce une blague ? Où est la caméra cachée ? Henri est-il lui aussi en train de perdre la tête ? J'ouvre la bouche pour demander des éclaircissements, et surtout démentir, mais je m'arrête net devant la lueur de bonheur qui illumine son visage, l'adoucit, en efface toute rigidité. Je suis incapable de dire quoi que ce soit face à cet espoir qui libère Henri et le rend à lui-même… Je me contente donc de le serrer dans mes bras. Mes seins s'écrasent contre son torse. Nos respirations s'accélèrent et, accrochée à lui, j'oublie tout.

Oui... Juste le temps d'une étreinte ! Comme ces alcooliques qui noient leur malheur dans une bonne petite bouteille de whisky pur malt. Sur le coup, tout est super génial, mais le lendemain, hein ? Je te le donne en mille : déprime compte double, angoisse compte triple !

Ça me peine de l'admettre, mais Freud a raison. Henri dort, et sa respiration régulière, qui d'habitude me berce, ne m'est d'aucun secours pour trouver le sommeil. Ma nuit sera blanche, c'est certain. Je ne cesse de me tourner, de me retourner...

Crêpe Suzette !

Angoissée...

Crêpe Suzette saupoudrée de stress !

— Tais-toi, Freud, par pitié ! marmonné-je en m'installant en chien de fusil.

Je tente de me contrôler, d'inspirer lentement, de bloquer mon souffle pendant trois secondes, puis d'expirer avec calme... Mais non, rien n'y fait. Gros ventre, vergetures, chevilles comme des boudins, rétention d'eau, ballons sur lesquels on se trémousse avant de faire sortir un énorme bébé de trois... quatre... cinq kilos de son propre corps... Nouveau-né hurlant qui se jette sur le premier mamelon à sa portée pour aspirer le lait, à moins que ce ne soit cet infâme liquide jaune fluo... Ou tout simplement la vie de sa mère. Je ne veux pas mourir en couches. Mon Dieu, non ! Cauchemar ! J'hyperventile ! À l'aide ! Au secours ! Cette couverture me gratte. J'ai chaud, j'ai froid, j'ai soif. Il y a un courant d'air, n'est-ce pas ? Mon cœur est sur le point de s'arrêter, je le sens. N'y tenant plus, je me lève, tourne trois fois sur moi-même et finis par prendre la sage décision de m'aérer. Oui, dehors, et seule, j'irai mieux.

Je saisis mon téléphone sur la table de chevet (2 h 20 affiche l'horloge), puis quitte la chambre à pas de loup. Le couloir est obscur. Je déclenche l'appli lampe de poche et descends l'escalier. Il grince vraiment trop fort sous mes pas. Mon Dieu ! Je vais réveiller tout le monde… Mais non. Heureusement, personne ne me rattrape, alors que je franchis la porte d'entrée et me retrouve enfin à l'air libre. Je m'immobilise, le temps de reprendre le contrôle, puis avance à petits pas, foulant le sentier de mes pieds nus. Les gravillons se collent sur ma peau. Tout est calme. Les lampions multicolores, posés dans le grand olivier, sont toujours allumés. L'atmosphère est humide, pleine du parfum de l'herbe. Une partie de moi souhaiterait se fondre totalement dans cette tranquillité. Mais, lorsque je m'installe sur la balancelle, je ne peux m'empêcher de songer encore à cette drôle d'histoire de « Être enceinte : dix points clés ». Qui a laissé cette horreur sans nom traîner dans la salle de bains ? Sveta, qui a peut-être envie de devenir arrière-grand-mère et veut nous influencer ? Non… Jamais elle ne ferait ça. Seule explication plausible : Alice est enceinte. À moins que ce ne soit Léonore ? Laquelle des deux ? Elles ont joyeusement vidé leurs verres de vodka, tout à l'heure… Je n'y connais rien en grossesse, mais je sais pertinemment qu'il faut carburer au jus de tomate céleri ou à la bière sans alcool. Peut-être que la malheureuse élue s'en fiche ? Non… Ce sont deux filles sensées. Autre piste : l'une d'elles envisage d'avoir un enfant. Alice est célibataire ; Léonore m'a donné l'impression de l'être… Il s'agirait de faire un bébé toute seule. Ou à deux ? Entre amies ? Quoique… Soudain, j'ai une idée lumineuse. Les documents ont été trouvés dans la salle de bains commune… Côté garçons ! Donc…

Sur le point de résoudre mon enquête de manière aussi

foudroyante que Columbo, je suis interrompue par le bruit d'un volet qui claque. Je lève les yeux vers la façade de la maison et… Mon Dieu, non ! C'est impossible !

Si, ça l'est ! me corrige Freud.

Non…

Et si ! La vie est comme une boîte de chocolats, comme disait l'autre. On ne sait jamais ce sur quoi on va tomber. « Tomber », haha, joli choix de mots !

Ignorant la stupidité de mon psy intérieur, je bondis de la balancelle pour me diriger vers la maison, juste en dessous de la fenêtre de la chambre de Sveta, et de cette dernière, installée à califourchon sur le montant, comme un cow-boy de rodéo. Je frissonne en imaginant la silhouette basculer dans le vide.

— Sveta, ne faites pas ça ! la supplié-je d'une voix sonore.

— *Moy bog*[1] ! Renata ?

— Oui ! C'est moi !

— Que fais-tu debout à cette heure, *nakonets-to*[2] ? Tu devrais être en train de dormir ! Les Français disent qu'un adulte a besoin de sept heures de sommeil, mais le Russe sait qu'il en faut plus pour tenir une forme olympique. Tu ne pars pas, tout de même ? Tu m'avais assuré que tu avais changé d'avis !

Mon Dieu…, compte-t-elle discuter tranquillement, comme si nous nous trouvions dans un salon de thé, à déguster des biscuits roulés à la confiture d'orange et à siroter une tisane à l'anis ? Quatrième dimension ! Je dois lui faire prendre conscience de la situation : elle, à cheval sur son montant de fenêtre ; moi, plantée trois mètres en dessous, ayant toujours été nulle en volley et

1. Mon Dieu !
2. Enfin !

en badminton, donc en rattrapage de choses, donc incapable de la sauver si elle chute. J'inspire un grand coup et adopte ma voix hyper professionnelle, celle dont j'use avec Jean-Joseph Durand quand il dérape.

— S'il vous plaît, reprenez vos esprits et ne faites aucun geste inconsidéré. Nous allons discuter. Mais pas ici. Dans la cuisine, comme tout à l'heure. Oui, voilà. NON ! Ne bougez pas !

— Oh ! je t'en prie ! Ne me parle pas comme si j'étais folle ! rétorque Sveta.

Heu, techniquement… Tu l'es, mémé ! rétorque Freud

— Sveta, rentrez dans votre chambre. TOUT DE SUITE sinon, je devrai sévir.

Alors que je comptais sur un effet bœuf, Sveta éclate de rire.

— C'est-à-dire ? Je serai punie ? Allons ! Calme-toi, *knopka*. Je ne veux pas mettre fin à mes jours ! Juste descendre ! Il n'y a rien de dangereux. Il suffit d'être agile, et j'ai l'habitude. Regarde, cette branche, là. Il faut seulement l'attraper et se glisser le long du tronc de l'arbre, comme un pompier scandaleusement musclé. Et…

Est-elle vraiment en train de tendre le bras ?

— SVETA ! NON ! Ramenez votre main contre votre hanche. Je compte jusqu'à trois, et vous entrez dans votre chambre. Si vous aimez l'escalade, je vous promets de vous emmener faire une session d'accrobranche. Il existe des parcours seniors très sympas et…

— Seniors ? Je suis en pleine forme ! Regarde !

À ces mots, elle fait mine de mettre son plan à exécution. Mon cœur bat la chamade. Cette fois, c'en est trop. J'extirpe mon téléphone de ma poche, le mets sur haut-parleur et compose le 18.

— Qui appelles-tu ? demande Sveta, qui se fige alors que la première sonnerie retentit.

— Les pompiers. Vous vous entêtez, soit, mais je vous protège.

— Raccroche !

Mais bien sûr ! Clairement, elle a besoin d'un électrochoc. Je dois la brusquer. Ni trop ni trop peu. Juste assez pour qu'elle réalise l'énormité de la situation et qu'elle recouvre ses esprits…

— Je vais rentrer, mais cesse ça tout de suite, Renata, tu es folle !

Cette dame est décidément pleine d'ironie. Je l'adore ! s'attendrit Freud, alors que l'agacement me gagne et domine ma peur.

— Non, Sveta, pas du tout. C'est vous qui l'êtes ! VOUS ! Allons, pensez à votre famille et arrêtez votre cinéma immédiatement.

— Renata, raccroche ce téléphone, ordonne Sveta d'un ton sans appel.

Enfin, on répond, à l'autre bout du fil.

— La caserne des pompiers, bonsoir. Quelle est votre urgence ?

— Renata, mets fin à cet appel ! insiste Sveta en fond sonore.

— Un épisode d'hystérie chez une vieille dame qui…

— RENATA !

— … Qui veut se jeter dans le vide.

— Nous arrivons tout de suite. Votre adresse, s'il vous plaît ?

— RENATA ! rugit Sveta. STOP ! Allez ! Écoute, je t'ai menée en bateau. Je ne suis pas folle, je t'ai seulement manipulée pour pouvoir enfin te rencontrer !

La fermeté de sa voix, sa sincérité me stoppent net

dans mon élan salvateur. Je bredouille quelques excuses et raccroche.

— Vous plaisantez ? murmuré-je, sous le choc, en laissant tomber mon téléphone sur le sol.

— Désolée, mais non, dit Sveta. J'ai fait croire que je perdais la tête et que je refusais de voir un psychologue pour qu'Henri te demande de venir.

C'est impossible, inimaginable, inconcevable !

Et pourtant tellement brillant ! se réjouit Freud.

— Vous êtes… complètement… folle ! parviens-je à lâcher, alors que ma gorge se serre.

— Manipulatrice, oui. Folle, non, me corrige-t-elle d'un ton léger.

La rage et la déception m'envahissent et se disputent le pouvoir. J'ai envie de pleurer et de hurler, de fuir et de régler mes comptes. De… perdre le contrôle pour une fois, de tout dire, sans filtre, sans détour. De crier ma colère.

— VOUS DÉCONNEZ ? Vous plaisantez, là, espèce d'allumée ! ! !

Mon Dieu, tant de gros mots… J'ai l'impression d'être cette pauvre petite, dans *L'Exorciste*.

Heu, tu as fort à faire pour atteindre son niveau. Tu es loin du « Ta mère suc… »

— ET TOI, FREUD, TA GUEULE, une bonne fois pour toutes !

— Freud ? lance Sveta d'une voix stupéfaite.

— Oui. Non, rien à voir avec vous. Vous, la menteuse, la manipulatrice. Vous qui n'avez pas hésité une seconde à rendre folle d'inquiétude votre famille, juste pour me rencontrer et…

— Je suis désolée, m'interrompt Sveta. J'ai conscience de les avoir fait souffrir, mais ça devenait urgent. Je vieillis, Renata. Ça, c'est la vérité. Je voulais te connaître. Tu es si précieuse pour Henri. Mais sache que je ne suis pas un monstre : tout à l'heure, quand ça s'est corsé et que j'ai été contrainte de simuler une crise de démence pour que tu ne partes pas, je me suis senti si horrible de les peiner à ce point ! J'ai tout avoué à Alice lorsqu'elle est rentrée de sa soirée en ville et m'a rejointe dans mon lit. Elle est allée le raconter à Camille et…

— Et Henri ? demandé-je, complètement abasourdie.

— Je ne pouvais pas le lui annoncer : tu étais avec lui, dans sa chambre, et je ne voulais pas que tu apprennes tout de suite la vérité.

— Et quand comptiez-vous me le dire ? HEIN ? Et à Henri ? Vous êtes une horrible personne.

— Vraiment ? s'enquiert Sveta d'une voix douce, après un instant de réflexion. Tant que ça ? Tu as été si malheureuse, ici ? Suis-je condamnable ? Tu ne serais jamais venue, sans ça, *knopka*. Et Henri t'aime tellement qu'il en souffrait. Je le sais, je voyais le manque et ton absence dans ses yeux, quand il me rendait visite sans toi. Je voulais le rendre heureux et, je l'avoue, me rendre heureuse en te rencontrant. *Vyigral*[1] ! Avec ta spontanéité, ta fragilité, ton caractère bien trempé, tu m'as conquise. Tu es une Stradavine, Renata.

Les larmes perlent au coin de mes paupières, mais je les essuie rageusement. Cette femme m'a menti, elle m'a manipulée. Je me l'étais pourtant promis : plus personne n'aurait d'emprise sur moi. Ce n'est pas possible ! Elle n'a pas pu aller si loin !

— Vous êtes folle, répété-je avec obstination.

— Non.

1. Gagné !

— Alors qu'est-ce que vous fichez sur cette fenêtre en pleine nuit ?

Sveta jette un œil derrière elle avant de répondre :

— Je m'apprêtais à rejoindre Ernest, avoue-t-elle un ton plus bas.

— Ernest ?

— Le boulanger.

— Le boulanger ?

Tu comptes redire bêtement ce qu'elle te raconte pendant des heures ? Parce qu'à ce rythme on est encore là demain !

— Je suis amoureuse d'Ernest.

Elle est folle.

— Pourquoi passer par la fenêtre ?

— Parce que c'est mon habitude quand je file le retrouver la nuit. Ernest me rajeunit. Il me réveille. J'ai l'impression d'être une demoiselle, à ses côtés. Les rencontres nocturnes, le secret... Tout ça me fait battre le cœur comme si j'avais vingt ans. Depuis le début, nous sommes discrets. Pendant longtemps, j'ai eu peur d'annoncer aux enfants que j'avais trouvé quelqu'un d'autre : une bonne raison pour se cacher. Mais surtout, il y a Marguerite... Elle est amoureuse de lui depuis des lustres. Elle me tuerait si elle savait. Je précise que je parle sérieusement : elle est bouchère et possède de très grands couteaux. Et puis, c'est mon amie depuis toujours...

Je reste bouche bée face à ces aveux. La réalité, comme une coulée glaciale, s'insinue en moi. Elle n'a jamais été dérangée. Jamais. Elle est redoutablement lucide.

— Je m'en vais, annoncé-je d'une voix froide.

— Quoi ? Non, Renata, je t'en prie ! s'exclame Sveta, qui quitte le montant de la fenêtre pour rentrer dans sa chambre.

Elle ne compte tout de même pas me retenir ? Je

pénètre dans la maison, grimpe l'escalier à toute vitesse et m'engage dans le couloir alors que la lumière s'allume et que Sveta apparaît.

— Laissez-moi tranquille ! m'écrié-je sans me soucier de réveiller les autres.

Je m'engouffre dans la chambre d'Henri pour récupérer mon sac dans lequel je fourre les quelques affaires que j'ai éparpillées çà et là. Puis je le hisse sur mon épaule au moment où Henri se redresse et cligne des yeux.

— Qu'est-ce qui se passe ? demande-t-il d'une voix hébétée.

— Je m'en vais, chéri, répliqué-je avec précipitation. Ta fabuleuse grand-mère t'expliquera !

— *Babulya* ? murmure Henri en se tournant vers la porte, la mine ensommeillée.

— Henriouchka, je suis désolée, intervient Sveta en se tordant les mains.

— Mais bien sûr ! ironisé-je. La comédie de la mamie éplorée ! Vous faites une formidable actrice ! Et…

Je m'interromps lorsque j'aperçois la silhouette d'Alice qui se place derrière Sveta, imposante et protectrice.

Jackpot ! Voilà la belle-sœur qui se ramène ! Ça va chauffer ! trépigne Freud.

— Qu'est-ce qui se passe, ici ? demande l'incommensurable chipie d'un ton insupportablement autoritaire.

— Il se passe que ta grand-mère est une menteuse, que je déteste ça, et donc que je débarrasse le plancher pour ta plus grande joie. Au revoir, tout le monde !

À ces mots, je me précipite vers la sortie, bouscule légèrement Sveta et, sans même m'excuser, je cours le long du couloir. Quelques secondes, et je serai libre… Malheureusement, une poigne ferme m'attrape au moment où j'atteins le jardin.

— Où tu files comme ça ? Tu as poussé *babulya*, tu n'as pas dit pardon… Et en plus de ça, tu veux partir alors que tu es invitée ?

Alice claque la langue contre son palais.

— Pas poli du tout, ça ! complète-t-elle.

Mon Dieu, son ton est trop calme. Vais-je finir enfermée dans une cave au sous-sol ?

— Qu'est-ce qui ne tourne pas rond chez toi ? rétorqué-je pourtant sans me laisser démonter.

Je secoue mon biceps pour faire lâcher prise à ma vampirique belle-sœur, mais cette carne résiste. Et je dois avouer que je n'en mène pas large : elle ne cille pas et semble prête à se battre. Deux veines pulsent sur son cou. Glaçant ! Tout de même… *Je suis Renata. Je suis forte. Je suis une survivante.*

— Je te conseille de ne pas me toucher ! dis-je d'une voix vibrante.

Alice esquisse un sourire insolent.

— Sinon quoi ?

— Heu…, hésité-je en me détestant d'être aussi nulle en reparties.

Je suis sûre que dans deux heures j'en aurai plein en tête, toutes plus fracassantes les unes que les autres. Mais là… « Heu… », alors que ses prunelles moqueuses pétillent, que son sourcil méprisant se hausse, que son rictus hautain s'intensifie. Cette fille est infâme. Horrible.

ARGH !

Oui ! Vas-y, perds le contrôle ! Laisse exploser ton moi primitif ! s'échauffe Freud, au comble de la surexcitation.

— TAIS-TOI !

Alors que je parlais à Freud, Alice le prend pour elle. Son visage s'assombrit sérieusement.

— QUOI ? Je rêve ou tu me dis de la boucler, demi-portion de nuggets surgelés ?

Oh… Après tout !

D'une voix très calme, je lance mon uppercut :

— Gagné, face de poulet de batterie.

Bien joué ! piaille Freud. *Tu l'as en toi, le pouvoir de la repartie, ma vieille !*

Alice ouvre la bouche, puis la referme.

— Tu n'as pas l'habitude qu'on te tienne tête, peut-être ? me rengorgé-je.

La voilà qui plisse les yeux… Je ne peux m'empêcher d'enfoncer le clou.

— Lâche-moi ou je te vole dans les plumes, stupide cucurbitacée.

J'ai à peine fini ma phrase qu'elle me pousse. Je vacille, avant de me redresser.

— Tu m'as poussée ?

Je n'y crois pas ! Elle acquiesce, visiblement contente d'elle. Ah oui ! Elle veut jouer à ça ! Rapide comme l'éclair, ayant conscience de perdre toute dignité, mais m'en fichant éperdument, je place les mains sur ses seins et la pousse, moi aussi… Si fort qu'elle tombe les quatre fers en l'air. Ravie de ma victoire, j'éclate de rire, empoigne mon sac et emprunte l'allée pour enfin quitter ce lieu maudit. Mais soudain, on m'agrippe. Deux jambes aux muscles puissants s'enroulent autour de ma taille. Surprise, je bascule en arrière et m'étale sur Alice qui crie de douleur. Les voix d'Henri et de Sveta se font entendre, mais elles me paraissent lointaines, comme étouffées par ma rage et les pulsations de mon cœur. D'un mouvement rapide, je projette Alice sous moi, me place à califourchon sur elle, attrape son chignon et le secoue comme un prunier. Ma belle-sœur écarquille les yeux alors que sa tête se balance en avant, en arrière, à droite et à gauche, en avant, en arrière, à droite et à…

Aïe ! La fourbe a réussi à saisir une mèche de mes cheveux et l'arrache. Incroyable, elle a tiré tellement fort qu'elle est restée dans ses mains ! Dieu tout-puissant, si je ne m'échappe pas immédiatement, cette fille va me scalper et suspendre son trophée dans sa chambre ! D'un bond, je me lève et, déboussolée, fuis précipitamment… dans le mauvais sens, non pas en direction de la porte du jardin, mais de la piscine ! Il faut peu de temps à mon adversaire pour saisir mes épaules et me plaquer au sol comme un joueur de rugby. S'ensuit un roulé-boulé digne des plus grands films d'action. Je me casse un ongle dans la bataille. Alice s'en tire avec une griffure à la joue. Nous luttons à mort… et… Oui ! J'ai l'avantage ! Avec l'énergie du désespoir, je suis parvenue à me hisser sur elle. Je gagne !

Ne jamais crier victoire trop vite… Avec ses cuisses d'enfer, elle me domine à nouveau. Et nous revoilà dans le rôle du rouleau de printemps, à écraser le gazon sans vergogne. Ça râle, ça crie, ça couine. Cette fois, c'est la bonne. Elle se trouve sous moi. Je brandis mon poing, prête à lui administrer un uppercut quand…

Oh non…

Vraiment ?

Mon Dieu…

Je ne peux faire autrement que d'éclater d'un rire énorme qui résonne dans la nuit. Interloquée, Alice cesse de rugir. Hilare, je pointe sa tête du doigt.

— Quoi ? demande-t-elle, soudain affolée. Tu m'as ouvert le crâne, et ma cervelle en sort ?

Impossible de lui répondre et de me calmer. J'en ai mal au ventre ! Je roule sur le côté et me plie en deux, le regard toujours fixé sur Alice, qui porte la main à ses cheveux… avant de grimacer de douleur.

— Oh bordel à queue ! Je n'ai tout de même pas…

— SI ! parviens-je à glapir en pouffant de plus belle, bientôt imitée par Alice, dont les éclats de rire aigus virevoltent dans le silence.

Les silhouettes de Sveta et Henri se dessinent au-dessus de nous.

— Alice ! Tu es consciente que tu as le bébé d'Ericsson planté dans ton chignon ? demande Henri le plus sérieusement du monde, avant de se pencher pour ôter délicatement le hérisson, dont les épines se sont solidement fichées dans la coiffure d'Alice.

Cette dernière ne peut répondre. Moi non plus. Parce que nous rions, nous rions, nous rions… bientôt imitées par Sveta, et par Henri. Quatre fous dans la nuit, gagnés par une gaieté incommensurable.

Chapitre 11

Léo

« Je ne sais pas… pourquoi je t'aime… mais je suis prête à t'aimer quand mêêêêêêême ! Prince de la chance, la vie commence, pour toi et moiiiiii ! »

Ariel, dans *La Petite Sirène*

Chambre d'invités au premier étage de la maison de Sveta, dans un grand lit à la couette moelleuse.

N'ayant presque pas dormi de la nuit, je tente désespérément de sombrer dans les bras de Morphée afin de m'offrir une grasse matinée bien méritée, mais impossible d'y parvenir. Je suis aussi alerte qu'une voiture télécommandée fraîchement rechargée, et les chiffres vert fluo du réveil ne cessent de clignoter, brillant de mille feux, comme pour me narguer : 6 h 15 – 6 h 15 – 6 h 15… Les aurores ! L'aube ! L'heure où blanchit la campagne, comme dirait Victor Hugo, que j'ai étudié en classe de sixième avec ma prof de français, Mme Bonaventous, une vénérable dame à lunettes archifan de poèmes déprimants et introspectifs. 6 h 15, alors que je suis en week-end… Non ! En vacances ! 6 h 15, alors que je me suis autoproclamée championne toute catégorie du lever extra-tardif ! 6 h 15, à cause du changement d'environnement ? De l'alcool qui rend le sommeil merdique ? Du rhume qui commence à boucher sérieusement mes narines ? Non. Voyons la cruelle vérité en face, prenons-la à bras-le-corps à défaut de lui coller un coup de pied au cul : c'est Camille, le responsable. CAMILLE. Je devrais n'en avoir rien à cirer de ce grand brun merveilleusement musclé, lourdinguement attachant et délicieusement horripilant. Je devrais me mettre dans le crâne que le frère d'Alice est un Gaston de bas étage, encore plus sot que celui qui harcèle cette pauvre Belle à coups de livres maltraités et de biceps contractés… Mais rien à faire. Je me suis couchée, j'ai fermé les yeux très fort, tentant d'oublier l'épisode de la piscine, j'ai compté les moutons roses à paillettes pour m'endormir… Sans succès. À cause de lui, j'ai ruminé aussi fort qu'une vache charolaise dans un pré bien vert et avec autant de rage que Scar méditant la mort tragique de son frangin Mufasa. Oui. Alors que j'aurais dû roupiller du sommeil du juste, ça tournait en boucle dans ma pauvre tête : Camille s'approchant de moi, les gouttes ruisselant sur son visage, le regard intense… Camille me quasi embrassant… Et… Camille répondant à l'appel de sa copine. Puis cette faramineuse conclusion : moi, plus conne que la plus sombre des connes, habillée trempée dans l'eau tiédasse, seule dans la nuit, après qu'il s'est éclipsé à la hâte sans même prendre le temps de se changer…

— Sans même prendre le temps de se changer ! J'hallucine, murmuré-je, la tête enfouie dans l'oreiller, alors que la déprime me percute de plein fouet.

Merci, Camille, alias le mec qui te réconforte et qui, juste après, te colle plus bas que le troisième sous-sol des enfers…

Merde, ma vie est tellement pourrie que j'en pleurerais : depuis CBDC, Connard briseur de cœur, je ne m'étais intéressée à personne. J'en ai bavé, j'étais vaccinée. Qui ne l'aurait pas été ? Le souvenir de mon ex m'envahit soudain, aussi désagréable qu'une soupe à l'orteil. Je l'ai rencontré en fin de journée, à The Child King. Je l'ai percuté de plein fouet. Son portable est tombé de ses mains. Nous nous sommes baissés ensemble, comme dans un film romantique. Nous en sommes arrivés à boire un, deux, trois cafés, alors que sa fille jouait dans les structures gonflables à thème Minnie et compagnie. C'était un père célibataire, coach sportif, hyper sympa, hyper à l'écoute, hyper sexy… qui a fini par me hyper séduire. S'en est suivi une histoire passionnée, qui s'est soldée avec moi découvrant qu'il était marié et que le studio dans lequel il m'emmenait était en fait sa garçonnière. Après cette piteuse aventure, ma confiance en la nature masculine s'est nettement effritée. Je suis devenue prudente. Détachée. Jusqu'à Camille et son créneau. Camille, qui m'a tout de suite plu. Enfin, non : qui m'a tout de suite irritée. Oui. Bon, c'est du pareil au même. Merde ! Ai-je un radar spécial à connards-déjà-pris-tendance-dragueurs ? Le point positif, c'est que cette fois l'histoire aura été de courte durée. Je pourrais même la qualifier d'ébauche de romance. Je m'en remettrai vite.

D'ailleurs, ma cocotte en papier, que j'ai longtemps admirée cette nuit, que j'ai manipulée avec un plaisir enfantin, me l'a promis. Je n'ai pas pu m'empêcher de l'ouvrir. Mais après tout, j'avais une vraie question. Comme quand j'étais fillette, j'ai soufflé dessus et je la lui ai posée :

« Vais-je être heureuse en amour ? » J'ai compté huit, puis j'ai choisi le motif représentant une crinière resplendissante, peinte dans une multitude de nuances de rouge. Voilà ce que le petit mot, sur le pan triangulaire déplié, m'a prédit : « Aventures virevoltantes en perspective, pleines de vie, de passion, sublimées par l'amour fou. Rugissez, vous êtes une lionne, belle et forte. » Je me suis senti émue par le message de Sveta, soigneusement rédigé d'une écriture généreuse... Malheureusement, là, tout de suite, à l'aube, à l'heure où blanchit la campagne, je n'y crois plus. Je finirai vieille fille, seule, juste accompagnée par mon grand nez, ma cocotte en papier me disant à quel point je suis fabuleuse, et mon déguisement de Timon.

Ma vie est un échec. J'ai besoin de réconfort... Réconfort... Mais oui ! J'attrape mon téléphone sur la table de chevet, me connecte à Internet et m'apprête à zoner sur *Darty.com* pour m'offrir LA yaourtière de mes rêves, celle qui concocte des trucs dignes des Perles de lait à la noix de coco en mille fois plus fondant, celle que je désire depuis de longs mois, celle qui pansera mes blessures, celle qui ne me coûtera que trois cent cinquante euros... Quand la voix désapprobatrice de Félix, mon collègue et ami, mon cher Pumba, résonne dans mes oreilles : « Pulsion d'achat, c'est la cata. Quand ça te prend, appelle-moi. » Je grogne, mais dois admettre qu'il a raison. J'écris donc un texto et le lui envoie dans la foulée :

Je suis sur le point de m'acheter Emma.

La réponse ne se fait pas attendre :

Emma ?

La yaourtière que je convoite depuis toujours ! Emma, quoi !

Résiste. « Le devoir d'un monarque va au-delà de sa volonté d'agir. »

C'est fourbe de citer Mufasa. Tu sais bien que je ne peux que suivre les préceptes d'un si grand roi.

Raconte-moi ce qui te met dans une humeur yaourtiéresque.

Un mec.

Waouh ! Tu es arrivée hier à Anduze, et il y a déjà un type qui te martyrise ?

Oui. Mais passons. Comment ça se fait que tu sois debout à cette heure-ci ?

Un mec.

Waouh ! Tu t'es levé aux aurores pour lui ? Les bras m'en tombent ! (Tant mieux, sans mains, je ne pourrai pas acheter de yaourtière sur Internet.)

Qui te dit que je me suis couché ?

Cela dit, il est parti et ne m'a même pas laissé son numéro. J'ai envie de me noyer dans le pot XL de Ben & Jerry's qui végète dans le congélo.

À l'américaine ! Ils font tous ça, dans les films, mais ce qu'on ne te dit pas, c'est combien ils regrettent, quelques heures plus tard, quand ils ont tellement absorbé de sucre que leur langue reste collée à leur palais et qu'ils doivent se coltiner trois heures de footing pour éliminer…

Footing… Mais oui ! Je frappe mon front. C'est l'évidence ! Pas besoin de m'offrir une yaourtière ! Je vais courir. Ça, au moins, ça me fera le plus grand bien ! J'envoie une tonne de smileys bisous/cœur/love you à Félix et repousse ma couette d'un mouvement énergique, pile au moment où un grognement retentit. Alice, installée à mes côtés, bouge et gémit dans son sommeil, avant d'esquisser un sourire heureux. Alors même qu'elle est endormie, la joie qu'elle a ressentie hier soir transparaît…

Échevelée, surexcitée, elle a fait irruption dans ma chambre à 3 heures du mat – une chance que Camille m'ait rendue insomniaque – pour me confier que sa grand-mère n'était pas le moins du monde timbrée, mais qu'elle avait simulé la démence afin de faire venir Renata qui avait toujours refusé de rencontrer les Stradavine. Je me suis réjouie, omettant de dire que de mon point de vue cet énorme mensonge était tout de même indicateur d'une certaine forme de folie. Sans transition, Alice m'a raconté que Renata et elle s'étaient battues comme des chiffonnières, en précisant avec une admiration flagrante que sa belle-sœur avait une poigne digne de Jackie Chan. Elle a achevé son récit avec la conclusion épique de cette bagarre : la découverte d'Ericsson Jr., planté dans son chignon. Nous avons ri, puis elle s'est brusquement endormie, comme elle le fait tout le temps. Sans crier gare, passant de l'agitation extrême au sommeil le plus profond en une seconde, prenant toute la place, ses jambes étalées sur moi, son bras gauche régulièrement lancé dans ma figure…

Alice et Camille = duo gagnant pour une nuit merdique.

J'attrape mon sac jeté par terre et y fouille pour extirper ma tenue de running, que j'enfile à la va-vite. J'attache mes cheveux en chignon brouillon, puis sors de la chambre pour rejoindre le rez-de-chaussée à pas de loup. Tout est silencieux et sombre… Seul un rai de lumière passe sous la porte de la cuisine, dont je m'approche et pousse le battant. Oh non ! Oh oui ? Mon cœur s'accélère. Les papillons s'agitent au creux de mon ventre. Il est là. Camille est là, attablé, occupé à dévorer un grand bol de céréales tout en tapotant sur l'écran de son téléphone, posé à côté de lui. J'ouvre la bouche pour le saluer, puis la referme. Je dois me détourner, ne plus penser à lui. J'ai envie de lui parler. Non. Je m'apprête finalement à m'éclipser… Au moment exact où il lève la tête.

— Léo ! lance-t-il gentiment, comme s'il ne m'avait pas abandonnée dans la piscine, telle une baleine échouée.

Une rancœur mêlée de fierté me gagne.

— Camille ! dis-je de mon ton le plus joyeux.

Hors de question qu'il capte mon désarroi. Ce serait pitoyable. Je ne vais tout de même pas jouer les éplorées parce que ce dragueur de crotte de bique séchée m'a laissée en plan !

— *Babulya* n'est pas folle.

Un immense sourire éclaire son visage.

— Elle n'est pas folle, répété-je gravement.

Un léger silence s'installe, avant qu'il reprenne la parole, me regardant avec un intérêt non dissimulé.

— Tu es bien matinale.

Dois-je lui balancer à la figure qu'il en est le responsable ? Et lui verser ses céréales sur le crâne dans la foulée, histoire de me venger ?

— Oui. Je pars courir, me contenté-je de répondre avec une merveilleuse sobriété. Tu pourras le dire à Alice, lorsqu'elle se réveillera ?

Sur le point de porter la cuillère à sa bouche, il suspend son geste et m'adresse un sourire ravi.

— Footing aux aurores ! Génial ! Je t'accompagne !

C'est pas vrai, il le fait exprès ou quoi ? Ne s'aperçoit-il donc pas que je suis froide comme un Mr Freeze ?

— Heu…

Comment lui avouer que je ne veux surtout pas me retrouver en tête à tête avec lui ? *Écoute, merci, mais non merci ? Jamais de la vie ?*

— Allez, ce sera drôle ! insiste-t-il en repoussant sa chaise pour se lever. Et puis, de toute façon, je comptais y aller.

Comme par hasard…

— En fait, je crois que je préfère courir seule, afin de respecter mon rythme perso.

Tiens, prends ça ! Pas moyen que tu tentes de me séduire dans les fourrés, alors que tu es en couple !

— Je me calerai sur toi, promis ! réplique-t-il.

Ce type a réponse à tout. Il pourrait postuler à *Questions pour un champion*. Ne sachant quoi ajouter, je soupire de dépit. Évidemment, il fait mine de ne pas le remarquer.

— OK, dis-je d'un ton morne. Je t'attends, le temps que tu te changes.

— Pas besoin ! s'écrie-t-il en se levant. Je suis prêt !

Il porte effectivement un jogging et des baskets… probablement sortis du tiroir que sa petite amie a dégagé pour lui dans son dressing. Sa petite amie chez qui il a dormi, rentrant chez sa grand-mère uniquement pour se sustenter après une nuit blanche et torride.

J'ai envie de le tuer…

— Je connais un parcours super, à travers les bois, annonce-t-il avec enthousiasme. Je laisse un post-it à Alice pour lui dire où on est, et go !

Incroyable ! Il continue à faire comme si de rien n'était ! Merde, on n'abandonne pas une fille dans une piscine comme ça ! Le malotru. Le triple, quadruple malotru aromatisé à la goujaterie ! Je serre les lèvres pour contenir l'insulte qui y fleurit et me prépare à refréner mon désir de l'étrangler avec l'un de mes lacets, quand nous serons seuls dans la garrigue.

***

— Et voilà ! Nous y sommes !

Soufflant comme une chaudière à l'agonie, rouge comme un coup de soleil carabiné non traité à la Biafine, je m'arrête et peste dans ma barbe, en essuyant la sueur qui perle sur mon front. Puis je lève les yeux sur Camille, cette espèce de demi-dieu de la course à pied, qui ne transpire pas du tout et semble aussi fringant que le prince charmant de *Cendrillon*. Injustice.

— Regarde ! lance-t-il en faisant un geste pour désigner l'espace derrière lui.

Une véritable merveille cachée en pleine nature. Silencieuse, je prends le temps de contempler cette œuvre, consciente d'avoir devant moi quelque chose d'unique, de rare et de délicat.

— Voilà mon jardin aquatique ! s'exclame Camille avec fierté. Un damier végétal ! Tu l'aimes ?

C'est peu dire ! Un grand rectangle très net a été dégagé et tranche avec le désordre de la nature environnante. À l'intérieur se trouvent de larges cases de taille égale. Certaines sont carrelées d'un marbre blanc extrêmement lumineux et pur, d'autres remplies d'une eau sombre, comme teinte en noir mais curieusement limpide. S'y épanouissent des orchidées immaculées, des roses très pâles et des nénuphars couleur émeraude. J'éclate d'un rire ravi quand une minuscule grenouille bondit avant de disparaître dans l'eau.

— Je n'en reviens pas ! déclaré-je. C'est fabuleux !

Camille me sourit d'un air heureux.

— Merci ! Je l'ai fait pour Henri. C'est bientôt son anniversaire, et chaque année je lui offre un jardin.

— Vraiment ? dis-je en m'approchant du bord du damier, songeant un instant au cadeau pourri que mes parents voulaient me faire.

— Oui. Quand j'ai décroché ce job, après toutes mes conneries, tu l'aurais vu ! Il était tellement fier de moi ! Comme une sorte de père, finalement… Et moi, je crois que j'étais comme un gosse ayant obtenu l'approbation ultime. Durant ma première année de boulot, il y a eu une formation de pratique miniaturiste, à laquelle je me suis inscrit. On m'y a fait créer un minijardin japonais, que j'ai offert à Henri pour son anniversaire. Je me souviens qu'il a pleuré. Peut-être qu'il s'était trop inquiété pour moi. Je crois qu'il s'agissait de larmes de soulagement. Derrière sa carapace blindée de coincé, notre Henri est un grand sensible. Bref, comme j'ai vu que ça lui plaisait beaucoup, j'en ai fait une coutume. Et puis, je trouve que ça claque, quand même : « J'offre un jardin à mon frère », non ? Cette fois-ci, j'ai représenté un échiquier parce qu'on avait l'habitude de jouer ensemble, quand on était mômes. C'est lui qui m'a appris, avec une patience de bouddha. Moi, par contre… Je renversais le plateau d'énervement à chaque fois que je perdais !

Tout en riant de son récit, je contemple le damier pour l'observer de plus près. Sur l'eau ébène s'entrelacent des liserés dorés, comme des sillons précieux. Deux libellules virevoltent juste au-dessus.

— Tu crées tous tes jardins ici, autour d'Anduze ? Et après, qu'en fais-tu ? Tu les lui entretiens ?

— Ils sont disséminés dans la garrigue, oui. Je conserve certains d'entre eux. D'autres non, car ils nécessitent une attention constante, et je n'ai pas le temps. Et puis, j'aime qu'ils redeviennent sauvages, peu à peu. C'est intéressant de suivre le retour à l'état naturel.

— Celui-là devrait être gardé tel quel ! Je l'adore, et il mérite la souffrance que j'ai endurée pour le découvrir !

lancé-je en me détournant de l'œuvre pour faire face à son auteur.

— « Souffrance » ? Tu te défends bien, en montée ! proteste Camille. On était au même rythme. Et, vu que tu arrives à bavarder pendant l'effort, c'est que tu ne galères pas : imagine un peu, sur 600 mètres de dénivelé, tu m'as parlé de tes horribles parents qui détestent ton nez… Les cons, si je puis me permettre ; de ton addiction aux Disney… Assez inquiétante, je dois dire ; de ma sœur, qui a l'air d'être une coloc d'enfer… ; de ton meilleur ami, Félix ; de ton patron, qui claque bizarrement de la langue ; de tes notes à tes partiels finaux : 17 en disserte sur l'évolution des arts théâtraux au xxe, 18 en pratique, 15 en didactique de l'enseignement du mouvement corporel… Et je n'en cite que la moitié !

J'éclate de rire, flattée qu'il ait été aussi attentif, encore surprise d'avoir laissé si facilement de côté ma colère, au fil de notre course.

— Ce n'est pas tant la montée que les ronces et les orties, qui m'ont attaqué les genoux dans le dernier sentier monotrace !

À ces mots, Camille s'avance en silence, puis il s'accroupit devant moi pour observer les griffures qui zèbrent ma peau. Il passe l'index dessus, en une caresse légère. Je ne peux m'empêcher de frissonner. Vite, si vite que je pourrais l'avoir imaginé, il se penche et dépose un baiser sur mon genou. Mes joues deviennent incandescentes, alors qu'il se relève et plante le regard dans le mien. Un sentiment intense étend ses fils entre nous et nous lie.

— Je te trouve très belle, rouge et égratignée, murmure-t-il.

Pause. Un oiseau pépie. Je n'y prête guère attention. Je

ne vois que Camille. Je ne sens que son souffle brûlant. Je n'ai envie que de lui.

Je devrais reculer, n'est-ce pas ? Fuir ! Quitter ce mec qui pourrait me faire souffrir. Je le connais si peu et, pourtant, je suis consciente que ce que je ressens est déjà bien trop fort. Oui, je devrais faire volte-face et courir très vite. Mais je suis comme aimantée. Il sourit. Je devrais lui demander des comptes à propos de sa copine-fiancée-femme… Je devrais… Mais, quand il se penche, je ne résiste pas. Ses lèvres chaudes se posent sur les miennes, entrouvrent ma bouche. Et sa langue, délicieusement brûlante, se mêle à la mienne dans un baiser renversant, torride, si intime que j'en ai les jambes coupées. Il enlace ma taille, me plaque contre lui et m'embrasse avec encore plus de passion. Et je me laisse aller pour de bon, nouant les mains autour de son cou, oubliant mes doutes et mes interrogations. C'est si bon, si naturel…

Quand nous nous séparons, nous nous dévisageons longuement. Je dois exiger des explications, mais j'ai peur. Et je voudrais tellement que tout reste léger, sans questions. Alors, je resserre ma queue-de-cheval, lui tire la langue, fais volte-face et me mets à foncer pour gagner le sentier.

— Le premier arrivé en bas est le champion : le perdant devra se prosterner devant l'autre !

Il éclate de rire et, très vite, sa foulée rejoint la mienne. Et nous courons au même rythme, emplis de joie, d'insouciance, tout simplement heureux.

J'ai tout donné, j'ai explosé les compteurs, les chronos, la vitesse du son, et me voilà arrivée dans la grand-rue pile avant Camille. Au bord d'une double crise cardiaque-hypoglycémie, mais gagnante ! Je sautille de joie.

— Alors ? Qui est le maître ? Tu dois te soumettre !

Il soupire, en esquissant un sourire penaud… Complètement raté. Jamais au grand jamais Camille ne se reconvertira dans la voie grandiose du cinéma hollywoodien. C'est aussi clair qu'un bouillon de régime : il a fait exprès de perdre.

— Je ploie le genou devant toi et t'offre un café au Régent. Tout le monde s'y retrouve le week-end. Tu verras : l'ambiance est chouette, lance-t-il, avant que je puisse lui tirer les vers du nez.

— Avec plaisir… Mais dis-moi, tu parles de m'inviter… Où as-tu planqué ton porte-monnaie ? Dans ton caleçon ? À moins que tu ne comptes te la jouer conso-basket ? demandé-je en gloussant, alors qu'il fronce un sourcil perplexe.

— Conso-basket ?

— Tu commandes, tu vides ton verre… et tu cours !

Comme s'il était admiratif, il siffle.

— Je vois que j'ai une délinquante à mes côtés ! Ça me donne le frisson !

Je prends un air menaçant, avant que nous éclations de rire à l'unisson.

— Non… On va rester dans le droit chemin. Et je tiens à préciser que je ne cache rien dans mon boxer, à part tout ce qui est naturel et 100 % inclus. J'ai une ardoise, au Régent !

— C'est rare, de nos jours, les établissements qui font crédit.

— Ils peuvent avoir confiance : je suis connu comme le loup blanc, ici. Ou plutôt… Le lapin de Pâques !

— Je sens que j'ai envie que tu m'en dises plus ! gloussé-je, alors que nous marchons côte à côte en direction des terrasses en bout de rue.

Nos coudes se frôlent. Contact à peine ébauché qui m'enchante.

— À Pâques, il y a toujours des animations organisées pour les enfants et, c'est une tradition, un lapin rose complètement dingo qui fait marrer les mômes en faisant des cabrioles et des trucs débiles. Jusqu'à l'an dernier, Ernest, le boulanger, tenait ce rôle, mais il est trop vieux maintenant. Alors le maire m'a fait les yeux doux pour que je le remplace, et je vais me farcir cette corvée cet après-midi. Bon, de toute façon, je lui devais bien ça.

Camille s'immobilise et me retient par le bras. Surprise, je constate qu'il est désormais grave.

— Tu sais, j'ai fait faux bond au maire parce que…

Il détourne le regard, semblant chercher ses mots… Mais soudain, l'expression de son visage se transforme. Ses prunelles deviennent orageuses, et sa mâchoire se contracte.

— Merde, putain, je n'y crois pas ! grogne-t-il en secouant la tête. Ta voiture, Léonore !

Je suis l'index qu'il tend droit devant lui et aperçois ma Fiat, garée non loin. Enfin… Le truc infâme, qui jadis était ma Fiat.

— Ce n'est pas vrai…, murmuré-je, abasourdie, en pressant le pas pour faire l'inventaire des dégâts.

La vitre arrière a été tartinée de mousse à raser. La carrosserie est enrubannée de papier toilette. Un pneu semble à plat. Camille saisit ma main, et nous contournons le véhicule pour découvrir avec effarement un mot rageusement griffonné sur le pare-brise, au feutre rouge : CASSE-TOI ET LAISSE LES STRADAVINE EN PAIX.

Sans déconner ? Sans dé-con-ner ? La honte, la colère et la frustration m'envahissent.

— Qui a bien pu faire ça ? demandé-je d'une voix tremblante.

— Je ne sais pas, mais tu…

Un rire tonitruant et vulgaire retentit, stoppant Camille dans sa lancée. Il vient de l'autre côté de la rue. Plus exactement du Régent, où nous sommes censés nous rendre. En terrasse, installé devant un Coca light, Adriano nous observe, hilare, et tape du poing sur la table comme si on lui avait raconté la meilleure blague Toto du monde entier. La cruelle vérité me gifle. Merde. Je suis Toto. Pas de doute, il ricane de plaisir en contemplant son œuvre. Mais enfin, comment se fait-il que ce fou furieux ne soit pas interné, option camisole de force ? Comment peut-il à ce point haïr les gens qui ne vivent pas ici ? Quelque chose explose en moi : un geyser de rage qui me transforme en digne héritière de la nana dans *Kill Bill*. Ça va chier des bulles.

— Attends que je dégaine mon sabre et mes baskets jaunes : tu feras moins le fier, Adriano ! On verra qui gloussera, à la fin ! m'exclamé-je, avant de marcher dans sa direction d'un pas décidé.

Une main chaude me retient. Je tente de me dégager, mais Camille se place devant moi pour me barrer la route.

— Léonore, je te jure que je ne suis pas macho. Je t'assure que je suis persuadé que tu es une femme de poigne capable de gérer cette délicate situation sans problème. Mais ce mec est un fou furieux à tendance hyper violente. Je refuse qu'il te fasse du mal. En fait, je ne supporterais pas qu'il touche à un seul de tes cheveux à la couleur indéfinissable, que je trouve superbes. S'il te plaît, c'est très Cro-Magnon, mais laisse-moi lui péter la gueule, tu veux bien ?

Waouh ! Je me sens fondre comme un poivron sur sa

plancha ! Il aime mes cheveux ! Je souris niaisement et hoche la tête, comme envoûtée par sa tirade qui atteint les sommets pailletés de la mignonnerie. Il fait alors volte-face pour traverser la rue en mode Terminator qui cherche sa Sarah Connor. Sauf qu'Adriano est un tueur et que Camille court à sa perte. Pleine de scrupules, je me précipite à sa suite. À mon tour de le retenir, cette fois.

— Et si on l'ignorait ? proposé-je d'un ton léger. Si on se contentait de…

— OHÉ ! LA TOURISTE AU GRAND NEZ, tu as pigé le message sur ta voiture ? vocifère Adriano-dingo.

Regard noir de Camille, soudaine violence sur ses traits. Il fonce vers notre ennemi. Quant à moi… Je ne peux que le suivre en espérant me montrer capable de limiter les dégâts.

À notre arrivée, Adriano se lève si brusquement que la table vacille, et son verre se renverse, répandant une rivière de Coca sur le sol, mais personne ne tique sur ce gâchis de sucre. On n'a d'yeux que pour les deux adversaires, et la terrasse est bondée. Plusieurs couples, un trio de filles et une bande, parmi laquelle je reconnais Paulette, l'amie d'Alice, la barman sympa (heureusement que Barbie-des-neiges est absente). Je lui adresse un regard suppliant pour qu'elle me file un coup de main, mais, concentrée sur Camille et Adriano, elle ne me prête pas la moindre attention. Son visage est livide. La panique me saisit : cet Adriano va tuer Camille, qui ne semble pas en avoir conscience, puisqu'il lance d'un ton sans appel :

— À partir de maintenant, tu fous la paix à ma copine.

Co… Copine ? Déjà ? Vraiment ? Je me retiens d'esquisser un pas de valse en mode Belle au bois dormant après son réveil extatique. Ce ne serait pas approprié, juste avant un combat sanglant. Et puis… Calmons nos ardeurs : copine peut aussi vouloir dire… copine. Pote. Nana sympa avec qui on passe du bon temps, sans plus.

Le rire mauvais d'Adriano me fait sursauter.

— Camille, Camille… Faut-il vraiment que tu t'acoquines avec des étrangers ? Et puis, je ne vois pas pourquoi tu me demandes de lui foutre la paix. J'ai seulement eu envie de vérifier si elle avait lu ce qui était écrit sur sa voiture et j'ai précisé en toute objectivité qu'elle avait un grand nez. C'est le cas, non ?

Le ton mielleux, la méchanceté gratuite… Bien trop d'agressivité pour un dimanche matin. Mortifiée, je rougis alors que trois filles, installées juste à côté, plissent les yeux pour observer mon nez. Quelle horreur !

— Léonore n'a pas un grand nez ! s'enflamme Camille, qui serre les poings. Elle a un nez de caractère. Et toi, tu es un connard infoutu d'apprécier le charme d'une belle fille !

Mon Dieu, je défaille, alors que mon nez frémit d'extase et que ma narine frétille de bonheur. Du coin de l'œil, j'aperçois Paulette, assise en terrasse, qui suit la scène avec attention, mais ne m'appesantis pas. Je me sens jolie. Et lui ! Il est si héroïque, si chevaleresque, si… sexy ! Un instant, je l'imagine poser un pied sur le corps sanglant de mon bourreau qu'il aurait exterminé d'un coup d'épée tranchante. Il m'emmènerait ensuite sur son cheval blanc, direction l'horizon. Ils vécurent heureux et eurent beaucoup d'enfants au nez de caractère…

— Connard ? C'est moi que tu insultes, tête de nœud ? s'insurge Adriano d'un ton vibrant.

Rouge de colère, il pousse Camille, qui recule, mais ne flanche pas.

— Tu comprends vite. Et tu pigeras sans problème si je te dis de nettoyer illico la voiture de Léonore.

Adriano croise les bras et crache sur le sol, provoquant des murmures de dégoût parmi les clients.

— J'aurais aimé être l'auteur de ce fameux coup, mais ce n'est pas moi. Je ne lèverai pas le petit doigt pour décrasser cette caisse pas immatriculée de chez nous !

Camille laisse échapper un soupir exaspéré. La foule retient son souffle.

— Ça ne prend pas. Bouge-toi et va réparer les dégâts, insiste Camille d'un ton trop calme.

— Putain, mais lâche-moi ! gronde l'autre, qui pousse à nouveau Camille, bien plus violemment cette fois.

Ce dernier trébuche. La table se renverse. Je lâche un cri horrifié et l'aide à se relever, avant de m'interposer.

— Arrêtez, s'il vous plaît ! Camille, tout ça n'a aucune importance. On s'en occupera nous-mêmes tout à l'heure. Allez, ça sera drôle, en plus. Alice m'a un jour confié qu'elle aurait aimé tourner dans un clip, avec toutes ces nanas en minishort qui se vautrent dans le savon sur le capot d'une BM ! Voilà ! Rêve exaucé !

Je voulais détendre l'ambiance… C'est raté. Adriano esquisse un rictus de *serial killer* de grande envergure. Camille ne desserre pas les dents.

— Ouais. Vaudrait mieux que ce soit elle que toi, sur le capot. Au moins, je pourrais admirer la vue, lâche Adriano avec mépris.

Et alors… Tout bascule. Sans crier gare, Camille lui fonce dessus, le déséquilibrant. Fracas de chaises et de tables renversées, souffles courts, coups de pied et de poings. C'est la panique. Les gens autour s'affolent : certains prennent des photos, plusieurs ont fui… D'autres tentent de séparer ou raisonner les combattants… Mais ça se révèle extrêmement périlleux : j'en fais les frais, récoltant un uppercut dans le tibia pas piqué des vers. Je grimace de douleur, quand un cri de ninja retentit.

— ARRÊTEZ TOUT DE SUITE ! Bande de nazes dégénérés à la crotte d'étourneaux !

Je rêve ! S'agit-il de… Mais oui ! Flamboyante, vêtue d'une tenue de sport rose fuchsia, Alice est là, surplombant la foule, dominant tout le monde du haut de son charme indéfinissable et de son autorité naturelle irrésistible. Comme soumis à un enchantement, Adriano et Camille se figent. Cool… Tout se passera bien. Ils vont faire la paix, se serrer la main, et… Merde ! Voilà qu'Adriano remet de l'huile sur le feu, en se fendant d'une pichenette bien sentie sur la joue de Camille.

— Toi ! Tu ne touches pas à mon frère ! hurle Alice en se plantant devant Adriano.

Ce dernier grimace comme un masque de Halloween, et, aussi mauvais qu'un teckel de mauvais poil, il détend le bras pour donner une petite tape sur le crâne d'Alice. Mon amie pousse un cri indigné. C'en est trop pour Camille, qui fait mine de se jeter sur Adriano, mais deux grands gaillards le retiennent. Aucune importance ! Alice s'en charge ! Elle bondit sur Adriano et laboure son torse de coups de poing. Malheureusement, il la contre et, stupéfaite, je le vois plaquer Alice au sol, d'un air dément. Je me précipite pour intervenir alors qu'il vocifère en postillonnant sur mon amie.

— JE N'AI PAS TOUCHÉ LA VOITURE DE CETTE CONNE !

— Adriano ! Laisse-la tranquille ! supplie Paulette, qui s'est frayé un chemin dans la foule pour gagner le ring et entrer dans la danse.

— Je n'ai pas touché la voiture de cette conne ! répète l'autre, comme possédé.

— Adriano ! tenté-je.

— Je n'ai pas…

— NON ! C'est moi qui l'ai fait ! explose soudain Paulette.

Hein ? Quoi ? Comment ? Ai-je bien entendu ? Le manque de sucre me fait-il délirer ? Vu le silence de plomb qui règne, absolument pas. Tout le monde est stupéfait par cet aveu spontané et inattendu. Ça en bouche même un coin à Adriano, qui se relève et libère Alice. Mon amie se met debout et fixe Paulette d'un air blessé. Cette dernière rougit et baisse la tête, tout en me désignant.

— Je voulais qu'elle parte.

Murmures intrigués, alors qu'elle étouffe un sanglot avant de poursuivre :

— Je voulais qu'elle parte… À cause de toi.

— Qu'est-ce… Quoi ? bredouille ma colocataire, qui en perd son latin.

— Alice… Ça fait trois ans que je te vois enchaîner les conquêtes. Trois ans que je reste silencieuse, que je me contiens, que je souffre. Trois longues années durant lesquelles je t'ai écrit une tonne de lettres qui ont toutes fini à la poubelle. Trois ans que je ne respire que pour que tu reviennes. Et, quand c'est le cas, si tu savais comme je suis heureuse ! Je prépare ma tenue, je mets un peu plus de mascara en souhaitant…

Sa voix se brise. Elle inspire profondément avant d'enchaîner :

— … En espérant que tu me remarques. Je m'étais juré de t'avouer mes sentiments pour Pâques, cette année. Et toi, tu es arrivée avec… ta fiancée. Quand je vous ai servies au bar, je pensais qu'elle n'était qu'une amie. Mais Dina m'a ensuite appris la nouvelle. Et alors, il y a eu un ouragan noir et dévastateur en moi. Je me suis senti frustrée, jalouse, en colère, désespérée, terriblement furieuse… J'ai complètement déconné.

— Donc… C'est toi qui as jeté ce seau d'eau mélangée à de la javel sur le crâne de Léo et encore toi qui as écrit ce mot affreux sur le miroir des toilettes du Night Dreamer ? complète Alice d'une voix atone.

Paulette hoche piteusement la tête. Si elle n'était pas si timbrée, j'aurais presque de la peine pour elle.

— C'est moi qui ai redécoré sa voiture, aussi, avoue-t-elle dans la foulée, avant de se mordre la lèvre inférieure. Je voulais qu'elle parte… Je suis désolée.

Elle coule un regard d'excuse vers moi. Je croise les bras sur ma poitrine. Mouais. C'est un peu trop facile. Elle va passer un sale quart d'heure, à mon humble avis ! Alice va lui donner une bonne leçon, à cette amoureuse foldingue ! Elle va la ratatiner verbalement, et je me régalerai d'un florilège d'insultes…

Ou de quelques insultes ?

Silence de mort.

Ça semble mal barré, quand Alice reprend la parole d'une voix enrouée par l'émotion.

— Donc… Tu as fait tout ça pour moi ?

Paulette lui lance une œillade brûlante.

— Oui. Ça fait de moi une hystérique, je le sais, mais…

— Ça fait surtout de toi une fille totalement ridicule ! l'interrompt Alice.

Paulette rougit.

— … Car Léonore n'est pas du tout ma fiancée. J'ai inventé ce bobard de toutes pièces pour emmerder Dina. Léo, c'est ma coloc.

— Ta coloc qui me plaît et que je drague comme un malade, intervient soudain Camille, comme un cheveu sur la soupe.

Je ne peux m'empêcher d'éclater de rire, alors qu'Alice et Paulette lui lancent un regard peu amène, du style :

« Arrête de t'immiscer dans notre explication-de-la-mort-des-cartes-sur-table ! » Camille ne se fait pas prier et me rejoint pour m'enlacer.

— Bref, reprend Alice, Léo n'est pas ma nana. Et toi, tu es complètement tarée, ma pauvre…

Les yeux de Paulette se remplissent de larmes, alors qu'Alice poursuit :

— … Mais je dois dire que je ne m'y attendais pas et que je trouve ça super flatteur, bien qu'un peu inquiétant. Super sexy, au final. On n'avait jamais agressé quelqu'un pour moi… Oui, ça me plaît !

Elle déconne ou quoi ?

— Ça me plaît carrément, en fait…, ajoute-t-elle en tendant le bras pour saisir la taille de Paulette qu'elle ramène contre elle, avant de l'embrasser langoureusement, sous les hourras du public en folie. Même Adriano s'y met. Même Camille !

Même moi. Allez, après tout, même les monstres ont droit à l'amour ! « L'histoire éternelle, touche de son aile, la Belle et la Bête ! » Ce n'est pas Disney qui me contredira, hein !

Chapitre 12

Renata

« On bascule dans la plus mièvre des histoires… »

Mon psy intérieur

Pelotonnée contre le corps paisible et tiède d'Henri, mes pieds glacés rivés aux siens, brûlants, j'ouvre les yeux et mets quelques instants à comprendre où je me trouve. La luminosité est différente, le contact de la couverture épaisse et rêche, inhabituel… Mais oui ! Je suis chez Sveta. Les images de cette nuit se télescopent dans mon esprit : la vieille dame jouant à l'équilibriste sur le montant de sa fenêtre tout en m'avouant la vérité et, au passage, son histoire d'amour passionnée avec le boulanger… Ma bagarre avec Alice, son chignon-hérisson… Notre fou rire, aussi. Et puis ce moment, juste après, lorsque Alice et moi nous sommes relevées, aidées par Sveta et Henri, et que nous sommes restées plantées là un instant sans savoir quoi faire. Heureusement, Sveta nous a proposé la vodka de la réconciliation, que nous avons acceptée et bue dans un silence tranquille et gêné, avant qu'elle nous envoie au lit comme des gamins, en affirmant que tout serait oublié à notre réveil.

Tout n'est pas oublié, mais je me sens paisible, comme une plage, très tôt le matin, avant qu'elle soit défigurée par les piétinements, au moment où elle est seulement marquée par les pattes des mouettes. Je suis comme la ville, à l'aube, quand il n'y a encore personne. Ni bruit ni voix. C'est comme si j'étais neuve et que me battre, crier, hurler, me déchaîner avait balayé mon angoisse. Lorsque nous nous sommes couchés, Henri m'a prise dans ses bras et m'a fait l'amour. Jamais ça n'avait été aussi intense, aussi fou, aussi désordonné. J'ai le cœur palpitant, ce matin, et je n'ai qu'une envie : rester au lit. Mais l'appel du café est trop fort… Et le coup d'œil à l'écran de mon téléphone, m'indiquant qu'il est onze heures et demie, achève de me convaincre.

La porte vitrée de la cuisine est grande ouverte. Sveta est assise sur la première marche du petit escalier menant au jardin, absorbée dans la lecture d'un épais roman. Elle porte une ample tunique turquoise, et ses cheveux soyeux sont retenus en une grosse natte très lâche. Elle semble ne pas m'avoir entendue arriver, et pourtant, lorsque je lui dis bonjour, elle ne sursaute pas. Au contraire, c'est tout naturellement qu'elle se tourne vers moi et m'adresse un sourire chaleureux. Comme si elle m'attendait ; comme si j'étais chez moi.

— Sers-toi du café, *knopka*. Regarde, il se trouve juste là. Ensuite, viens t'asseoir auprès de moi. La pierre est chaude et me donne l'impression d'être un matou paresseux.

— À ce propos, je suis désolée de vous rejoindre aussi tard ! D'habitude, je suis lève-tôt, je le jure ! Quoi qu'il en soit, ça m'a fait du bien de dormir autant.

— Alors je suis une *babouchka* comblée ! En Russie, on dit toujours qu'un hôte doit se sentir mieux chez celui qui l'invite que dans sa propre maison !

Je lui souris, puis nous nous absorbons dans la contemplation de trois moineaux qui sautillent entre les hautes herbes, comme s'ils jouaient à cache-cache.

— Où sont les autres ? demandé-je après avoir bu une gorgée de café.

— Camille et Léonore sont allés courir : ils ont laissé un mot pour nous prévenir qu'ils partaient dans la garrigue. Ils s'étaient déjà envolés quand je suis descendue à 8 heures. Quant à Alice, elle les a rejoints. Et Henri ? Il dort toujours ?

— Oui ! Alors que d'habitude il se lève encore plus tôt que moi !

— Henri s'offre la grasse matinée, ici. Il conserve ses habitudes de petit garçon. Je me souviens que Camille et Alice devaient le tirer de force hors du lit ! Parfois, il roupillait si longtemps que son grand-père et moi étions inquiets… Nous allions vérifier s'il respirait. Et alors ! Nous riions ! Henri avait pour coutume de s'enrouler dans la couverture. Seuls ses doigts de pieds dépassaient !

— Il le fait toujours pour s'endormir ! m'exclamé-je en gloussant.

Elle aussi s'égaye, avant de plonger les yeux dans les miens.

— Comment te portes-tu, ce matin, après que l'ouragan Stradavine est passé au-dessus de ta tête ? s'enquiert-elle d'un ton grave.

Je finis mon café d'un trait, étends les jambes devant moi, au soleil, et m'étire.

— Étonnamment bien. Pas de casse. Juste une sorte de soulagement étrange et inattendu.

— Les émotions fortes nous laissent démolis ou, au

contraire, avec les idées bien en place. Quoi qu'il en soit, si tu te sens perdue ou perplexe… Bref, si tu t'interroges, j'ai un petit quelque chose pour toi. Une bricole !

Sa phrase reste en suspens, alors qu'elle fouille dans la poche de son kimono et brandit une cocotte. La mienne, je le sais ! Elle est encore plus belle que celle des autres. Plus ouvragée, délicate et féminine. Un amour de cocotte.

— Elle est parfaite, murmuré-je avec émotion, alors qu'elle la dépose dans ma paume. Sveta, ne me dites pas que vous l'avez fabriquée cette nuit. Je ne voudrais pas vous…

— *Niètt, niètt* ! Je ne trouvais pas le sommeil. Ça m'a fait plaisir !

Le papier en lin veiné a été recouvert d'une peinture dorée, translucide et brillante. Sur les faces de la cocotte refermée, un serpent aux reflets changeants s'enroule autour d'un bâton. Je caresse la matière légèrement graineuse de la surface tout en admirant de tout mon cœur le travail de Sveta qui reprend la parole d'un ton doux.

— C'est la tige d'Esculape. La couleuvre perd sa peau, tu vois ? C'est un symbole de renaissance. Je trouve qu'elle te représente bien, *knopka*, parce que tu sais te réinventer. Elle évoque également la fertilité…

Nous y voilà ! ricane Freud. *Le message caché aussi visible que le derrière nauséabond d'un pachyderme planqué par un fil de fer ! D'ici deux secondes, elle te demande quand tu comptes lui fournir un beau bébé à chérir ! Pas de doute, le coup des « Dix points clés de la grossesse » dans la salle de bains, c'est elle !*

Mais il faut croire que Freud se trompe sur toute la ligne, puisque la vieille dame a enchaîné sans s'appesantir sur le sujet.

— … Le bâton est le symbole d'autorité digne du dieu de la Médecine. Et tu guéris les plaies de l'âme, tu sais.

— Je connaissais cette représentation, murmuré-je en observant l'œuvre de Sveta. Je l'admire, mais je ne me la serais pas appropriée. Et pourtant…

— Et pourtant ! répète Sveta, avant de tapoter ma cuisse.

Mourant d'envie de découvrir ce qui se cache à l'intérieur, je la manipule avec précaution. À la verticale, puis à l'horizontale… Mais Sveta arrête mon geste.

— Tu te souviens ? Utilise-la quand tu en auras besoin. C'est comme ça que fonctionnent mes chères cocottes. C'est là où réside leur magie.

Je hoche la tête et laisse mon cadeau en paix.

— Vous êtes une artiste, Sveta. Et je me demande encore comment vous avez pu créer cette merveille en quelques heures !

— Oh ! mon rendez-vous galant manqué avec Erne…

— Quel rendez-vous manqué ?

La voix résonne, claire, juste derrière nous. Voilà Alice, qui nous décoche un grand sourire, avant de nous pousser sans ménagement pour s'asseoir entre nous. Elle plante un baiser sonore sur la joue de sa grand-mère, un autre sur la mienne. Je rougis en croisant son regard. Il est bienveillant. Il m'accepte, me réchauffe et efface toutes les mesquineries.

— *Velikie bogi*[1] ! Mets-toi en face, s'il te plaît, *izioumінka* ! Nous sommes serrées comme dans un bus à l'heure de pointe, enfin !

Alice éclate de rire en écrasant Sveta contre sa poitrine.

— Quoi ? Tu n'aimes pas être près de ta petite-fille ? Tu veux éloigner ton Alicenouchka adorée ?

1. Grands dieux !

Sveta fait mine de s'éventer.

— Oui ! Spécialement quand elle vient de faire du sport !

Alice pousse un cri faussement indigné, avant de bondir de la marche et de s'asseoir en tailleur, juste devant nous.

— Tu fabules ! Je n'ai couru que la longueur de la rue, puisque j'ai croisé Camille et Léo au café. Je ne vous raconte pas ce qui s'est passé ! Camille a failli se battre pour Léo, et moi, si je sens la transpiration, c'est dû à l'émotion. Sachez que je viens de rouler la pelle de ma vie à Paulette. Si j'avais capté avant que cette petite avait une telle fougue sous le capot, je l'aurais…

Mais elle s'interrompt brusquement et se frappe le front, avant de fixer Sveta avec intensité.

— Dis donc, en parlant d'amour… Tu as bien prononcé l'expression « rendez-vous galant », *babulya* ? s'enquiert-elle avec un regard à la fois appuyé et moqueur.

— Où sont passés Camille et Léonore, tiens ? demande Sveta, dans un effort assez pitoyable pour changer de sujet.

Allez, mamouchka ! Envoie le tir, crache le morceau, pose la sardine sur la table ! Un peu d'action, que diable ! Je m'ennuie comme un rat à l'agonie dans une tapette, depuis la bagarre d'hier ! s'excite cet imbécile de Freud, que je chasse comme s'il était une vulgaire mouche verte.

Sveta se racle la gorge.

— Le mien. Avec Ernest, avoue-t-elle d'une voix vibrante.

Silence de mort (si j'ignore le gloussement réjoui de Freud). Alice fixe sa grand-mère avec stupeur.

— Sérieux ? couine-t-elle.

— Oui, renchérit Sveta, qui se redresse et bombe fièrement la poitrine.

Alice ouvre la bouche, puis la referme, pour finalement se lever et effectuer une danse mi-guerrière, mi-pom-

pom girl survoltée. Quand enfin elle se fige, son visage resplendit.

— *Babulya* ! C'est aussi fabuleux que ce satané lapin du pays des merveilles gorgé d'amphét ! Toi qui retrouves l'amour ! Avec Ernest, en plus ! Pour un papi, il est très beau ! Même pas chauve ! Je valide à 100 % ses goûts vestimentaires ! Ce dédain pour la cravate m'enchante. Et puis, il est si gentil. Et…

Soudain, elle grimace

— Mon Dieu ! poursuit-elle. Marguerite va te trucider ! Elle désire son corps fripé depuis si longtemps !

Sveta éclate de rire.

— Ne t'inquiète pas pour ça, *kationak*[1]. Notre amour est clandestin.

— Mais vous lui cachez la vérité !

— Bien sûr. Nous avons l'âge de mentir pour préserver notre prochain. Jamais je ne voudrais lui faire de peine. Alors oui, je lui mens. Est-ce si condamnable ?

— Qu'est-ce qui se passera si tu as un jour envie d'emménager avec ce cher Ernest ?

Sveta rit à nouveau.

— Souhaites-tu ma mort ? Jamais je ne vivrai avec quelqu'un d'autre que ton grand-père. Jamais je ne pourrais supporter les pantoufles de quelqu'un d'autre que lui, le souffle sur ma nuque au réveil de quelqu'un d'autre que lui, les blagues stupides de quelqu'un d'autre que lui. J'aime Ernest. Oh oui ! Il égaye mon existence. Mais ce ne sera jamais mon âme sœur.

Alice essuie une larme et se penche pour embrasser sa grand-mère, mais elle est interrompue par le bip de son

1. Petit chat.

téléphone, qui résonne dans sa poche. Quand elle jette un œil à l'écran, elle prend l'air mécontent.

— C'est Finnemberg ! lâche-t-elle d'une voix sèche.

— Qui est-ce ? demandé-je avec curiosité.

— Un client. Il a hérité de la boîte de son père, avec qui j'avais l'habitude de collaborer. Tu connais les poulets Cot-Codec ?

Immédiatement, le célèbre slogan me vient en tête.

— « Cot-codequez-vous la vie » ? Bien sûr ! Henri m'a dit que c'est toi qui l'avais inventé ! C'est génial !

— Merci. Mais ça risque de l'être un peu moins, étant donné que ce fils de chacal défiguré par la lèpre exige une campagne de pub romantique et glamour pour la Saint-Valentin. Nom d'un caleçon odorant et troué… Comment peut-on être romantique en parlant de poulet ? De poulet, merde ! Ça va être coton de pondre un tel truc alors que je trouve l'idée débile et que je ne suis pas sentimentale pour un sou !

— Tu tiens ça de ton grand-père, soupire Sveta, l'air nostalgique. Et pourtant, parfois, il savait l'être !

— Papouchka ? Raconte ! lance Alice, qui s'est subitement calmée et considère sa grand-mère avec tendresse.

— Je vivais en Russie. Quand j'ai eu dix-huit ans, ma mama m'a envoyée en vacances dans le sud de la France, chez ma tante. C'est cet été-là que j'ai découvert Anduze et que j'en suis tombée folle amoureuse. Pour le 14 juillet, un grand bal avait été organisé. Mon Dieu, lorsque j'ai croisé le regard de Paulo… Je me souviens encore de l'odeur de la saucisse grillée, de la luminosité des lampions multicolores suspendus au-dessus de nos têtes. Il y avait ses copains qui riaient et une fille blonde qui s'accrochait à son bras, mais ils n'existaient plus vraiment au moment où nous nous sommes aperçus.

— Si ça, ce n'est pas romantique, je veux bien tresser une natte africaine dans des poils de bouc argentin !

Sveta claque la langue.

— Nos regards se sont croisés, donc… Et il s'est avancé vers moi en titubant. Cet homme était soûl au dernier degré ! J'ai été instantanément refroidie mais, malgré ses bafouillements et son haleine hautement inflammable, il est parvenu à me séduire. Il me faisait rire ! Nous nous sommes embrassés sous un grand olivier, dans la fraîcheur de la nuit. J'avais des étoiles plein les yeux, ce soir-là. Le lendemain aussi, quand je me suis rendue sur la place de la mairie en espérant le croiser…

Elle s'interrompt quelques secondes et, souriante, secoue la tête.

— Quoi ? ne puis-je m'empêcher de dire. Vous ne l'avez pas retrouvé ?

— Oh que si ! Mais il m'a snobée ! Il m'a aperçue, m'a regardée un instant et a détourné les yeux ! Jamais je ne m'étais senti si humiliée ! J'ai fait volte-face en retenant mes sanglots et je suis rentrée chez moi. J'étais triste et en colère. Surtout en colère. Tellement en colère, même, que le soir venu j'ai décidé de lui mettre la main dessus afin de lui dire ses quatre vérités. Il était là, perché sur son vélo, avec ses copains… Je me suis plantée devant lui et je lui ai crié qu'il n'était qu'une crapule. Il a eu l'air interloqué. Ses amis l'ont charrié un peu, avant de lui expliquer que la veille il m'avait fait du gringue. Puis ils se sont éclipsés après m'avoir saluée très gentiment. Paulo n'en menait pas large. Il était tellement soûl qu'il avait tout oublié. Même le baiser sous l'olivier ! J'en ai eu le cœur brisé. Et pourtant, le soir, il est venu frapper chez ma tante pour me voir. Elle a serré très fort les lèvres et a pris un air pincé. Il faut bien avouer qu'il avait mauvaise réputation, dans le village. Séducteur, fêtard… Mais je n'en avais rien à faire. Nous nous sommes aimés tout l'été. La semaine avant que je parte, Paulo m'a emmenée dans la garrigue. Dans une petite clairière, il avait disposé des bouquets de fleurs sauvages partout.

— Complètement romantique, murmuré-je.

— Il s'est agenouillé et m'a demandé de l'épouser.

— Oh là là ! s'écrie Alice en applaudissant.

— … Et j'ai dit non.

— Quoi ? nous exclamons-nous à l'unisson, Alice et moi.

— Tu ne m'avais jamais raconté ça ! lance mon amie, visiblement interloquée.

— Je sais. Mais écoute, au lieu de m'interrompre. Je lui ai dit non. Ma mère avait eu un mal fou à tomber enceinte et à garder leurs bébés. Ma mama n'est jamais trop entrée dans les détails, mais elle m'avait avertie que ce serait très difficile pour moi, ainsi que pour l'homme avec qui je serais en couple. Après tout, mon père l'avait quittée, las de la voir saigner et pleurer, dégoûté de n'obtenir au final qu'une fille maigrelette et non un petit garçon russe joufflu et costaud. J'étais certaine qu'un grand gaillard comme mon Paulo voudrait fonder une famille et transmettre son héritage d'artisan ferrailleur. Je lui ai expliqué que je ne pourrais sûrement pas avoir d'enfants et que je refusais donc de l'enchaîner à moi. Il m'a fixée un instant avant d'éclater d'un rire si tonitruant qu'une volée d'étourneaux s'est enfuie à tire-d'aile. Puis il m'a prise dans ses bras, si fort que j'ai cru étouffer, et m'a dit : « Sveta Olienska. Croyez-vous sincèrement que j'en aie quelque chose à foutre ? » C'était vulgaire… mais je n'ai jamais rien trouvé de si beau.

— Et maman…

— Ta maman a été conçue cet après-midi-là, alors

que j'étais persuadée de ne jamais pouvoir donner la vie. Il s'est avéré que les difficultés de ma mère à concevoir un enfant n'étaient pas héréditaires. Nous étions trop jeunes, peu expérimentés, pas du tout prêts. Même pas mariés ! Et pourtant… Elle a été un véritable cadeau. Il ne faut jamais attendre d'être prêt pour avoir un enfant. On ne l'est jamais. On doit accepter de se laisser surprendre.

Je rougis brusquement. Est-ce un message discret à mon intention ? Henri lui aurait-il parlé de mes hésitations ? Mais je réalise soudain que les joues d'Alice sont devenues écarlates.

Mon Dieu… Serait-elle enceinte ? Le prospectus lui appartiendrait-il ?

— Moi, je me dis qu'avec ma passion des belles femmes ce sera compliqué de fonder une famille. Mais j'aime tellement les mômes que je serai prête à relever le défi quand j'aurai rencontré la bonne nana.

— Rien n'est difficile, pour une personne comme toi, *izioumìnka* adulée, murmure Sveta avec une tendresse infinie.

Elles échangent un regard chargé d'un amour fou, avant qu'Alice s'en décroche la première et se tourne vers moi.

— Et toi, Renata ? demande-t-elle sans ambages.

La question, si directe, me désarçonne, mais je constate avec un effarement mêlé de joie qu'elle ne me braque pas. Il n'y a aucune insistance ou curiosité mal placée dans cette interrogation.

— Oh moi… Disons que c'est compliqué.

— « Compliqué » ?

J'hésite un instant avant de répondre :

— Tout ça me fait terriblement peur.

Boum. C'est sorti au grand air. Et je me sens bien plus légère.

— Qu'est-ce qui t'effraye ? me questionne doucement Sveta.

Et me voilà partie dans mon récit de ballonnements et d'organes perdus, et de musculation du périnée, et de péridurale foirée… Alice rit ou pousse des cris de terreur, alors que Sveta, immobile, silencieuse, m'écoute avec une attention soutenue.

— Mais enfin, où as-tu lu toutes ces âneries ? s'indigne-t-elle finalement, quand j'en arrive aux douleurs postaccouchement toujours aussi intenses au bout de trois ans.

— Sur Internet, répliqué-je d'une petite voix.

— Bordel, Internet, c'est le mal ! souffle Alice. Tu dis que ça se passe comment le truc de la visualisation de la grille de château pour muscler le périnée ?

Sveta place l'index devant sa bouche pour la faire taire, avant de saisir mes mains et de les presser dans les siennes.

— Ce que tu lis sur Internet n'a aucun sens.

— Ça oui ! renchérit Alice. Dernièrement, je me suis coltiné un ongle incarné. J'ai googlisé « Comment soigner un ongle incarné ? » et je me suis retrouvée avec des récits sordides d'amputation d'orteil !

— Je sais. Et j'essaye vraiment de faire la part des choses. J'ai vraiment envie de fonder une famille avec Henri. Autant que lui. Mais je suis véritablement terrifiée à l'idée de porter cet enfant et de mal m'en occuper.

— Renata *knopka*. Si tu te voyais comme tu es réellement ! Si tu prenais conscience de ta force et de ta douceur, tu ne douterais plus. Pourquoi t'occuperais-tu mal de cet enfant, toi qui es l'îlot d'amour de notre Henri ? Toi qui panses les blessures des autres à longueur de journée ?

— Tout me semble si lourd à porter…

— Nous t'aiderions. Nous avons les épaules solides, chez les Stradavine.

Alice tend le bras et pose une paume brûlante sur mon genou.

— En béton armé. Et nous nous serrons les coudes. Tu ne serais pas seule, dans cette aventure. Jamais.

Mon Dieu ! Elles veulent ta mort ? s'indigne Freud. *Pense aux vergetures et aux kilos. Aux étriers et aux exercices de respiration ! Aux nausées et à la…*

La voix de Freud n'est qu'un petit gazouillis agaçant. Comme celui d'un sale moustique qu'on écrabouille d'une main. J'inspire profondément, éprouve le contact de la chair des femmes Stradavine, me gorge de leurs sourires encourageants… quand soudain, celui d'Alice se fige. Son portable vient de vibrer.

— Toujours ce Finnemberg de cauchemar ! Pire que Freddy et Jason réunis, celui-là ! Merde, il me harcèle non-stop pour que je lui balance un semblant de début de projet ! Il faut que je pense romantisme… Allez, aidez-moi ! Donnez-moi des idées ! Renata, raconte-moi un truc romantique qu'Henri a fait pour toi ou vice versa, s'il te plaît !

— Henri ne m'a jamais fait de grandes déclarations. Heu, si, en fait, juste avant de venir en week-end ici, mais il s'était largement inspiré de Hugh Grant, donc je ne sais pas si ça compte !

Nous éclatons de rire avant que je poursuive :

— Henri n'a jamais rien fait de follement extravagant. Rien de clinquant. Mais son amour est fort, régulier et constant. Il m'enveloppe tous les jours. Je me souviens qu'au début où nous étions ensemble il a prétendu aimer la friture d'éperlans pendant deux mois parce que j'adorais partager une assiette de ces délices à l'apéritif. Et puis, il a vaincu ma peur de l'emménagement, ma peur d'être en couple, ma peur de voyager, ma peur du noir… Il m'a emmenée en Grèce, en Égypte, à Moscou. Il m'a peinte, aussi joliment que ses paysages. Il m'a ouvert sa pièce secrète, celle des boules à neige. Chaque soir, il m'écoute déblatérer durant des heures au sujet de mes patients. Chaque matin, il me serre fort contre lui. Je n'ai jamais eu besoin de choses grandiloquentes. Non, Henri n'a pas besoin de ça. Il est au-dessus de ça. Il a la finesse de l'amour, sa délicatesse et sa beauté. Il…

J'ai le cœur qui bat. J'aime Henri. Je l'aime. Je l'aime.

— Il est parfait. Je l'aime.

Sveta soupire, et Alice pousse un cri étranglé.

— On le sait, murmure cette dernière. Et c'est pour ça qu'on est ravis de t'avoir avec nous.

Un silence tendre et complice nous enveloppe, jusqu'à ce qu'Alice effectue une pirouette en gloussant et que Sveta tempête.

— *Kationak* ! Ton dos ! Ton coccyx ! Ta colonne ! Tu finiras par te détruire, avec tes pitreries !

Alice prend la pose, avant de grimacer lorsque son téléphone vibre à nouveau.

— C'est Finnemberg qui me détruira, si je ne lui ponds pas un truc illico.

— En parlant de ponte, tu n'as qu'à consulter ta cocotte ! répond Sveta, qui se lève et nous considère d'un air autoritaire. Allez, debout. Assez chômé ! Venez m'aider à éplucher les patates.

— Oh non ! proteste Alice, bougonne, alors qu'un sentiment grisant m'envahit.

On m'a ordonné d'éplucher les patates. J'appartiens à cette famille.

Tu l'as dit, mon quiqui ! renchérit Freud. *T'es mal barrée, ma pauvre.*

Chapitre 13

Léo

« Tu as confiance en moi ? »

Aladdin, dans *Aladdin*

Salon russe de Sveta, au rez-de-chaussée de la maison.

Depuis le baiser dans la garrigue, je me sens aussi comblée que Jasmine lorsque ce petit canaillou d'Aladdin la trimballe sur son tapis volant en mode romantisme extrême, ce-rêve-bleu-je-n'y-crois-pas-c'est-merveilleux. Je suis à dix mille lieues de cette magnifique table de Pâques, dressée dans le salon de Sveta… Je suis restée là-haut, près de ce damier végétal extraordinaire, enveloppée par les parfums de thym et de lavande, dans les bras de Camille…

« Pour moi, c'est fabuleux, quand dans les cieux nous partageons ce rêve bleu, à deux… VIVONS CE RÊVE BLEU À DEUUUUUX ! Sous le ciel de cristal… Je me sens si légèèèèèreeee… »

— Léo, je te sers ?

La voix d'Henri, aimable mais légèrement insistante, me tire de mes pensées. La bouteille de vin à la main, il attend de savoir s'il doit remplir mon verre. J'acquiesce avec entrain. Heu… Vraiment trop d'entrain, vu sa mine interloquée. Je tente de réduire de 10 % mon sourire niais, histoire de ne pas passer pour une illuminée… Impossible. La paume brûlante de Camille, qui se pose sur ma cuisse en dessous de la table, m'en empêche. Après avoir remercié Henri, je reporte mon attention sur Paulette-graine-de-psycho, installée juste en face de moi, qui alterne regards énamourés à l'adresse d'Alice et œillades contrites à mon égard. J'aimerais la ratatiner avec un air menaçant digne d'un truand de haut vol, mais je souris. Je souris, je souris, je souris… Camille m'a embrassée. Et il a dit que je lui plaisais ! Il a affronté Adriano pour moi ! Il trouve que mes cheveux sont beaux ! Quelle joie ! Je peux me laisser aller sans crainte, car j'ai confiance, désormais. Mes doutes à son sujet ont été balayés par sa gentillesse et sa tendresse. En plus, il a montré publiquement qu'il s'intéressait à moi. Ce n'est pas rien. Cette histoire de coup de fil en pleine nuit, lors de notre bain nocturne… Il s'agissait sûrement d'une amie. Sa cousine ? Sa meilleure pote qui avait besoin d'aide ? Une ex dans le pétrin ? Bien sûr ! Une ancienne conquête qui avait trop bu et l'appelait pour qu'il vienne la chercher. Il n'a pas osé me le dire car c'était délicat. Je lui demanderai après le repas, mais je suis persuadée d'être dans le vrai.

— Et voilà ! C'est prêt ! claironne Sveta, alors qu'elle pénètre dans le salon, chargée d'un large plateau recouvert d'une grande tourte. *Kuliebiaka* !

Henri grogne de plaisir, alors que Renata, épanouie

et souriante, caresse sa nuque avec tendresse. Camille se lève pour aider sa grand-mère, et Alice piaille de joie.

— Tout est si beau ! lance-t-elle avec ravissement.

C'est vrai. La table est superbe. Sveta ferait rougir de honte ses concurrents, si elle participait à *Un dîner presque parfait*. Elle les enverrait tous au tapis, rien qu'avec sa décoration : une nappe irisée, envahie d'arabesques lilas, recouvre la large table rectangulaire. Deux chandeliers énormes, à la fois kitsch et terriblement élégants, ont été placés aux deux extrémités. Des œufs peints à la main ont été déposés dans des coupelles dorées. Je reconnais la patte de Sveta, son inimitable talent. Sur les coquilles, des scènes charmantes : deux colibris colorés, bec contre bec, contrastant avec un fond azur… Des fleurs sauvages éclatantes de vitalité… Une jeune femme blonde aux joues roses, souriante et décoiffée… D'autres, plus graves : l'étreinte d'une mère et de son fils, devant une mer agitée. Une vieille dame soutenue par sa famille, se promenant sur un sentier de montagne… Une large corbeille en bois déborde de petits pains fumants. Certains sont recouverts de graines de pavot. D'autres, piqués de sésame. Les assiettes dépareillées représentent des scènes de la vie quotidienne russe. Nous nous sommes amusés à les regarder avant le repas. Ici, un paysan au milieu des champs de maïs. Là, un ouvrier. Elles ne sont pas toutes de la même taille. Sveta les a récupérées à la mort de sa mère. Aucune identique ! Aucun service complet ! La mère de Sveta avait un caractère de lionne. Apparemment, elle était adepte du lancer d'assiettes quand elle était en colère…

— Léo, Paulette et Renata, vous vous apprêtez à découvrir la *kuliebiaka*, annonce Camille avec emphase. Une tarte feuilletée maison, fourrée au saumon, aux champignons et au riz safrané. Préparez-vous à ne jamais vous remettre vraiment de ce plaisir gustatif.

— Je suis dans les starting-blocks ! réplique Renata d'un air gourmand.

Paulette et moi acquiesçons en chœur, et tout le monde applaudit. Rougissante, Sveta sert ses hôtes : généreuse portion de tourte, accompagnée d'une salade d'oignons. Je saisis mes couverts, bien décidée à enfourner cette tarte tel un aspirateur Dyson ultra-power, mais me fige, lorsque Sveta tend les mains pour attraper celles de Camille et Alice, assis juste à côté d'elle.

— Le bénédicité, dit-elle avec douceur.

Le silence s'installe, et nos doigts s'entrelacent. Les miens, liés à ceux de Camille, brûlants, et à ceux de Renata, légèrement tremblants, très froids.

— Merci, Seigneur, pour tous vos bienfaits. Gardez nos âmes dans la paix, et que nos cœurs joyeux vous chantent à tout jamais, lance Sveta d'une voix claire, avant de se taire quelques secondes, puis de reprendre d'un ton rieur. Pardonnez-moi d'avoir menti comme un arracheur de dents à mes proches et d'avoir escaladé une fenêtre, donnant du fil à retordre à une adorable jeune femme que nous accueillons en ce week-end de Pâques, avec un plaisir immense.

Renata lui adresse un sourire de connivence.

— Seigneur, tu dois le savoir depuis le temps : nous ne sommes pas une famille conventionnelle. Nous sommes tous bancals, sans doute légèrement fous. Peu ordinaires, en tout cas. Nous avons une salle de bains qui ressemble à une cabine d'astronaute, une bande de hérissons comme animaux familiers, des cocottes en papier pour nous guider et une tonne de bizarreries qui nous sont propres. Nous

nous trompons beaucoup et nous sommes souvent très maladroits…

— Sauf moi, qui suis parfait, intervient Camille en s'esclaffant… avant de grimacer quand Sveta lui administre une tape bien sentie sur le crâne.

— Nous avons tous nos défauts, surtout Camille, reprend-elle en gloussant. Mais je crois que nous sommes bons. Henri, Camille, Alice, vous êtes les amours de ma vie. Vous êtes ceux sans qui mon existence aurait été terne, sans délice et sans rires. Vos premiers pas, vos premiers mots, vos gazouillis, vos disputes et vos âmes riches et belles me comblent. Vous êtes ma famille. Je vous protège. Vous me protégez. Nous nous aimons. *Navsegda*[1]. Renata, magnifique et courageuse, tu es depuis longtemps dans mon cœur, et je suis heureuse de pouvoir t'accueillir dans mes bras, désormais. Tu es la famille, et nous t'aimons. Quant à Léo et Paulette, je ne vous oublie pas et je suis ravie d'avoir deux esprits forts et fiers à cette table, deux femmes charmantes et intelligentes, qui se lient aux Stradavine pour le bonheur de tous. Je lève mon verre à vous, jeunesse, vie et joie. Et nous trinquons.

Les coupes s'entrechoquent. Renata a l'œil brillant. Alice sanglote en riant. Camille serre ma main très fort. Et puis, nous nous ressaisissons et nous mangeons. Pendant quelques minutes, le silence est roi. Le tintement des fourchettes et les soupirs de plaisir aussi !

— Alors, Alice ? s'enquiert finalement Sveta. As-tu consulté ta cocotte au sujet de la campagne des poulets Cot-Codec ? Cocotte, Cot-Codec, ça va bien ensemble !

Alice avale sa bouchée, avant de se renfoncer dans son siège et de regarder sa grand-mère d'un air satisfait.

1. Pour toujours.

— *Babulya* adorée… Tu as l'art de rompre chaque difficulté. Encore une fois, la cocotte m'a soufflé le bon chemin. Tu sais ce qu'elle m'a dit ?

Sveta se penche vers sa petite-fille, la mine attendrie.

— Ce dont tu avais conscience au fond de toi ? suggère-t-elle.

— « Ne change jamais qui tu es pour qui que ce soit. Cherche à devenir meilleure, à gommer les aspérités, cultive ton bel esprit. Mais ne change jamais, *iziouminka.* » Ton mot a fait tilt ! Je ne veux pas changer. Je refuse de me vendre. Alors pourquoi me torturer avec quelque chose qui ne me correspond pas ? La marque de fabrique de notre agence, c'est l'humour décalé. Hors de question de conclure avec Finnemberg, qui n'accepte pas l'esprit de nos campagnes ! Soit il valide mon idée, soit nous rompons le contrat. Il se dégotera quelqu'un d'autre à harceler, ce fils de mayonnaise premier prix cultivé à l'huile de palme !

— Je meurs d'envie de savoir quelle est ta proposition ! intervient Henri en riant. J'espère tout de même que ce ne soit pas dans le style de ta pub pour Beef and co. C'était drôle, mais tu étais allée vraiment loin !

— Mais non ! C'est très mignon ! s'enthousiasme Alice. Visualisez : c'est la Saint-Valentin. Ambiance romantique chez une fille qui s'apprête à recevoir son mec. Petite tenue sexy, bougies, tapis touffu devant un feu de cheminée ultra-glamour. Quand ça sonne, elle finit de se brosser les dents.

— Avant de manger ? lance Camille.

Re-tape sur le crâne de la part de Sveta. Re-grimace de Camille.

— Mais oui ! explique Renata. Normal ! Au départ, on veut se montrer irréprochable !

— Lors de notre premier resto, j'éviterai l'ail, c'est clair…, murmure Paulette d'un air pensif.

— C'est chou ! s'attendrit Alice. Mais je te trouverai toujours attirante avec une haleine de chacal déshydraté, tu sais ! Bref, la nana sursaute et se colle la brosse à dents dans l'œil. Elle hurle de douleur, se rince… L'œil rouge, gonflé et larmoyant, elle se précipite pour ouvrir quand ça sonne à nouveau. Là, elle trébuche sur son chat, dont elle écrase la queue. Il la griffe, sa robe se déchire. À ce stade-là, elle semble tout droit sortie de *The Walking Dead*, mais la série noire n'est pas finie ! Je vous passe les détails… En gros, elle va se retrouver avec une touffe de cheveux en feu – mésaventure avec la cheminée – et un orteil cassé. Elle atteint tout de même la porte et l'ouvre. Le mec est visiblement horrifié. Il fait volte-face pour se tirer, mais elle le retient et désigne quelque chose de l'index. Zoom sur le visage du gars qui s'illumine, puis changement de point de vue de la caméra. Focus sur la table du repas où trône un énorme poulet appétissant. Voix off : « Même dans les moments les plus durs, les poulets Cot-Codec sont là pour enchanter votre quotidien ! »

Les rires fusent, et nous applaudissons Alice de bon cœur.

— C'est super ! Il serait trop bête de refuser ! m'exclamé-je.

— C'est vrai ! renchérit Paulette avec une adoration si manifeste que c'est presque indécent.

Enchantée, Alice rosit jusqu'aux sourcils.

— Si ce Finnemberg n'apprécie pas ton humour, il ne mérite pas que tu le représentes, affirme Henri d'un ton sans appel.

Camille s'apprête à approuver, mais il est stoppé dans sa lancée par des coups frappés à la porte. Interloqués, nous nous regardons, avant que Sveta se lève, l'air ravi, et trottine en direction de la cuisine. Quelques secondes après, la revoilà, accompagnée d'un papi très fringant, vêtu d'un costume jaune formidablement voyant et d'un nœud pap psychédélique que le chat drogué d'*Alice au pays des merveilles* adorerait.

— Les enfants, j'ai une annonce officielle à faire : j'ai invité Ernest, puisqu'il est mon amoureux.

Passé le premier moment de stupeur, Camille et Henri applaudissent, alors qu'Alice, qui le sait depuis hier, siffle avec entrain.

— Je suis désolé pour mon retard, déclare le vénérable monsieur. Mais c'est très difficile de venir ici sans être repéré.

— Marguerite espionne tous ses faits et gestes, explique Sveta d'un air solennel. C'est pour cela que nous vivons notre relation passionnée dans la clandestinité.

Waouh ! Très *Dallas* saupoudré de *Côte Ouest* ! Rivalités, amour et jalousie : je suis fan !

— Elle est toujours folle de vous, après toutes ces années ? s'exclame Henri. Je me souviens que dans le village tout le monde adorait la voir vous déclamer des poèmes sur la place de la mairie.

— Malheureusement, rien n'a changé, soupire Ernest. Et Sveta et moi ne voulons pas lui faire de la peine. Nous nous montrons donc discrets.

— Oublie tes tracas et assieds-toi ici. Je vais te chercher une assiette, dit Sveta, avant de gagner la cuisine d'un pas léger.

— Au fait, Léo ! Cette course à pied, c'était bien ? s'enquiert Renata, qui s'est tournée vers moi alors qu'Alice et Ernest poursuivent leur conversation.

— Génial !

— Ça oui ! renchérit Camille, avant que le bip de son téléphone résonne.

Il extrait son portable de sa poche et observe l'écran. Son

visage s'assombrit. Il fronce les sourcils. Alors qu'il tapote quelque chose, je m'efforce d'entretenir la conversation avec Renata. Mais c'est reparti : mon cœur s'emballe, tout comme mon esprit. Exit ma confiance en lui. Exit les « ce ne doit être que sa meilleure amie ou une ex ». Manifestement, il semble angoissé. Et clairement, j'ai aperçu le prénom *Nadia* sur l'écran. Bye-bye, le rêve bleu à la con. Retour sur la terre ferme. *Alerte connard, alerte connard !* me hurle mon cerveau.

— Je reviens, murmure Camille, qui pose son portable sur la table, à côté de son assiette, et se lève pour quitter la pièce.

Les conversations autour de moi sont assourdies. Je suis totalement happée par mon envie de m'emparer de ce foutu téléphone et de le fouiller de fond en comble. Je vole à la barbe des gardes… Je vole, je signe et j'assume… Après tout, si Aladdin le fait… Et ça semble si simple… Il me suffit de tendre la main discrètement, comme si je voulais saisir un bout de pain… Puis de rabattre la paume doucement au-dessus du portable et hop ! Le tour serait presque joué ! Je le glisserais dans mon jean, prétexterais une envie urgente de faire pipi et m'éclipserais aux toilettes pour découvrir une bonne fois pour toutes les secrets de Camille. Je lève le bras… pile au moment où Ernest s'empare de la corbeille à pain. Sérieusement ? Je zigouillerais bien ce vieillard empêcheur de voler en rond. Mais je ne me laisse pas envahir par l'amertume et ne m'avoue pas vaincue. Je fais mine de prendre mon verre… Hop ! Plus rapide qu'une cuisson express au micro-ondes, je l'attrape ! Appelez-moi Arsène, les amis ! Je jette un œil discret à la ronde. Personne ne m'a vue. Alice est occupée à insulter son patron : parfait. Paulette est pendue à ses lèvres : impec. Ernest, le nez dans le guidon, est à fond sur son entrée : idéal. Henri embrasse le cou de Renata… qui me regarde. Pas parfait. Ni impec. Ni idéal ! Merde ! Cette histoire va mal tourner. Elle me dénoncera. Je devrai prétexter une tendance à la cleptomanie !

Prête à subir les conséquences de mon péché, j'affronte le regard de Renata, mais à ma grande surprise cette dernière m'adresse un clin d'œil et détourne la tête. Waouh ! Sérieux ?

Mais oui ! On se soutient dans notre incursion chez les Stradavine. Je lui ai filé un coup de main, elle m'en donne un ! Magique ! Je me lève et saisis donc l'opportunité : je quitte la table en m'excusant pour gagner le corridor menant aux toilettes. Mais, en passant devant la cuisine, je ralentis le pas en apercevant Sveta et Camille. La vieille dame mélange ce que contient une grande marmite rouge posée sur l'îlot central, alors que Camille, tête baissée, visiblement abattu, lui parle.

— Tu comprends, je ne peux pas assumer ça…, dit-il.

Je me planque à droite de la porte et tends l'oreille.

— Mais pourquoi ? Ça sera une merveilleuse aventure ! l'encourage Sveta d'un ton doux. Tu te souviens de ma cocotte ? « N'aie peur de rien et… »

— Je m'en souviens, l'interrompt Camille avec impatience. Mais là… Cette grossesse… Non, je ne peux pas m'y investir et l'assumer.

Vraiment ?

Mon cœur a raté un battement. Ma gorge se noue, et j'ai le souffle coupé, alors que tout s'éclaire. Pas besoin de fouiller le téléphone de Camille, ni de tergiverser, ni de croire à cette belle rencontre, vertigineuse et tendre. Les faits sont là. Lentement, je regagne le salon, lourde de tristesse et de déception. Les faits sont là. Camille a une copine. Ou du moins, une fille avec qui il a couché. Elle est enceinte. Et le pire dans tout ça, c'est qu'il ne veut pas assumer et y prendre part. Il batifolait dans la nature avec moi alors qu'elle était peut-être en train de l'attendre. Ou de l'appeler pour le supplier de venir parler de la situation.

Incroyable. Merveilleux. En deux jours, Camille a supplanté CBDC. Il fallait le faire.

Chapitre 14

Renata

« Même débarrassée de tes peurs… tu ne m'abandonneras pas, dis ? Tu ne me feras pas disparaître de ton esprit ? »

Mon Freud intérieur

— Une sieste ? Mais on ne fait jamais la sieste ! lance Henri, alors que nous montons quatre à quatre les marches menant à l'étage en nous tenant la main. Tu dis que la sieste est la pire façon de gâcher sa journée !

— Moi ? J'ai raconté ça ? rétorqué-je, faussement étonnée.

— Bien sûr ! Je cite : « Sieste = Perte de temps + réveil groggy : l'horreur ! »

— Tu es sûr de toi ? Je ne m'en souviens pas ! répliqué-je, avant d'éclater de rire.

À notre arrivée au palier, je l'enlace et dépose un baiser sur ses lèvres. Il a raison. Je déteste les siestes. Je hais ce bout de sommeil volé, pas le moins du monde réparateur ! Mais aujourd'hui… Ce week-end. Maintenant… Il faut que je le fasse. Je n'ai plus envie de réfléchir, plus envie d'avoir peur. Je suis une Stradavine, un peu ? Beaucoup ? Passionnément ! dirait Sveta.

Alors, j'ouvre la porte de la chambre d'Henri. Elle claque derrière nous, et je me plaque contre le corps que j'aime, me lie à l'âme que j'aime. Notre étreinte fiévreuse nous emmène jusqu'au lit. Nous nous déshabillons avec des mouvements brusques. Je pousse Henri sur le matelas et me couche sur lui. J'ondule des hanches et je frémis, sentant son excitation, ressentant la mienne qui n'a jamais été aussi grisante.

— Rena…, souffle Henri, qui tend le bras vers la table de chevet.

J'arrête son geste.

— Pas besoin, murmuré-je à son oreille, avant de me redresser et de le regarder bien en face, le cœur battant, à la fois terrifiée et sûre de moi.

— Pas… besoin d'un préservatif ? répète-t-il, l'air interloqué.

Je secoue la tête. Ses sourcils se froncent… Puis un lent sourire illumine son visage, chacun de ses traits exprime une joie pure, intense, immense, il me ramène contre lui et me serre si fort que j'ai l'impression d'exploser.

Exploser d'amour, rectifie Freud.

Exploser d'amour, c'est bien ça.

Chapitre 15

Léo

« Qu'on lui coupe la tête ! »

La reine, dans *Alice au pays des merveilles*

Rue, au cœur d'Anduze, où tout le monde attend le cortège de Pâques

Où est-il ? Où est-il ? Tant bien que mal, je me fraye un passage à travers la foule amassée sur l'avenue principale. Je joue des coudes, je slalome, je lutte. Les enfants piaillent, les parents suent, Chantal Goya s'égosille dans des micros placés en haut des lampadaires… Pas de trace du cortège de Pâques ni de ce lapin rose à la con, que tout le monde attend… et que j'attends, moi aussi, de pied ferme. Ça ne va pas se passer comme ça. La voix de Jafar résonne dans mon esprit : « La mort… Par décapitation ! » Je lui arracherai les oreilles pour m'en faire des pantoufles, je lui ferai bouffer sa queue touffue, je lui…

— Maman, je suis contente de voir le pinpin !

La fillette qui a prononcé cette phrase possède de jolies petites couettes à nœuds roses. La culpabilité m'étreint. Je dois me calmer. Je ne peux décemment pas tuer le « pinpin » devant tous ces yeux innocents. Et pourtant ! Ce n'est pas l'envie qui m'en manque ! La fin du repas de midi a été terrible. J'ai dû jouer la nana épanouie ravie, supporter les regards complices de Camille, alors que je lui aurais arraché les prunelles à la fourchette si ça n'avait pas fait désordre. Argh ! Espèce de dégénéré de la relation amoureuse ! De play-boy à la manque ! Quand il est revenu à table, après sa petite discussion avec sa grand-mère, il a fait comme si de rien n'était. Il blaguait, racontait des anecdotes familiales... Comme j'ai désiré qu'il s'étouffe en buvant son vin ! Comme j'ai eu envie de le coincer seul à seul pour lui demander des comptes ! À un moment, j'ai failli craquer : me lever, le traiter de connard compoté devant l'assemblée tout entière, et finir en beauté en lui fracassant un chandelier sur le crâne. Mais une De La Borée ne se comporte pas ainsi : en société, on se tient et on ne se fait pas remarquer. J'ai donc ravalé mon fiel et mes envies de meurtre. Et le repas s'éternisait... Et un café, et un autre, et un digestif, et un autre...

À 14 h 45, Camille a sursauté. « Merde ! Il faut que j'y aille ! Sérieux, j'ai presque zappé que je devais jouer le lapin de Pâques, cette année ! Souhaitez-moi bien du courage. » Il y a eu quelques taquineries d'Henri, Alice et Sveta. Camille m'a lancé une œillade tendre (Que n'avais-je une machette sous la main !). Il est parti. Ensuite, j'ai ruminé. Tout le monde s'en est allé faire une petite sieste : Henri et Renata... Sveta et son amoureux à nœud pap... Alice et Paulette. Puis moi. Toute seule. Comme toujours, comme d'habitude. J'ai encore ruminé. Ruminé. Ruminé... et j'ai implosé. J'ai quitté la maison au pas de course dans le but de choper cet enfoiré. Et quoi ? Le lyncher sur la place publique ?

Merde, je suis ridicule. Camille ne vaut pas la peine que je me mette dans de tels états. Je connais à peine ce type. Et je le savais, de toute façon. Lui, chat. Moi, souris...

Au moment où je m'apprête à repartir, consciente que je n'ai rien à faire ici, le voilà ! Roulement de tambours, cris enfantins, fanfare... et gros lapin rose. Tu parles ! Le mec en dessous n'a rien d'une peluche doudou ! Je me trouve désormais sur le trottoir, à quelques mètres de lui. Et... Non, il tourne son énorme tête aux grandes oreilles dans ma direction. Oh merde... Il s'approche !

— Salut, belle gosse ! Tu es venue voir ton lapin ! lance-t-il d'une voix étouffée.

Connard ! Je trépigne alors qu'il rejoint le cortège. Ma colère grossit. Et soudain, elle m'aveugle, elle explose. Je veux lui faire piger, à lui et à tous les goujats de ce monde, qu'on ne joue pas avec les filles qui cherchent l'amour. Je vais lui dire. Je... Sans crier gare, je bondis sur la chaussée et me place entre l'orchestre et lui, lui barrant le passage en ouvrant grands les bras.

— STOP, sale lapin ! lâché-je avec colère.

Camille secoue sa grosse tête et lève les pattes en signe d'incompréhension.

— On doit parler. Maintenant !

— En plein milieu d'une parade ? Qu'est-ce que tu fabriques ? ose-t-il répondre.

— Ce que je fabrique ?

— Léo, je n'entends rien à ce que tu racontes, avec cette tête de lapin. Ça me bouche complètement les oreilles ! Parle plus fort !

— Imbécile de première ! Je suis venue te demander ce que TOI tu fabriques avec la fille que tu as mise enceinte !

— Quoi ?

— Je suis venue te demander ce que toi tu fabriques avec la fille que tu as mise enceinte !

Silence de mort. Ma voix a résonné comme un clairon. L'orchestre, qui a dû remarquer mon intervention, s'est arrêté de jouer au moment où j'ai hurlé mon accusation. Soudain, autour de moi, éclate un concert de « hooo ! » ulcérés.

— N'est-ce pas ? Un vrai enfoiré ! lancé-je à l'adresse des gens, qui approuvent pour la plupart.

Camille ôte sa tête de lapin. Cris horrifiés du public.

— C'est Camille… Camille Stradavine ! Il va être papa ? chuchote un homme, à côté de moi.

— Non ! Justement ! répliqué-je. Il ne veut pas l'assumer. Et il m'a draguée !

— HO !

— Et il m'a embrassée !

— OOOOH !

Blême, Camille se fige. Sa tête de lapin lui échappe des mains et roule sinistrement sur le sol. Symboliquement, on peut dire que je l'ai décapité. Peut-être qu'il va pleurer ? Mais non ! Il… Il lève les yeux au ciel. Il ose lever les yeux au ciel ! Puis s'adresse à la foule.

— Vous la croyez ?

Je frémis d'indignation. Il ne va tout de même pas se la jouer Adriano, à raconter qu'il ne faut pas m'écouter, mais plutôt lui faire confiance, à lui, parce qu'il vit ici !

Je sens que les gens hésitent. Je darde sur Camille un regard furieux. Dingue : ce triple crétin me… sourit. Il me sourit ! Folle de rage, je lui fonce dessus, mais son ventre bombé me repousse, comme un trampoline. Je suis prête à un deuxième assaut… Il attrape mes mains et me contemple d'un air franc.

— Je ne comptais pas l'annoncer publiquement…

— Normal ! Tu ne vas pas assumer ! vociféré-je, alors qu'il garde son calme.

— … Mais je viens de réussir le concours de maïeuticien.

Hein ?

— Sage-femme, quoi. Pour un homme, on dit maïeuticien.

QUOI ? Je ne comprends rien ! Et je dois sembler stupide, puisque Camille s'esclaffe à nouveau avant de continuer :

— Je t'ai menti, mais pas au sujet de ce que tu crois : je t'ai raconté que je suis jardinier. La vérité, c'est que j'étais jardinier. En parallèle, j'ai suivi une formation pour devenir sage-femme et j'ai obtenu mon diplôme d'État, il y a quelques mois. J'ai démissionné à ce moment-là. Je voulais partager ça avec toi, tu te souviens ? Avant qu'on découvre ta voiture tout abîmée, j'allais tout t'avouer. Je t'ai dit que j'étais redevable au maire. C'est parce que j'ai quitté mon job, alors qu'il trouvait mes tailles de buissons municipaux parfaites !

Abasourdie, je ne peux que balbutier.

— Je suis con. J'ai tout gardé pour moi. Parce que j'étais terrifié de tout rater. Tu sais, je n'ai jamais été brillant dans mes études. Et puis, j'avais peur du jugement des gens : un mec sage-femme, c'est drôle, non ? Mais moi, j'aime ça. Je veux voir apparaître la vie. Je veux être présent pour cette étincelle. Je trouve que c'est le plus beau métier du monde.

— Nous, on te kiffe, que tu fasses un job de minette ou pas ! rugit un grand blond derrière moi.

— Hey ! C'est du sexisme, ça ! Il n'y a pas de job de minette ! réplique une dame à ma droite.

Leur discussion se poursuit, mais je n'y prête aucune attention. Le cœur battant la chamade, les yeux rivés sur Camille, je n'ose croire ce qu'il me dit.

— J'ai fait un stage à l'hôpital d'Alès et j'y ai suivi le dossier d'une jeune femme qui avait des difficultés à tomber enceinte. Elle attend maintenant un bébé et voudrait que je l'accompagne. Dans les faits, c'est nickel : je suis engagé de manière ferme à l'hôpital. Sauf que cette grossesse va s'avérer très délicate. Elle l'est médicalement, et la patiente est très stressée. C'est elle qui m'a appelé pendant notre bain de minuit, et ce midi, aussi… Elle s'angoisse tellement… Et à juste titre. Et je ne sais pas si j'ai les épaules pour ça.

Un instant, la dispute entre le blond et la brune à chignon, juste derrière nous, prend de l'ampleur et me déconcentre… Juste quelques secondes. À peine. Je me noie dans les yeux de Camille, le dévore du regard, le dévore de désir.

— Alice m'a parlé de toi, mais elle ne m'a jamais raconté que tu voulais devenir sage-femme !

— Personne n'était au courant sauf *babulya*.

— Et pourtant, tu as de quoi être fier ! affirmé-je avec force. Tu as réussi à assumer un changement de vie et à reprendre des études en bossant !

— Elle a raison ! commente un homme chauve d'une quarantaine d'années.

— Bien sûr ! renchéris-je, le cœur battant à tout rompre.

— J'aurais dû partager tout ça, acquiesce Camille. J'étais empêtré dans mon manque de confiance, j'avais peur du regard des gens. C'est débile. D'autant plus qu'au fond de moi j'avais envie d'en parler. Je n'arrêtais pas de faire des actes manqués. Une fois, j'ai gaffé en discutant avec Henri. Puis j'ai compris que j'avais laissé traîner des brochures sur la grossesse dans la maison… Bref. J'espère que tu ne m'en veux pas.

— Comment pourrais-je en vouloir à un lapin rose sage-femme ? Sérieusement ?

J'entends qu'on rit autour de nous. Mais je ne vois que les prunelles azur de Camille. Sa fossette. Ses lèvres qui s'étirent en un sourire qui se fraye un chemin jusque dans mon cœur, qui le fait battre vite, plus intensément, ardemment. Je ne ressens que notre baiser. Ce baiser que nous partageons sous le soleil timide de Pâques, accompagné de la mélodie endiablée de la fanfare qui reprend de plus belle.

Il n'est pas un chat. Je ne suis pas une souris. Il ne joue pas. Et moi non plus.

Épilogue

Alice

L'année suivante, à Pâques…

« Ne pas stationner devant l'entrée de l'immeuble, sous peine d'amende »

Rien à secouer ! Ces têtes d'anguille de flics à deux balles peuvent bien trimballer ma voiture où ils veulent – jusqu'au bout du monde si ça leur chante –, je m'en contrefous. Il y a urgence !

— Doucement, beauté ! s'écrie Paulette en s'accrochant au siège passager, alors que j'effectue le créneau le plus rodéoesque de ma carrière d'automobiliste, dans le plus pur style Starsky et Hutch.

J'enlève la clé du contact, me tourne vers la fille qui enchante ma vie depuis un an, qui a réussi à se glisser dans mon lit et dans mon quotidien, qui m'a transformée en cœur tendre et en femme fidèle… et lui adresse une grimace surexcitée.

— On y est ! Jamais je n'ai accompli le trajet Perpignan-Montpellier aussi vite ! J'espère que Léo et Camille ne vont pas tarder.

— Tu parles qu'ils vont se pointer ! s'esclaffe Paulette. Léo sera trop contente de se tirer de chez ses parents !

— Pourvu que ça se soit bien passé ! Ils ont mis le temps, les deux vieux crapauds, à rencontrer mon Camillisko !

— Ils nous raconteront ! Bon. Tu es prête ? On monte ?

J'acquiesce et, d'un même mouvement précipité, nous quittons mon véhicule. Je saisis la main de Paulette et fonce vers l'entrée de l'immeuble, manquant de trébucher sur une marche totalement inutile placée juste devant la porte vitrée.

— Bougre de coléoptère borgne et constipé !

Paulette éclate de rire, comme à chaque fois que je m'enflamme, et nous voilà en train de grimper l'escalier quatre à quatre pour atteindre le deuxième étage. Quelques secondes plus tard, Henri m'ouvre la porte de son appartement, l'œil affolé, les joues écarlates. Nom d'un rat pané à la sauce tartare ! Jamais je ne l'ai vu dans cet état ! Il a même le cheveu en bataille et ses lunettes un peu de traviole ! La situation est grave et, comme il me l'a dit au téléphone il y a quelques heures, elle nécessite notre intervention à tous. Et ce regard qu'il me lance ! J'ai soudain le sentiment grisant d'être le Messie, le Sauveur, la Grande Attendue, et c'est donc d'un ton expert que je prends la parole, alors qu'il me serre dans ses bras tremblants.

— Comment ça se présente ?

— À ton avis ? murmure-t-il d'une voix fébrile en se reculant avec une grimace de pure angoisse.

Un hurlement, suivi d'une flopée d'injures, provenant de la chambre, ponctue sa phrase.

— Tant que ça ?

— *Plus* que ça ! me corrige-t-il.

J'inspire profondément pour me donner du courage (en effet, le cri de la mort a totalement foutu en l'air ma confiance de Messie-Sauveur-Grande Attendue) et hoche la tête avec détermination.

— OK, j'y vais.

Je le laisse en compagnie de Paulette, qui à son tour le salue et l'étreint, et gagne la chambre, dont j'ouvre la porte avec prudence (on ne sait jamais). Vision inédite : Renata, en soutif-culotte coton à motif étoiles, le ventre ultra-gonflé, le chignon hirsute, le visage écarlate, gigote comme une possédée, le cul posé sur un immense ballon rouge. Quand elle m'aperçoit, elle lève vers moi un regard pathétique, voire menaçant, qui me coupe la chique (que j'ai pourtant naturellement bien développée).

— Voilà à quoi j'en suis réduite ! larmoie-t-elle. À bouger les fesses sur ce putain de truc à la con !

Renata se montre grossière. Preuve supplémentaire que *faites-vos-jeux-rien-ne-va-plus.* J'ouvre la bouche pour la réconforter, mais elle ne me laisse pas le temps d'en placer une.

— Sans rire. SANS rire ! Je savais que ce serait difficile. J'ai suivi des cours intensifs avec cette sage-femme débile – j'aurais dû choisir Camille – qui ne cessait de me rabâcher que j'étais trop stressée. SANS RIRE ! Qui ne le serait pas à l'idée de faire sortir un être humain de son vagin. De son vagin ! DE SON VAGIN, ALICE !

Il faut à tout prix qu'elle arrête de répéter le mot *vagin*. Comme si elle avait lu dans mes pensées, elle pousse un cri de souffrance terrible en se pliant en deux. Son visage est furieux quand elle se redresse.

— Je regrette ! Si tu savais ! De toute façon, je n'accoucherai pas ! Je refuse de perdre mes organes. Je ne veux pas qu'on me recouse ! Hors de question !

À ces mots, elle roule des yeux, exactement comme la nana de *L'Exorciste*, et affiche une mine si démente que j'ai le sentiment que dans deux minutes sa tête va faire un tour complet… Mais non, elle se contente de se lever, de se diriger vers moi en titubant… et de se mettre à sangloter.

— Un truc si gros ne passera jamais par… là ! balbutie-t-elle d'un ton désespéré. Je n'irai pas à l'hôpital.

Bednyhk !

C'est qu'elle réussirait à me tirer une larmichette !

— Courage, ma belle, ce sera merveilleux ! tenté-je de la rassurer. Tu t'apprêtes à donner la vie ! C'est la top classe intergalactique ! Bientôt, tu tiendras ce petit être contre toi et…

— ARRÊTE ces inepties ! explose-t-elle. AHHHHH !

À nouveau, elle grimace. Je lui tends un bras qu'elle attrape… et broie consciencieusement, quand la porte s'ouvre en grand. Merci, providence ! Quelqu'un vient me sauver des griffes de cette femme enceinte déchaînée ! Henri ? Non ! Ce sont Camille et Léo, qui font une entrée joyeuse dans cette pièce de malheur et de lamentation. Mon frère est tout guilleret, et Léo, radieuse, sourit de toutes ses dents. J'en déduis que le repas de présentation aux parents s'est bien déroulé !

— Alors, comment ça se passe ? demande Camille d'un ton expert.

Serein et efficace, il nous rejoint, saisit Renata par les hanches et la ramène vers son lit, sur lequel il l'aide à s'asseoir.

— La sage-femme m'a ordonné de rester sur mon ballon jusqu'à ce que les contractions soient espacées de cinq minutes. Ensuite, nous pourrons aller à l'hôpital. Je hais ce foutu ballon ! explique Renata, maintenant abattue.

— On se fout de ce ballon. Allonge-toi, que je puisse calculer l'écart entre les contractions, et détends-toi, réplique Camille, hyper pro.

— Facile à dire ! s'enflamme Renata. Ce n'est pas toi qui vis la pire des douleurs de tous les temps ! Me détendre ? Débile, va !

— Elle ne sait plus ce qu'elle raconte, lance Henri, qui nous a rejoints, accompagné de Paulette. Pardonnez-lui, c'est la souffrance qui parle.

Renata se redresse et nous regarde un à un, l'iris flamboyant et les poings serrés.

— Vous comptez tous me contempler comme des cons, au lieu de m'aider à me détendre ?

Nous restons bouche bée. Léo s'avance. J'ai le vague sentiment qu'elle court à sa perte. Quelle héroïne !

— Tu veux que je te chante une chanson Disney ? propose-t-elle.

— Hors de question ! Je vomis les Disney ! Et je tiens à te dire que, depuis que ton boss t'a nommée directrice du Child King qu'il a ouvert dans le Gard, tu nous rebats les oreilles avec *Le Roi Lion* ! Tout ça parce que désormais tu interprètes Simba ! Eh bien, je n'en peux plus de ce lionceau stupide ! Je n'en peux plus !

— Tu veux regarder la pub d'Alice ? demande Henri, avant de se tourner vers moi avec un air de conspirateur. Ça la fait marrer, ce spot Cot-Codec, tu n'as pas idée !

— Je m'en tape de cette vidéo ! vocifère Renata. Je la trouve neuneu, en vrai !

— Les contractions sont espacées de cinq minutes, il faudrait partir pour l'hôpital, annonce Camille, alors que Renata se met à hurler, avant de se redresser et de le repousser avec une force incroyable.

Waouh ! Fulguropoint ! Camille manque de se casser la gueule. Léo retente sa chance, en s'asseyant prudemment au pied du lit.

— Tout se passera bien, dit-elle à Renata d'une voix douce. Tu as fait pire. Tu te souviens ? Le rhum avant le week-end de Pâques, l'an dernier ?

Renata esquisse un sourire amusé (Alléluia !), alors qu'Henri fronce un sourcil perplexe et que je me demande de quoi elles parlent.

— Et le combat avec ta folle de belle-sœur ? ajoute Léo en m'adressant un clin d'œil complice. Tu as vaincu notre Alice haut la main, et ce n'est pas peu dire… Alors tu peux pondre un bébé, crois-moi ! On est là, Renata. On est avec toi.

Camille considère nerveusement Henri.

— Il faut vraiment y aller, insiste-t-il.

— NON ! proteste Renata, que Léo avait pourtant réussi à calmer. Je ne bougerai pas d'ici ! Je n'accoucherai pas ! Une grossesse peut très bien durer dix mois si on en a la volonté ! Je ne…

Mais elle s'interrompt, et soudain un soulagement indicible se lit sur son visage. D'un même geste, nous nous retournons pour suivre son regard… Et elle est là. Mon cœur s'accélère. Ma *babulya*. Pas léger, présence incroyablement réconfortante. Légèrement essoufflée, les yeux brillants, plus épanouie que jamais. Ce que je l'aime… Elle nous ignore complètement et fonce vers le lit, pousse Camille, éloigne Léo, puis s'assied tout contre Renata pour chuchoter à son oreille. Des mots doux en russe, des tendresses miraculeuses… La peur de Renata contre sa force immense. Cette force indicible, qui donne le pouvoir de tout accomplir. Cette capacité d'illuminer le monde, d'anéantir ses noirceurs et ses fantômes.

Quand elle se détache de Renata, cette dernière serre les lèvres et hoche la tête. *Babulya* se relève et lui tend la main. Renata la saisit et se lève. Alors, *babulya* nous regarde et acquiesce de manière presque imperceptible. Signal. À l'unisson, nous nous approchons et entourons Renata. Nous caressons ses bras, son ventre, embrassons sa joue brûlante, essuyons son front moite, l'enlaçons, lui donnons notre force et notre amour. Elle nous sourit vraiment, enfin.

— Désolée d'avoir été horrible. Je suis prête. Vous êtes tous là. Allons-y, annonce-t-elle, les yeux humides. Je vais avoir un bébé !

Un bébé. Un petit Stradavine… À cette pensée, mon cœur se gonfle de joie.

REMERCIEMENTS

Merci à Pauline de m'avoir fait confiance et d'avoir cru en mon histoire.

Merci à ma famille et aux familles, fictives ou réelles, attachantes, agaçantes et bruyantes, que j'ai eu la chance de rencontrer et qui m'ont inspirée.

Bien sûr, merci à mes enfants, qui tournaient autour de moi en hurlant (partie de trap-trap loup oblige), alors que j'écrivais. Ces cris, aussi pénibles qu'ils soient, sont ma joie car ils contiennent leurs rires.

Vous avez aimé

C'était pas censé se passer comme ça ?

Découvrez les autres romans d'Ève Borelli

Tournez vite la page pour découvrir

un extrait de *Tout ça pour toi* !

Où l'on est à deux doigts de faire demi-tour sur une autoroute bondée

Je vais faire marche arrière, je VAIS faire marche arrière… Je sais, je suis sur une autoroute… Mais ça s'est déjà vu, un conducteur qui prend l'affaire à l'envers, non ?

Je peux le faire.

I can do it.

Slalomer entre les automobilistes qui arrivent en sens inverse ? Facile !

Et puis, n'ai-je pas atteint le *level* 75 à *Mario Kart* dans ma folle jeunesse ? Je devrais être capable de m'en sortir avec les honneurs. Si j'arrive à quitter la voie express vivante, il se peut que toutes les polices du secteur, voire du pays, me filent le train, mais *avec un peu de chance* je pourrais les semer en coupant à travers champs. Je prendrais ensuite l'avion pour une destination inconnue, lointaine et tropicale. Je finirais ma vie en élevant un perroquet et en buvant des cocktails ananas-papaye-vodka dans une hutte, sur une belle plage de sable blanc…

Aire du casse-croûte bourguignon.

Allez, c'est parti !

Clignotant… Voie de droite… Arrêt… Amorce de demi-tour et…

Toc toc toc !

Le visage d'un policier se colle contre mon pare-brise. Sourire satisfait, moustache frémissante : très mauvais signe.

J'ouvre et lui offre mon plus beau sourire.

— Mademois… Madame… Vous savez que vous rouliez à plus de cent quarante kilomètres/heure sur une autoroute limitée à cent trente et que vous vous êtes rabattue au dernier moment ?

Évidemment ! Sinon, je l'aurais vu, planqué dans sa voiture de faction à radar…

— Monsieur l'agent, je suis désolée, dis-je, conciliante. Je ne m'en suis pas rendu compte, j'étais en train de réfléchir à la façon de faire un demi-tour sur cette autoroute et…

Il me fixe avec de gros yeux outrés, et je me mords les lèvres, prenant conscience de ma gaffe.

— Euh… Ce n'est pas du tout ce que je voulais dire ! Je vous le jure ! Non, non, monsieur l'agent, ne faites pas cette tête ! Ne me prenez pas pour une psychopathe du volant, je vous en prie !

— Madame, je n'ai pas à vous prendre ou pas pour une « psychopathe du volant », comme vous dites. Je constate les faits, j'applique la loi et je verbalise. Or, je vois que vous avez dépassé la limite autorisée et que vous tenez des propos incohérents. Descendez du véhicule.

Je m'extirpe difficilement dudit véhicule, rapport à la minijupe qui menace ma bonne oxygénation depuis ce matin, et trébuche. Je reprends vite contenance et me tiens droite comme un I, prête à être menottée. Me retrouver au poste paraît finalement une bonne solution pour sortir du pétrin dans lequel je me suis fourrée.

L'agent fouille longuement ses poches, l'air embarrassé.

— Je n'ai plus d'alcootest. Nous allons donc procéder à l'ancienne… Madame, tenez-vous sur la jambe droite en pinçant votre nez de la main gauche.

Droite, gauche, gauche, droite…

C'est l'affolement total.

J'ai toujours eu du mal avec ces trucs complètement inutiles. Heureusement, on m'a dotée à la naissance d'un équilibre parfait. Je devrais donc m'en sortir : il ne me prendra pas pour une vulgaire ivrogne. Allez, hop ! En piste !

Alors que je fais le héron de manière tout à fait convaincante et gracieuse, j'ose glisser :

— Monsieur l'agent, je suis désolée… Mais comprenez… Je suis perturbée. Je me pose des milliards de questions sur ce que je dois faire ou ne pas faire. Sur mes choix. Sur la vie !

Je décèle une lueur de compassion dans son regard. Chouette ! Il va m'écouter, me comprendre. Peut-être même deviendrons-nous les meilleurs amis du monde… Mais la lueur n'est qu'une flammèche qui s'éteint aussi vite qu'elle est apparue, simple effet du reflet du soleil.

D'un ton pincé, il m'ordonne de reprendre une position normale et de lui présenter permis et papiers du véhicule. J'obtempère. Il vérifie que tout est en règle, puis dégaine son carnet de contraventions. Il écrit très vite, en appuyant férocement, comme s'il voulait traverser le papier avec sa mine, et me tend la contravention. 180 euros ? La vache ! Il n'y va pas de main morte pour une infraction de rien du tout !

— Et maintenant, madame, vous allez me faire le plaisir de reprendre cette autoroute DANS LE BON SENS et à la vitesse autorisée. Vous pouvez disposer.

Je souffle bruyamment, histoire de me montrer un peu

rebelle, réintègre ma voiture et démarre sous son regard désapprobateur.

Alors que je quitte l'aire à la vitesse d'un escargot sous tranquillisant afin d'éviter le PV de trop qui achèverait mes finances à coup sûr, mon téléphone sonne. Comme si j'avais besoin de parler à quelqu'un dans un moment pareil ! Je bidouille maladroitement mon kit mains libres (peut-être que le moustachu possède une longue-vue) et réussis à décrocher.

— Allô, Anna ? Alooooors ? En route vers l'amooooouuuur ?

Amélie, ma meilleure amie. Il y a un enjouement presque hystérique dans sa voix.

C'est *aussi* à cause d'elle, si j'en suis là. Elle me pousse à y aller, pense que ce sera une publicité fabuleuse et inespérée pour notre boîte. Et surtout, surtout, l'occasion de m'extraire de ma rengaine de célibattante sur le thème No-love-on-n'a-pas-besoin-d'un-mec-pour-survivre-sauf-certains-soirs-de-solitude.

— Amélie ! Je ne veux pas y aller. Qu'est-ce qui m'a pris d'accepter ? Je suis incapable de faire ça. Je te jure que j'étais sur le point de faire demi-tour. Je veux rentrer, je…

— Zen ! Caaaalme-toi, répond-elle sur l'espèce de ton yogi new age qu'elle adopte quand quelque chose ne va pas. J'étais sûre que tu allais te mettre les poils à l'envers, mais ne t'inquiète pas, ma chérie, tu vas CREVER l'écran. CRE-VER l'écran ! Tu ne vas pas te dégonfler, hein ? La nouvelle Nabilla, c'est toi ! En moins stupide, bien sûr… Et puis, pense à nous ! Pense aux colliers Ouaf-Ouaf, nom de Zeus ! Tu vas CREVER l'écran, je te dis !

— Crever tout court, oui… Sans vouloir te vexer, là, tout de suite, je me fous des colliers Ouaf-Ouaf ! Tu peux te les garder, les colliers Ouaf-Ouaf ! Tu peux même t'en faire un risotto, des colliers Ouaf-Ouaf ! Tu peux... Mais quelle idée j'ai eu de t'écouter ? Et d'écouter ma mère !

Tout a commencé deux mois plus tôt, un banal après-midi de mai...

Je suis en train d'apposer la touche finale à ma toute nouvelle création pour chiens, un collier motif léopard à l'effigie de Scoubidou, lorsque je reçois un SMS de ma mère :

Urgent. Viens.

Affolant.

Amélie est en pleine conversation avec Mme Roubichou, une cliente accompagnée de ses caniches, Predator et Terminator. La bonne dame est en train de choisir deux de nos colliers Ouaf-Ouaf *What else ?* mais tergiverse : est-ce que le fait d'imposer la même parure à ses protégés ne va pas étouffer leur individualité ?

Tendue à l'extrême, je prends ma veste et, d'un regard, signifie à Amélie que je m'éclipse. Il s'est passé quelque chose de grave, c'est certain.

En une minute, une seule, j'imagine les pires scénarios.

1. Mon père a fait un faux mouvement et il s'est assommé avec sa canne à pêche ; inconscient, il a alors glissé dans l'eau, direction la gueule d'un monstre des profondeurs...

2. Ma mère gît dans son salon, évanouie, victime d'un malaise cardiaque : elle a juste eu le temps de me prévenir avant de défaillir...

3. Black et Decker, nos labradors, se sont fait écraser par un chauffard psychopathe qui hait l'espèce canine...

L'âme en peine et assaillie des pensées les plus lugubres,

je me gare devant chez mes parents dans un gigantesque crissement de pneus.

Je dévale le petit sentier menant à la maison et entre avec fracas dans le hall.

— Maman !

— Par là, ma petite chérie ! répond-elle d'une voix suprêmement enjouée.

J'entre dans le salon et la trouve confortablement installée sur le canapé, *Joséphine, ange gardien : les meilleurs moments* en fond sonore, sirotant un verre de thé à la menthe.

Je suis abasourdie.

Ou… pas.

J'aurais dû m'en douter.

Ma mère est LA spécialiste des SMS tendance thriller… Si elle veut que j'apporte le dessert pour un repas de famille, elle est du style à m'envoyer :

Si tu ne me fais pas des cannelés bordelais, je pourrais bien décéder.

Pourquoi, mais pourquoi est-ce que je me fais toujours avoir ?

Agacée, je l'interroge :

— Que se passe-t-il ?

Elle se lève, majestueuse en peignoir et charentaises, et vient me serrer dans ses bras potelés.

— Ma chérie, pourquoi ce ton irrité ? J'ai une surprise pour toi. Une meeeerveilleuse surprise ! Je ne pouvais attendre plus longtemps pour t'en parler !

Sans un mot, et avec un air de conspiratrice, elle me tend deux lettres.

Intriguée, j'ouvre la première.

Société de production Jason-star
9, avenue du Lion d'Or
75016 Paris
Mlle Anna Lacroix
19, rue de l'Aiguepière
34000 Montpellier

Mademoiselle,

Nous avons le plaisir de vous annoncer que nous avons retenu votre candidature pour l'émission L'Amour au vert. *Votre courrier a touché le cœur de Romuald, notre candidat vigneron œnologue célibataire. Vous aurez donc la joie de partager une semaine de son quotidien et, qui sait, de vivre en direct les prémices d'une belle histoire d'amour !*

Nous reprendrons bien sûr contact avec vous afin de planifier votre séjour chez lui et de vous communiquer la date et l'heure de votre premier rendez-vous.

Vous êtes prête à tenter l'aventure de l'amour ? Je vous invite à signer et nous retourner le contrat ci-joint.

Cordialement,

Jason Staton
Producteur en chef

Je suis éberluée. COMMENT ai-je pu être choisie par une émission à laquelle je n'ai PAS postulé ?

La réponse est là, devant moi : ma mère. Ma mère, qui a passé toute sa vie devant un écran de télé, suivant assidûment toutes les émissions, de *Plus belle la vie* à l'*Inspecteur Derrick*… Ma mère, devenant hystérique devant les jeux télévisés… Vouant un véritable culte à Arthur, Benjamin

Castaldi, PPDA et même Corbier, du *Club Dorothée*. Ma mère, dont les soirées sont pimentées par un thriller, adoucies par une comédie romantique, égayées par une énième rediffusion des *Bronzés*.

Ma mère, enfin, dont l'objectif dans la vie est de me fiancer à un gentil garçon pour que je lui ponde des petits-enfants.

Je l'ai percée à jour depuis longtemps, mais là, vraiment, elle a dépassé les limites de l'acceptable.

— Mais comment est-ce que tu as pu me faire ça ?

Elle *sourit*. Elle n'a même pas honte.

— Ma fille, argue-t-elle d'un ton onctueux, tu as trente ans et tu es encore célibataire. J'ai bien peur que, sans une aide efficace, tu ne trouves personne. Regarde-toi. Toujours dans ta petite boutique, à créer tes petits colliers pour chiens… Seule. Sans personne pour te tenir chaud au coin du feu lors des longues soirées d'hiver. La solitude suinte de tes pores, Anna. Il faut faire quelque chose ! Je me *devais* de faire quelque chose !

Plus mélodramatique, tu meurs !

— Je ne suis pas seule, maman. J'ai Amélie ! J'ai Reno !

— Amélie ? Mais Amélie a quelqu'un, *elle*. Elle est mariée, *elle* ! Et Reno ? Ton colocataire boutonneux ? Laisse-moi te dire une bonne chose, ma petite fille : il est temps pour toi de te trouver quelqu'un. De fonder une famille. Qu'est-ce que tu as à perdre ? Si ce Romuald ne te plaît pas, dis-toi que passer à la télévision t'apportera une formidable clientèle !

C'est un argument… Je me prends à imaginer mes colliers Ouaf-Ouaf faisant le tour du monde… Rihanna me suppliant de lui en créer un sur mesure pour son chihuahua. Bruce Willis m'appelant pour que nous parlions de la prochaine parure de son bouledogue…

Mais non…

Je ne peux pas me laisser avoir ainsi.

Mon magasin marche raisonnablement. Je gagne assez pour vivre correctement, voire choper une ou deux paires de Minelli en fin de mois. Je n'ai pas besoin de ça.

Il faut que je sois ferme.

— Maman, il est hors de question que j'aille m'exposer dans une de ces émissions racoleuses et stupides. C'est non. Et ça, dis-je en montrant la seconde lettre, que je tiens toujours à la main, je suppose que c'est le contrat ?

— Heu… Non. C'est une copie de la lettre de présentation que j'ai envoyée pour toi… Je dois être assez douée, puisque j'ai tapé dans l'œil de Romuald ! glousse-t-elle.

Là, c'est vraiment trop ! Elle usurpe mon identité, manœuvre pour contrôler ma vie et trouve ça hilarant ! Elle aurait été n'importe qui d'autre, je lui serais rentrée dans le lard, mais c'est ma mère, et je ne trouve que cette pathétique réplique :

— Maman, tu n'as pas tapé dans l'œil de Romuald, c'est MOI qui lui ai tapé dans l'œil !

Elle jubile.

— Ah ! tu vois ! Tu commences à être jalouse ! C'est bon signe !

— Non ! Mais non ! Laisse-moi te dire une chose : tu es folle. Complètement cinglée ! Si tu crois que je vais mettre ne serait-ce que le centième du millième d'un bout d'orteil dans cette nullité d'émission, tu te fourres le doigt dans le nez !

— Tu n'as plus le choix, j'ai renvoyé le contrat signé.

— NOOOOOOOON ! Je te renie ! Je te renie ! Tu n'es plus ma mère !

Je sens bien que je suis ridicule, que je perds le contrôle, que mes yeux menacent de sortir de mes orbites, que je postillonne abondamment et que mon cœur va bientôt me lâcher, mais je suis dans une rage folle.

— Qu'est-ce qui se passe, ici ?

Mon père fait irruption dans le salon. Je me précipite vers lui, soufflant comme un taureau en rut, la face sûrement congestionnée par la colère.

— Regarde ! Regarde ce qu'a fait maman ! Elle m'a inscrite sans me prévenir à une émission de téléréalité ! De téléréalité, nom de Dieu !

Devant tant de véhémence, mon père recule prudemment et se gratte le crâne d'un air pensif, tout en me fixant avec des yeux ronds. Il ressemble à un brochet. Il se tortille, ne sait que répondre, écrasé sous le poids du regard menaçant de ma mère. Il se racle la gorge. Une fois. Puis deux. Puis trois. Se regratte le crâne furtivement, bafouille et clame soudain :

— Devinez ce que j'ai rapporté de la pêche ! Une truite dorée ! En sauce avec des petits champignons, ce sera délicieux !

Sur cette déclaration édifiante, il tourne le dos et fuit.

Typique.

J'adore mon père, mais il vit dans un monde à part, gouverné par ses hameçons et sa collection de sucres individuels emballés. Il n'a jamais su quoi dire ou quoi faire lors des conflits qui nous opposent régulièrement, ma mère et moi. Il fuit, sachant pertinemment que tout finit par se résoudre d'une manière ou d'une autre... Enfin... Surtout d'une certaine manière : je cède à ma mère.

Je me retrouve donc seule face à l'ennemie *Number 1* et fulmine. Ma décision est prise : le contrat, ils peuvent se le garder, et je ne reparlerai plus jamais à ma génitrice.

Je fais volte-face sans un mot, quitte la maison en

claquant la porte et m'engouffre rageusement dans ma voiture, non sans avoir trébuché sur la gamelle des labradors.

Quand j'arrive au magasin, Amélie est seule, Mme Roubichou ayant finalement réglé son dilemme. Elle se précipite vers moi aussi vite que le lui permet son effarant ventre de femme enceinte.

— Alors ? Qu'est-ce qui s'est passé ? Pourquoi tu es partie si vite ?

— Que veux-tu qu'il se passe ? Ma mère. Encore et toujours ma mère. Tu ne devineras jamais… Elle m'a inscrite à *L'Amour au vert*, et j'ai été retenue. Mais ce n'est pas tout… Elle a signé un contrat en mon nom, m'engageant à participer. Je n'y crois pas ! Je…

Amélie, les yeux comme des soucoupes, glousse et se met à exécuter une espèce de danse de la victoire ridicule.

— Ne te réjouis pas : il est hors de question que j'aille là-bas pour rencontrer je ne sais qui et me donner en spectacle.

— Et pourquoi pas ? C'est une excellente idée ! Il va peut-être te plaire. C'est qui ? Il s'appelle comment ?

— Je n'en sais rien et m'en fiche éperdument !

M'attrapant le bras, Amélie m'entraîne vers l'ordinateur aussi vite qu'elle le peut et tape « Candidats *Amour au vert* 2015 ».

Une ribambelle de résultats apparaît. Elle clique sur « Images », et le portrait de mon prétendant apparaît en gros plan.

Objectivement, il est beau.

Brun, ténébreux, des lèvres rondes, pulpeuses… Terriblement pulpeuses…

Et il est scandaleusement musclé : son T-shirt menace

de céder sous la pression de tant de vigueur. Le fils naturel de Rambo et de Lara Croft : un canon de la mort qui tue. On ne peut lui enlever ça.

Amélie n'en finit pas de glousser, de couiner, en bave même légèrement, ses hormones de femme enceinte ayant développé chez elle une sensibilité accrue à la beauté masculine.

— Mais Anna, regarde-moi cet homme ! C'est un apollon, un dieu vivant ! Tu ne peux pas passer à côté de ça ! Pense à son torse musclé, à ses jambes musclées, à ses cuisses musclées. Sans compter qu'il doit être monté comme un pur-sang, cet homme-là ! Je suis sûre que sexuellement parlant il…

Je rabats sèchement l'écran de l'ordinateur ; je ne veux surtout pas en savoir plus sur ses délires d'hyper hormonée.

Elle rouvre l'appareil, affiche la page de présentation de la Bête et lit à voix haute :

— « Romuald est un œnologue passionné. Propriétaire d'une immense exploitation, fournisseur des plus grandes tables de la gastronomie française, c'est pourtant seul que cet homme de trente-huit ans traverse les années. Grâce à cette émission, Romuald, charmeur, romantique, souhaite rencontrer LA femme idéale. Celle avec qui il pourra fonder une famille et vivre heureux jusqu'à la fin des temps. »

Carrément.

Amélie ne tient plus en place.

— Et il t'a choisie, TOI ! Mais c'est troooop bien. C'est trooooop bon !

Trop de trooooop tuent le trop, et je fouille dans ma poche pour attraper une cigarette salvatrice. Celle qui me détendra, me tirera des griffes d'Amélie et m'apportera une véritable bouffée d'oxygène. Mais, au lieu de la drogue tant espérée, ma main agrippe alors la seconde lettre que ma mère m'a donnée.

Je la défroisse, l'examine et reconnais immédiatement l'écriture maternelle.

À l'attention de M. Staton, producteur de l'émission *L'Amour au vert*

Référence 2101 : lettre pour Romuald

Cher Romuald,

Je suis Anna, une jeune femme de trente ans. J'habite à Montpellier, mais c'est dans l'ombre d'une cave coopérative que j'ai fait mes premiers pas, à la fête annuelle du Vin nouveau et du Saucisson que j'ai dit mon premier mot. Je baigne (si je puis me permettre) dans l'univers du vin depuis que je suis toute petite, mon grand-père étant viticulteur. C'est donc tout naturellement que je me suis intéressée à votre portrait diffusé sur Star 1, le mois dernier. J'ai découvert un homme intéressant et attirant… Et si musclé ! Je suis immédiatement tombée sous le charme.

Mais faisons plutôt connaissance…

Je suis quelqu'un d'assez introverti et j'ai besoin d'avoir confiance avant de me livrer… J'ai toujours été ainsi. Adolescente, je m'enfermais des heures pour rêver et lire. Heureusement, grâce à ma formidable mère (qui prend des cours de théâtre depuis vingt ans, a fait une première apparition très remarquée dans Hélène et les garçons *en 1991 et est disponible au 06 38 55 04 24 pour tout rôle mettant en valeur ses compétences), je me suis ouverte aux autres et à la vie. Malgré ma timidité, lorsque je suis en confiance, je sais me montrer sociable et enjouée comme un escadron de lutins.*

J'ai fait des études d'arts appliqués et aime par-dessus tout mon métier : j'ai ouvert il y a un an une boîte de colliers design pour chiens, les colliers Ouaf-Ouaf, dont je suis la créatrice.

Je suis célibataire, bien sûr, et rêve de trouver le grand amour sans toutefois être idéaliste. Je connais les travers des hommes : j'ai eu l'occasion d'en fréquenter une bonne vingtaine. Mais je reste indulgente et optimiste. Vous trouverez ci-joint une photo de moi. J'espère que mes rondeurs abdominales ne vous rebuteront pas : mon amour de la bonne chère laisse malheureusement des traces… J'ai cependant d'autres avantages (95 C).

Je vous embrasse et espère faire bientôt votre connaissance,

Anna

P-S : Mon civet de lapin est délicieux.

Mais d'où a-t-elle sorti toutes ces foutaises ?

Mon grand-père était facteur, et je n'ai jamais « baigné dans l'univers du vin » pour la simple et bonne raison que tout le monde boit du Coca, dans la famille.

Et « mes rondeurs abdominales » ?

Mes RONDEURS ABDOMINALES !

OK, j'ai un *très léger* ventre rebondi, mais qui peut se targuer, à trente ans, d'être filiforme ? Kate Moss ? Mais existe-t-elle vraiment ailleurs qu'en photo ?

En plus, elle a osé balancer ma taille de soutien-gorge… En y ajoutant un bonnet.

Et osé dessiner des dizaines de petits cœurs roses.

Et se faire une autopromotion ridicule.

Et balancer le nombre de mes ex.

Et faire croire que je sais cuisiner le civet.

Ma mère est bonne à interner.

Amélie, qui lit par-dessus mon épaule, rit à s'en décrocher la mâchoire.

Sans un mot, je sors du magasin et fume frénétiquement ma cigarette.

Lorsque je rentre, Amélie a repris contenance et me fixe avec attention.

— Tu iras ?

— C'est exclu !

— Franchement, Anna, ce serait super pour toi. Les coups d'un soir, ça va un temps, mais tu ne peux pas continuer ainsi. Ta mère n'a pas tort : et si cette émission était la solution ? Fonce ! Imagine un peu la pub que nous allons nous faire ! Il suffira que tu parles souvent de ton métier, et les gens vont se précipiter pour acheter nos colliers ! À nous la grande vie ! Quand Pedro saura ça…

— Ne parle de cette affaire à personne. Personne ! Pas même à ton mari. C'est inutile, je n'irai pas. C'est non. L'affaire est close.

— Très bien… Tu ne me laisses pas le choix…

Oh ! la traîtresse… Je la vois venir…

— Amélie, tu ne peux pas faire ça…

— Mais si, je le peux. J'invoque solennellement la promesse officielle du 1er juillet.

Elle l'a fait !

Chantage affectif.

Cette fameuse promesse a été formulée un soir de beuverie, alors qu'elle pleurait à chaudes larmes de ne pas réussir à tomber enceinte. De grosses gouttes amères glissaient sur son nez aquilin et allaient s'écraser avec un discret *ploc ploc* sur le comptoir du bar. Elle se demandait ce qui ne tournait pas rond chez elle ou chez Pedro, pourquoi ils n'arrivaient pas à avoir d'enfants, eux qui s'aimaient tant, envers et contre tous (lui, fan de Johnny et végétarien ; elle, accro à Joey Starr et aux steaks poivrés). Elle avait pourtant tout essayé : les cures homéopathiques, le poirier après le coït, les infusions ayurvédiques… Sans résultat.

Depuis quelques semaines, le cœur lourd de saigner, elle s'habituait à l'idée de ne jamais tenir dans ses bras un tout petit braillard. Moi, je lui affirmais qu'elle y arriverait, qu'il ne fallait pas s'inquiéter… Et, ce fameux soir, je lui ai fait la promesse de lui offrir ce qu'elle voudrait : elle n'aurait qu'un mot à dire. Nous avons bien ri, imaginant les somptueux cadeaux qu'elle pourrait exiger. Un dîner avec Brad Pitt et Jennifer Aniston, histoire de voir comment deux ex hyper médiatisés géraient la pression. Une épilation définitive de la moustache. Un aquarium géant avec un requin dedans. Un an de jeux à gratter…

Trois mois plus tard, radieuse, elle me collait sous le nez un test de grossesse encore tiède d'urine. Un test positif. Nous avons fait la danse du ventre, remercié les dieux de la grande ponte, gloussé comme des folles. Elle n'a rien demandé, n'a pas profité de ma généreuse offre.

En fait, elle attendait son heure.

Elle sait que la loyauté me forcera à accepter. Je ne réponds pas, mais constate l'expression d'intense satisfaction sur son visage. Elle a gagné. Et, grâce à son pouvoir d'intuition supersonique de femme enceinte, elle le sait.

Le soir, je quitte le magasin, ébranlée. Lorsque j'arrive chez moi, Reno, mon colocataire, est affalé sur le canapé, une Kro dans une main, Stendhal dans l'autre. Nous vivons ensemble depuis deux ans. Nous nous sommes rencontrés sur Meetic il y a des plombes : il m'avait fait croire qu'il était beau gosse. J'avais prétendu que j'avais autant de sex-appeal que Britney et Madonna réunies. Notre rencontre n'a donc pas été à la hauteur de nos espoirs, mais il s'en est suivi une merveilleuse amitié basée sur l'amour de l'apéro, des romans du XIXe et des canapés Ikea.

Dès qu'il me voit, il lève vers moi une figure moqueuse.

— Alors, ma grande ? On est prête à faire le grand saut et à devenir une star de la téléréalité ? Amélie m'a textoté. Eh ouais, je sais tout !

Je ne lui fais pas le plaisir de répondre et me réfugie dans ma chambre.

Tout tourne dans ma tête : le visage de Romuald top-sex, les muscles de Romuald top-sex, le sourire de Romuald top-sex, l'opportunité de faire connaître mes fabuleuses créations, mon célibat, les coups d'un soir, la promesse faite à Amélie…

Après tout, participer à cette mascarade pourrait être… drôle.

Vivifiant, qui sait ?

Et si j'acceptais ?

Reno fait irruption dans ma chambre, interrompant mes réflexions, et me tend une bière avant de s'affaler à mes côtés sur mon lit.

— Sérieux, Anna, tu devrais y aller. Qui sait ce que tu trouveras là-bas. Et puis, ça me fera une bonne occasion de vivre une folle aventure par procuration ! Pense à moi et à ma vie solitaire de web designer. Mets-nous un peu d'ambiance ! Sois folle, ma vieille ! Saisis ta chance !

— Oui, mais… Si je me ridiculise ?

— On ne sera pas dépaysés ! Bien sûr, ce sera sous l'œil de millions de spectateurs, cette fois, mais tant que tu réussis à rester plus digne que la fois où tu es sortie des chiottes du Mojito Dance avec une traîne de PQ coincée dans ton jean, tout ira bien !

Je glousse et tente de l'étouffer avec un coussin. Nous finissons la soirée devant *Harry Potter et les reliques de la mort* et, le lendemain, ma décision est prise : j'irai.

Si Harry n'a pas fui devant ses responsabilités, je peux assurer, moi aussi.

— Allô, Anna ? Anna ?

Amélie s'affole au téléphone et doit se demander si je suis toujours là. Je me secoue et retrouve un semblant de courage.

— Oui… Je suis toujours là. Je ne vais pas faire demi-tour, c'est entendu. Mais je te préviens, au moindre souci, je pars…

— Voilà qui est raisonnable, ma chérie ! Je savais qu'il y en avait là-dedans ! Fonce, ma canaille, fonce ! Et prends-moi ce beau taureau par les cornes !

— On verra. Je te laisse, je te rappellerai quand j'y serai.

Alors que je passe devant le panneau « Issy-l'Évêque », je me rends compte que je suis arrivée.

J'ai atteint ma destination.

À moi les feux de la rampe, la séduction fine et bien menée et les bouteilles de vin à l'œil.

Et surtout… surtout… à moi Romuald !

Composé et édité par HarperCollins France.

Achevé d'imprimer en septembre 2019.

CPi
BLACK PRINT

Barcelone

Dépôt légal : octobre 2019.

FSC
www.fsc.org
MIXTE
Papier issu de sources responsables
FSC® C108412

Pour limiter l'empreinte environnementale de ses livres, HarperCollins France s'engage à n'utiliser que du papier fabriqué à partir de bois provenant de forêts gérées durablement et de manière responsable.

Imprimé en Espagne.